ファン文庫

あなたの未練、お聴きします。

著　小山洋典

マイナビ出版

Contents

プロローグ

「二階堂遊馬《にかいどうゆま》出て行け！　もう戻ってこなくていい！」

と、田辺《たなべ》教官が忌々《いまいま》しげに吐き捨てた。

田辺教官がここまで激昂《げっこう》するところを見たことがない。それだけ、私のやったのは彼の逆鱗《げきりん》に触れることだったのだ。

——私は、実習先を追い出された。


約一ヶ月をかけて、カウンセリングを重ねてきた案件だった。

クライアントは、深澤花蓮《ふかざわかれん》さん。隣の家から出火した火災に巻き込まれて命を落とした。享年二十八歳。

そんな花蓮さんの持つ『未練』は、妻子持ちの男性に恋をしていたこと。

中小企業に勤めていたOLだった彼女は、近しい既婚の上司に道ならぬ恋慕を抱いたまま死んでしまい、魂は『未練』に縛られ、現世から離れられないでいた。

カウンセリングは終盤に差し掛かっている。何かにつけて直情的であると評価され、『空気を読めない』と揶揄《やゆ》されることの多い私でも、そのことは理解している。

私の隣、花蓮さんの対面に座る田辺教官は、花蓮さんの話に耳を傾けながら、温かみのある口調で言葉を紡いだ。

「お話を伺《うかが》っていると、あなたがお亡くなりになった当時よりも、しっかりと自分自身のことが見られるようになってきているように感じられます」

花蓮さんは、小首を傾《かし》げた。

「そうかしら？　……でも、何かわたし、もう疲れてきちゃったわ。わたしみたいな地味なＯＬが、高望みしていたんじゃないかって」

「あなたの愛してしまった男性は、とても誠実な方だと伺いました」

田辺教官は肯定も否定もしない。

「そうね。本当に、真面目で誠実な人だった。だから惹《ひ》かれたの。なのに、わたし、まるで高校生みたいに熱に浮かされちゃって。笑わせるわよね。その誠実な彼に、奥さんじゃなくてわたしの方を向かせようだなんて。でも、一度でいいから、気持ちを伝えてみたかった。触れて……みたかった、かな？　贅沢よね」

「あなたの気持ちに嘘《うそ》はなかった。でも、届かない気持ちであったことも、また確かだった。そういうことですね？」

「うん、そうかな」

正直、学生の私から見ても、田辺教官のカウンセリングは、『巧《うま》いな』と思う。クライアントの花蓮さんの気持ちに焦点を当てながら、未練にこだわりを持たせないように、うまく誘導している。

……でも。

「そろそろ、ご自分のお気持ちに、整理がついてきた感じでしょうか……？」

本心を窺《うかが》うように発せられた台詞《せりふ》に、「ああ、これで終わりなのかな」と思う。

——これでいいのかな？　一ヶ月も話し合って、出てきた結論はそれなのかな？

花蓮さんは、疲れたような溜《ため》息をついた。

「そう、ね……」

「そうですか。今までよく頑張りましたね。あなたの魂は、『未練』という楔《くさび》から解き放たれ、『天上』へと送られることでしょう」

——本当に、それでいいの？　そんなことで、花蓮さんの魂が救われるの？

元々、花蓮さんの『未練』は、自分に目をかけ、可愛がってくれた上司への思慕の念が、いつしか恋心に変わってしまい、その恋を成就させたいというものだった。思いの丈《たけ》を伝えることもできず、突然の理不尽な死に巻き込まれた花蓮さんの魂は、天上に行けずに現世に留まることになったのだ。

それは純粋に好きという気持ちはもちろん、付き合いたいとか、もっと一緒にいたいとか、関係を進めたいとも思っていた。そういう全てを引っくるめた気持ちが『未練』だったのだろう。

それを考えると、田辺教官のやっていることは、どうしても花蓮さんをうまく丸め込んで納得させようとしているようにも思えてしまう。もちろん、それは『正しいエージェントのあり方』なのかもしれないけれど。

　でも、私には、どうしても納得できない。

「――あ、あの……」

　気がついた時には、私の唇から、小さな呟《つぶや》きが漏れていた。

「それで本当にいいんですか……？　花蓮さん、あなたは本当にこんな結末を望んでいるんですか？」

　花蓮さんはハッとしたように顔を上げ、田辺教官は狼狽《ろうばい》した表情になる。

「花蓮さん、あなたは、彼に自分の気持ちを伝えたい、彼に触れたいって、だから『未練』があるって、切実に訴えていたじゃないですか。……それをこんな……こんなふうに、言葉は悪いかもしれないけど、変に大人ぶって受け入れることなんて、できるんですか？」

「そ、それは……」

　花蓮さんは唇を噛《か》み、俯《うつむ》いた。

　その様子に愕然《がくぜん》とした表情を見せながら、慌てて田辺教官がとりなす。

「こ、こら！　黙りなさい！　申し訳ない、こちら、まだ実習生で何もわかっていないんです」

「でも……！」

「いいから、黙りなさい！」

「……はい」

花蓮さんは、再び湧き出た胸のもやもやを摑《つか》むように、胸の前で拳を握り締めた。

「……そう、そうね。諦められない……諦めたくない！　わたしはあの人のことが本当に好きだったんだもの。せめて、自分の気持ちを伝えたい！」

しっかりとこちらを見据えて断言する花蓮さんに、私は嬉《うれ》しさを覚えつつも、視界の隅に、片手で顔を覆う田辺教官の姿を捉え、バツの悪い感じを味わった。


カウンセリングが終わると、温厚なはずの田辺教官は仁王立ちで私の前に立つ。

「やってくれましたね、二階堂遊馬さん。おめでとう、あなたの一言で、今まで積み上げたことが全部台無しになりました」

田辺教官の口調は丁寧だが、過分な怒りを含んでいることは明白だった。

「……すみません。でも」

「言い訳はいいです。君ね、まだ学生だからって、あまりにも無知すぎる。現場では、『未練』は傍《はた》から見て誰にでもわかるように、すっぱりと解決するものばかりではないんです。時間をかけて話を突き詰めていって、相手をうまく納得させて成仏させる。それがベストなこともあるんです」

「……『未練』を置き去りにしたままですか？」

「生意気な口をきかないでください。未練を消化するには、長い時間と地道な努力の積み重ねが必要なんです。我々は人間ではないが、神でもない。私たちの仕事は死んだ人間《クライアント》の頼みを叶《かな》えることではなく、人間の未練を解消して天上へ上げることなのですよ」

「……それはクライアントに未練や願いを諦めてもらうってことですか？　そんなの……納得できません！」

しかしその言葉は、聞き分けのない生徒に我慢に我慢を重ねてきたであろう田辺教官の虎の尾を踏みぬいた。

「ふざけるな！　クライアントというのは、みんなそうやって天上へ送られるんだよ！安っぽいヒューマニズムほど、百害あって一利なしなものはない！」

「でも……」

温厚を絵に描いたようだった田辺教官は、今や鬼の形相で目を血走らせている。

「出て行け！　もう戻ってこなくていい！」


田辺教官は間違いなく、腕のいいエージェントだったと思う。彼の説明は決して突飛《とっぴ》なものではなく、現場に即した現状を正確に述べていたと痛感するくらいだ。

とにもかくにも、こうして私は実習中断を余儀なくされた。

これは『養成機関《アカデミー》』の歴史の中でも前代未聞のことで、私はまた『落ちこぼれ』のレッテルに、嬉しくもない箔《はく》をつけることになってしまったというわけだ。

自分の無力さと無能さ、そしてこだわりに思わず溜息が出る。

思い出すのは、実習に先立つゼミで言われた教授の悪意に満ちた言葉ばかりだった。

◇

今から約一ヶ月前。

半円型の教室に並べられた、長い机に分厚いテキストを広げ、座り心地の悪い椅子に腰掛けた私は、教授が朗々と語る内容に耳を傾けていた。

「生徒諸君、『人間たち』は死んだらどうなるか？　今さら言うまでもないことだが、今日はそれを復習してみよう」

教室の三分の二ほどを埋めている、自分の能力に自信を持った同級生たちとは異なり、私の心臓は臆病な兎《うさぎ》のようだった。不安で縮こまり、緊張を高めていく心臓の鼓動を感じながら、授業を受けている。

——神様、もし存在してたらお願いします。今日こそは槍玉《やりだま》に挙げられませんように。

「知ってのとおり、人間の魂は、死んだら『人間界』から離脱し、『天上』へと送られる。しかしながら、中には生きていたことに強い『未練』という楔《くさび》を打ち付けてしまったが故、魂となりながら人間界に彷徨《さまよ》う者たちが多々存在する。わかるな？」

『はい』

教室中のゼミ生たちの声が唱和した。

「そこで、問題だ。人間界と天上との狭間《はざま》に存在する私たちの存在意義は一体何だ？　じゃあ二階堂遊馬、適切に、簡潔に答えてみろ」

明らかに悪意を込めた声で名指しされて、私は慌てて立ち上がった。

――神は死んだ。少なくとも、私を庇護《ひご》してくれる神は。

「は、はい……私たちの存在意義……『使命』は、その……人間界に『未練』を残した人間たちの魂を天上へ送ることとです」

「そうだ。他には？」

「そ、その、他には……あの……」

私が口籠《くちご》っていると、教授は「はあー」とわざとらしく声に出して溜息をついた。

「おやおや、二階堂、お前には声高に主張したいことがあるのではないのか？　まあいい、長本《ながもと》、二階堂の代わりに答えてみろ」

教授の指名を受けて、ゼミでも優等生の部類に入る男の子が、スッと立ち上がり、スマートに答える。

「ありません。我々の使命は人間の『未練』を断ち切り、天上へ送ること。それだけです」

「そうだ、そして生徒諸君。我々はそのことにのみ専心し、使命を全うすればいい。天上に送られた人間の魂はどうなるか？　今のところは、『魂は浄化され、無へと還《かえ》る』というのが通説だ。結果が『無』になるなら、過程を論じても仕方がないとは思わんかね？」

教授は、掌《てのひら》に教鞭をパシパシと叩きつけ、私を覗き込むように睨《にら》みつける。

「二階堂、お前が提出したレポートだが、書いたことを正確に言ってみろ」

私は唇を噛んだ。血が耳までめぐり、頬が紅潮してくるのが感じられる。

「私たちの仕事に大切なことは、死者や死者を取り巻く人間の幸せのために、粉骨砕身すること……『未練』を解決し、幸せになって天上へ行ってもらうこと……です」

詰まり詰まり言葉を紡ぐと、教授は「おやおや」と肩を竦《すく》めた。

「我々も偉くなったものだな。確かに私たちは、人間とは違うかもしれない。しかし、人間に幸せになって天上に行ってもらう？」

教授の言うとおり、私たちは人間にはない能力も持っている。それは例えば五感が鋭かったり、年のとり方が人間より緩やかであったりすることなのだが、人間を幸せにするということと、それらの能力を持っていることとは、別次元の問題だ。

「人間の魂を天上に送る。それ以上のことは我々の能力や分を超えている。そう自戒する謙虚さを、どこに置いてきたのかな？　君は『神』にでもなったつもりか？」

教授の皮肉に、教室のあちこちから同級生のクスクスという意地悪い笑い声があがる。

「しかし、教授。お言葉ですが――！」

「――おやおや、ご講釈があるのかね？　教室中のゼミ生が承知している、そんな基礎的なことに反論する気概があるとは、さすがの私も恐れ入るよ」

大げさにおどけてみせる教授に、私は悔しい気持ちでいっぱいになり、俯いた。

「二階堂、お前は、何かと『人間の幸せ』と言いたがるが、それはあくまで『未練』を断ち切ったあとの付随物として存在するものだ。そんなことを考えている安っぽい輩《やから》がいるから、天上へ行けない魂が生まれてしまうのだよ。理解しているか？　我々の使命は、人間の魂を天上へ送ること。それだけでいい。前回のレポートだが、成績はどうだった？」

私は赤面しつつ答えた。

「『可』です……再提出で……」

「再提出で『可』。そんな成績の者は、このゼミには他にいたかな？」

アカデミーでの成績は、優・良・可・不可に分類され、不可を取ると、自らの希望した進路を選択することはできない。それを考えると、『再提出で可』というのは、ギリギリ首の皮一枚で繋がっている状態だ。

しょぼくれる私に、「座ってよろしい」と吐き捨てるように言うと、教授は教壇に立ち直り、全生徒を見渡す。

「生徒諸君、君たちもこれより、今後の進路を決めるため、実習期間へと入る。そこで、人の魂を天上へ送る『エージェント』の何たるか、本当に自分に向いているのか――」

教授はじろりと私を睨みつけ、続ける。

「――あるいは自分では手に負えない職業であるのか、きちんと見極めてきたまえ。あくまで私情を挟まず、くれぐれも客観的な判断をしてくることを期待している」

――これが、実習に先立って、教授から浴びせられた、痛烈な教えだった。

◇

天上と人間界の狭間に位置する私たちのいる世界《スペース》は、広大な雲海を下に、どこまでも澄み渡る蒼《あお》い空を見上げる、文字どおりの空中庭園だ。そんな幻想的に美しい光景の中、一面の芝の緑の上に網の目のように張り巡らされた石畳を踏みながら、私はただ、憂鬱な気持ちを胸に抱えていた。

実習先から送り返されたことをアカデミーに報告してから数日。私の運命を決める通達の入った封筒を、ビジネスライクな教務課の事務員から受け取った私は、教務課まで付き合ってくれた親友、雨宮秋葉《あまみやあきは》とともに豪奢《ごうしゃ》な石造りの学府をあとにし、生徒に充《あ》てがわれている寮へ続く帰り道を並んで歩いていた。

「遊馬、そんなに落ち込まないでよ。あなたはできるだけのことはやったんでしょ」

「……うん」

秋葉は嘆息《たんそく》を繰り返す私の背中をポンポンと叩くと、凛《りん》とした声で叱咤《しった》してきた。このアカデミーでの、私の唯一の友達だ。身長は一七〇センチ強で、一五五の私より頭一個分高い。髪は真っ直ぐ腰まで下ろしたカラスの濡《ぬ》れ羽のような黒色で、スレンダーな体格は大人びた雰囲気を纏《まと》っていた。まだ慣れないはずのスーツを完璧に着こなすキャリアウーマン然とした美貌は、幼い印象の私とは対照的だ。

秋葉と一緒にいる時は、自分が落ちこぼれだということを束の間だけでも忘れられる。しかし、今日の私の落ち込みはそれを上回っていたのだろう、彼女の言葉も、どこか虚《うつ》ろな感じで響いた。

「……まったく。いつも元気な遊馬に、そんな顔は似合わないわよ」

秋葉はそう言い、スーツの内ポケットから携帯型の手鏡を取り出すと、その鏡面を私の眼前に突きつけた。

突然のことに驚く私に、涼しい顔で片目を瞑《つむ》りながら、人差し指をピンと立てる。

「自分の顔をよく見て！」

鏡に写ったのは、自分では幼すぎるように思う大きな榛色《はしばみいろ》の瞳。肌はまあ、色白の方だろう。小さめの唇に、少々明るい癖毛……いつもの私の姿がある。

「ほら、紛れもない美少女じゃない！　すっぴんのくせにここまで可愛いいんだから、落ち込む前に、甘えられる男の一人や二人作りなさいよ！」

大げさな褒め言葉を恥ずかしげもなく言う秋葉に、私は苦笑で返した。

「はあ、まったく……。そんなに褒めたって、何も出ないよ？」

「うーん、それじゃあ、遊馬はもう、私と結婚するか！　あーもう、こんなに顔を赤くして、愛《う》い奴《やつ》。愛い奴！」

身を乗り出してそう茶化《ちゃか》すと、秋葉は私の頭を抱き込もうとする。

「もう、馬鹿なんだから」

私は乱された髪をセットしながら、溜息混じりに秋葉を睨《にら》みつけてやった。普段はクールな秋葉があけっぴろげにふざけてくれることに、少し救われる。

「あはは、でも、遊馬って本当に可愛いよ。なのに、どうして成績はCランクなんだろ。

嫌味な教授を復讐《ふくしゅう》がてらタラシこめばいいのに。で、セクハラを主張してアカデミーでの立場をなくすってのは？　悪女的な戦略で行くのもいいかもよ？」

秋葉は明るくそう言うと、「ふうっ」と一息吐き、真面目な顔になって私を見る。

「遊馬はさ、昔から人間に肩入れしすぎなのよね。義理堅いというか……もし人間だったら美徳なんだろうけどね。こと『エージェント』という職業になると、それがマイナスになっちゃう。天上へ送らなければならない魂の数を考えたら、遊馬の言う、『人間の幸せ』よりも効率の方を考えなくちゃいけないし、難しいね。かくいう私も人間にそれほど興味があるわけじゃないけど、でも遊馬の考え方、嫌いじゃないよ」

「……ありがとう、秋葉」

秋葉の優しさが身に染みる。私の考え方がエージェントとして異端であることは、何度も授業で槍玉に挙げられている私自身が、誰より知っている。それでも肯定してくれる親友がいることは、感謝してもしきれないが、積み重なった劣等感が消え去るわけではない。

私の心には、先ほど受け取った通知の内容が実習成績の『不可』を告げるものだろうという考えが居座って、暗い染みを作っていた。どうしようもなく重苦しい気持ちが、私の身体を蝕《むしば》んでいる。

そんな私の絶望を感じ取ってか、秋葉はいつも肩ではねてしまう、おさまりの悪い私の髪をポンポンと叩いた。

「遊馬、前を向け！　まだまだ頑張りなさい！　何があっても！　何があってもよ！」

「……そうだね、ありがとう。前向きなのが、私の取り柄だもんね」

今すぐ気持ちの切り替えができるなんて露ほども思っていなかったけど、気持ちを奮い立たせようとする。

秋葉はそんな私の背中をバンバンとどついた。

「うん、そうよ。人生なんて、どこでどう転ぶかわからないんだから！」

「……うん」

温かさに触発され、湧いてくる弱い自分を押さえるのは、正直、辛《つら》かった。

『立派なエージェントになりたい』という私の儚い夢は、たぶん叶わない。

実習中断というのは、アカデミーでも前代未聞だそうだ。そんなありがたくない偉業を達成してしまった私を、教授や同級生たちは「そら見たことか」と嘲笑《あざわら》うだろうか？　または、いらぬ恥をかかせた劣等生を唾棄《だき》に付するだろうか？

「――遊馬、その封筒、開けないの？」

私の落ち込みの泉に、秋葉が一石を投じる。

おずおずと、私は自分の目の前に、通達の入った白い封筒をかざしてみせた。

「……うん。開けてみる。死刑宣告は、早い方がいいもんね。秋葉、ちゃんと慰めてね」

冗談めかして、でも本心を言う。

微妙な顔の秋葉を視界の端に捉えると、私は一度大きく息をついてから封を切った。

――これで、おしまい。

覚悟はできていた。

『落ちこぼれの遊馬』

学内で公然と笑われる私は、その渾名《あだな》にふさわしい結果を受け取ることになるのだ。

え？

だが、通達の内容に目を通した瞬間、私は目を疑うことになった。

二つ折りの、薄くペラペラな紙を広げると、そこには少し端のかすれた印字で、次のように書かれていた。

『二階堂遊馬
右に掲げる者に、残りの実習期間の再実習を命じる』

な、何、これ？　失敗したのに、もう一度、実習に行けるの？

まだ、終わりじゃないってこと？

やってはいけない失態を犯した私に対し、アカデミー側がこのような温情措置を取るとは、まさに青天の霹靂《へきれき》だった。

人生なんて、どこでどう転ぶかわからない。秋葉の言葉は、時を待たずして現実化した。

抱えていた絶望が一瞬にして、希望に転換したのだ。まだ先は見えないけれど。

私は、何度も何度も繰り返し通達の文面に目を通し、次に頰《ほ》っぺたを叩き、腕を指でつまんで、ぎりぎりとつねってみた。

痛い。

痛覚に証明される現実は、確かに目の前にあった。

「ど、どうしたの、遊馬？」

私の突然の奇行に、秋葉がびっくりしてそう訊《たず》ねてくる。

「秋葉」

呆然《ぼうぜん》としたまま、私は再び親友の名前を口にした。

「――私ね、何か首の皮一枚で、繋がったみたい」

言い終えた途端、私は腰砕けになり、へなへなとその場に座り込んでしまった。

「ちょ、ちょっと？　遊馬？」

崩れ落ちる私に、秋葉が慌てて手を貸してくれる。差し出された腕に、力なく縋《すが》りつつ、

「これを見て。……終わりじゃない。まだ、終わりじゃないんだ」

熱いものが胸に込み上げてきて、私は震える声でそう何度も繰り返した。

――熱気を帯びた透明な太陽光が斜めに降り注がれる、八月も半ばを過ぎた頃。

実習先から叩き出された私に、こうして再実習のチャンスが舞い降りたのだった。

探し物は『未練』

【一】

私は、新たな実習先である、周囲にある建物より少しだけ規模の大きい、古びた事務所の前に立っていた。

今までの実習に関する整理も一段落つき、いよいよ再実習の始まりだ。

あらかじめ与えられた地図を頼りにたどり着いた、人間界にあるその事務所は、全体が赤茶けた煉瓦《れんが》色のタイルで覆われ、正面には樫の木材の重厚な両開きの門が構えられていた。ルネサンス様式というのだろうか？　二階建ての瀟洒《しょうしゃ》な建物で、大きく切り取られた窓の間を縫って、壁には蔦《つた》が這っている。

歩道には、濃い緑色の葉を纏《まと》ったケヤキの木が等間隔に並び、この建物を訪れる者の傘となって、地味な装いながらも、事務所の外観に趣を加えていた。

そんな立派な建物の様子に、私は少しボーッとして口が開いてしまう。

実習期間は、五ヶ月間の長きに渡る。私の場合、一ヶ月を田辺教官の元で過ごしたので、残り約四ヶ月の実習を、この事務所で送ることになる。

気持ちを引き締め、両手で頬っぺたを叩く。

——もう一度だ。ここから、もう一度。

私は、「よし！」と声を出すと、正門の前の階段を上がって、扉を押し開けた。

建物はしっかりした造りだったが、外から見るよりも内部はさほど広くはないようだ。

一階の各部屋のプレートを見ると、左手にカウンセリングルームと右手に給湯室があり、目指す執務室は入口正面にある部屋のようで、迷うこともなく見つけられた。

執務室のドアの前に立った私は、緊張をほぐすため、幾度か深呼吸を繰り返す。

最初が肝心だ。くれぐれも教官に失礼のないようにしなければ。

私は、ドアを几帳面に三回ノックした。

扉の奥から声が掛かるのを待つが、返事がない。小首を傾げて、再びノックする。

返事はない。誰もいないのだろうか？

三回のノックを五セットしたところで、私はとうとう白旗をあげることにした。

「失礼します！」

元気よく言って、扉を開ける。

入室した私をまず出迎えたのは、部屋の左手中央の場所を占める、縦置きの古く大きな柱時計が時を刻む音。

――カツ、カツ、カツ。

定期的で心地よい音が鼓膜を打つ。そして私の視界に、書類にうずもれたゴミ溜めのようなデスクと、デスクに足を乱暴にのせた男性という、雑然とした光景が飛び込んできた。

床にも、色々な書類だかゴミだか判然としないものと、重そうな本が散らかっており、文字どおり、足の踏み場もない。

そんな部屋の主であろう男性はというと、分厚い本を両開きにして顔に被《かぶ》せ、椅子の背に反り返っていた。ノックの音に気付かなかったということは、寝ているのだろうか？

何か、期待を裏切られた感じだ。エージェントの執務室というのは、もっと綺麗《きれい》に片付いているものだという先入観があった。田辺教官だって、整理整頓はきちんとしていたし。

「あ、あの！」

対応に困りながらも、勇気を出して声をかけると、ようやくこちらに気付いたのか、男性は本を顔から取り上げ、じろりと私を一瞥《いちべつ》した。やってきた侵入者を気にした風もなく、暫《しばら》くぼんやりと見ていたが、どうやら無視するのは諦めたようだ。眠そうな眼で短髪の頭をボリボリと掻《か》くと、よく通る低音の声で、厳かに言った。

「『優』だ」

「……は？」

自己紹介を準備していた私は、出鼻をくじかれ、思わず素《す》っ頓狂《とんきょう》な声を上げてしまった。

「だから、『優』だと言っている」

それで話は終わりだとでも言うように、本を顔に載せて、眠りに入ろうとする。

「ちょ、ちょっと……」

「何だ？」

「……自己紹介くらい、させてください」

男性は大きなあくびを漏らした。

「言ってみろ」

慌てて私は姿勢を正した。えーと、何て言うんだっけ？　昨日あれほど練習してきたのに、担当教官がこんなだとは思わなかったから、調子が狂ってしまった。

「本日、アカデミーから実習に来ました、二階堂遊馬です。私のことはどうぞ、『遊馬』と呼んでくださいね。若輩者で至らない点も多々あるかと思いますが、どうぞご指導とご鞭撻《べんたつ》のほど、よろしくお願いいたします」

深々と礼をする。練習の成果が出たのか、きちんとつっかえずに言えた。

「よろしく。新藤《しんどう》だ」

担当教官となる男性は、ぶっきらぼうにそう言うと、再び本を顔の上に載せようとする。

「ちょ、ちょっと……教官！」

つっけんどんな態度の教官に、私は狼狽した声を上げた。

それにしてもだらしのない人だ。切れ長の瞳が印象的な、彫りが深く、鋭角の顎の輪郭を持つ顔立ちは、まあ二枚目半といっていいところだけれど、伸び放題の無精ヒゲ、皺くちゃのシャツ、くたびれた黒いスーツ姿で台無しにされている。

部屋は散らかり放題で、本棚も虫食い状態。ファイルキャビネットは開け放たれ、そこにも書類が束になって入っていた。分類なんてされていないんだろうな。

奥のソファベッドには脱ぎ散らかしたワイシャツとネクタイが無造作にかかっている。

もしかしてこの人、この執務室に住んでいるのではないだろうか？

「まだ何かあるのか？　自己紹介は聞いただろう。『優』だ。それ以上に何が望みだ？」

「何ですか、突然。『優』って一体？」

「成績だよ。実習生はたまに来るが、俺は俺の生徒に『優』しか付けない。楽でいいだろ？」

それはそうかもしれないが、あまりにも投げやりではないだろうか。

「新藤教官、困ります。私は一人前のエージェントになるためにここにやってきたんです。第一、実力も実習態度も見ないうちから成績を付けるのは非常識です」

「お前の実力云々《うんぬん》は聞いている。前の実習先を追い出されたレベルだろう？」

痛いところを突く。思わず言葉を失いながらも、私はかろうじて、新たな志を主張した。

「……だ、だからこそ！　今度こそ、ちゃんと頑張りたいんです！」

「——やれやれ、真面目なことで」

新藤教官は、足をデスクから下ろし、ふうっと息をついた。

「それじゃ、まずはじめの指導だ。『教官』というのはやめてくれ。教官なんてたいそうな役職につくよりも、俺は現場一本槍、一エージェントでいたいんだ」

「……だったら、実習生の受け入れなんてしなければいいじゃないですか」

「お偉いさんの決めたことだ。俺は認めていない」

「でも、さっき、自分の『生徒』には優しか付けないって」

「便宜上、『生徒』と呼ぶしかないだろうが、ええ？　実習生？」

「遊馬です、教官」

「実習生、俺は教官と呼ばれるのが嫌いだ。別の呼び方にしてくれ」

「じゃ、じゃあ、先生」

「教官と大差ない」

「ええと、それじゃあ……新藤さん」

「何だ、その馴《な》れ馴れしい口調は。先輩と呼べ。新藤はいらん」

子供か、この人は。

「はじめからそう言えばいいじゃないですか」

思わず脱力して苦情を言うと、新藤教官——先輩は涼しい顔で言葉を返す。

「……君みたいな若い女の子に先輩って呼ばれると、若返った気がするからな。懐かしきかな、青春時代ってやつだ。さて、そういうわけで、俺は寝る」

「教……先輩！」

「すぐに忙しくなる」

先輩はそう言うと、もはや聞く耳持たずといった体で、寝入ってしまった。

◇

私たちの世界では誕生後、物心がつくくらいに成長すると、すぐにアカデミーへと入れられる。アカデミーで学んだあとの進路先は、調査部の調査員、調整部のコーディネーター、情報部の事務職など多岐に渡る。基本的には座学だけだが、エージェント希望者は他の進路希望者より長くアカデミーに在籍し、実習などを行う。この実習を終え、アカデミーを卒業したあと、晴れて『エージェント』という職業に就くことができるのだ。

死者の魂はコーディネーターに『強い未練がある』と判別された場合、エージェントの元へ送られ、『未練』の解消が図られる。

エージェントはその仕事の成果によって、A級からC級のランクが付けられる。

中でもA級エージェントは、人間の『未練』の九十五パーセント以上を解決してしまう超エリートで、全エージェントの五パーセント以下だ。前回の実習先の田辺教官ですら、優秀とはいえ、B級の地位にとどまっていた。

私のアカデミーでの評価はいわゆる落ちこぼれ。そんな私が——再実習という不名誉にも関わらず——送られたのは、A級の肩書きを持つエージェントの事務所だった。

「ああ、やっぱりこの書類の束、分類も何もされてないわ。本は本棚に平積みになってるし……あ、コーヒーの染みが床に。あとで染み抜きしなくちゃ……」

ぶつくさ呟きながら、ここでの初仕事は部屋の掃除にした。生来の潔癖症が疎《うと》ましい。

とりあえず、床に散乱している書類の束と、重い本をデスクの上に載せていく。

だが、てきぱきと掃除をしていると、早々に先輩の苦情が舞い込んだ。

「ううーん、うるさい」

「教……先輩、起きてくださいよ。とりあえず、部屋を片付けますから」

「必要ない。どこに何があるかはわかっている」

「嘘つかないでください、『重要』って書かれた走り書きが、床に落ちた本の下にある時点で、どこに何があるかなんて、わかるわけないじゃないですか。整理整頓が素早い情報の引き出しになるんですよ。それでもA級エージェントですか？」

「A級だの何だの、くだらねーよ。書類も本も俺たちも、要は使える時に使えるかだ」

「だから、いつでも使えるように掃除するんじゃないですか」

「わかったわかった。奥のソファで寝ているから、気が済むまでやってくれ」

「手伝ってくれないんですか？　書類の分類とか、どれが重要か何てわかりませんよ？」

「そこらへんも適当にやってくれ。これは試練であり、指導だ」

投げやりに言うと、先輩は衣服が散乱したままのソファベッドに横になった。

私は再び天を仰いだ。思い描いていたA級エージェントのイメージが、ギャップを超えて崩壊し始めている。

所詮は劣等生の、しかも前例のない再実習。いわくありげなところしか、お鉢が回ってこないということだろうか。

でも負けるものか。やってやる。

持ち前の負けん気で腕まくりをすると、私は本腰を据えて、人外魔境と化している執務室の掃除に取り掛かった。

◇

「これは一体どうしたことだ？」

目を覚ました先輩の第一声はそれだった。

「ど、どうしました？　何か不手際でも」

とっさに意味が図りがたく、おずおずと聞く。

「床が見えているじゃないか」

「……当然でしょう、掃除したんですから」

実際、掃除は大変というわけでもなかった。床に落ちている書類をかき集めて、ファイルキャビネットの中にしまいこみ、本は本棚に、洗濯物は汚くて触りたくなかったけれど、何とか我慢して畳んでおいただけだ。

それだけで、かなり部屋は整理された。むしろ、この程度のことをやらずにずっと過ごしてきたその神経の図太さが信じられないくらいだ。

「実習生」

「遊馬です」

「コーヒーを淹《い》れてくれ。インスタントでな」

「はいはい」

コーヒーを給湯室で淹れて持っていくと、先輩は一口すすり、満足気な息を吐き出した。

「うまい。やっぱりコーヒーはインスタントに限る。実習生、お前、なかなか見所がありそうだな。いい家政婦になれる。見直したぞ」

「インスタントコーヒー何て、誰が淹れても味は一緒じゃないですか。それに、私は家政婦になるために来たんじゃありません。茶化さないでください。死活問題なんです」

　先輩は肩を竦めた。

「そんなに肩の力を入れてやるもんじゃない。気楽に、気楽に」

「気楽になんかできません。私の将来は、この実習にかかっていると言っても過言じゃないんですから」

「だから、『優』をやると言っているだろう」

「そんなの……ずるいです。私は、ちゃんと自分の力を見て欲しいんです」

　先輩はやれやれと言うように息を吐くと、デスクの椅子を引っ張って腰掛けた。

「俺は『優』しかやらない。『良』でも『可』でも『不可』でもない。『優』だ」

「何でですか？　私は自分の力量に対する正当な評価が欲しいんです」

　食い下がると、先輩は説明するのも面倒だとでも言いたげに、溜息をついた。

「俺がそうしたいからだ。単なる我儘《わがまま》だよ。それとも、また実習先を替えるか？」

　そうしたい気持ちは否定できない、と思ったが、口にしたのは気持ちとは別の言葉だ。

「……先輩は、Ａ級エージェントなんですよね？」

「くだらないが、肩書きではそうなってる」

「それなら、ここがいいです。A級エージェントの先輩の下で、エージェントの何たるかを精一杯盗ませてもらいたいと思います」

「A級ねえ……」

A級を連呼する私に、先輩は頭をガリガリと掻いて答えた。

「それがどれほどのもんか知らないが、まあ、好きにすればいいさ」

「ありがとうございます。二階堂遊馬、誠心誠意、頑張ります！」

深々と礼をすると、先輩はおどけてみせた。

「ほどほどにな。頑張りすぎても碌《ろく》なことがないぞ、この職業は」

「それでも、頑張ります」

先輩は私の淹れたコーヒーをすする。

「……まあ、最初は戸惑うことも多いかもしれないが、そのうち慣れてくるだろう。慣れたくなくても慣れてくる。そんなものだ。だから、第一の指導だ。この仕事には、絶対に慣れたりするな。とりあえず、それだけは頭に叩き込んどけ」

「……？　それは、どういう……」

疑問を口にしようとした時、デスクに置かれた電話が鳴った。先輩は電話を引き寄せながら、やれやれと言った体で、苦笑いして見せた。

「ほらきた、仕事らしい。まずは受理面接《インテーク》になると思うが、同席するか？」

「は、はいっ！　ぜひ！」

上ずった声で、私は頷《うなず》いた。

【二】

カウンセリングルームは、居心地のいい簡素な部屋だった。部屋の隅には観葉植物が置かれ、壁には森の絵が飾ってある。床は毛足の短い絨毯《じゅうたん》が敷いてあり、部屋の中央には背の低いテーブルとソファ。その二つが部屋の大部分のスペースを占めていた。

少し居心地が悪そうにソファに腰かけたクライアントは、情報部の事前資料によると、名前は倉持純也《くらもちすみや》。元保険会社勤務だったらしい。線の細い、ひょろりとした感じの青年で、見る者を落ち着かせるような雰囲気を纏っている。

先輩は、倉持さんと正対して座り、その隣に私が腰を下ろす。

「さて」

眠そうな声で、先輩は切り出した。

「倉持純也さん。享年は二十四歳。死因は……自殺。二週間前のことですね。あなたには『未練』があるようで、亡くなった方の魂が集まっていた保管所から、コーディネーターによってここに送られてきました。私どもは、あなたの未練の解消について、誠心誠意サポートさせていただきます。担当の、新藤と二階堂です。よろしくお願いします」

倉持さんは、曖昧に視線を泳がせる。自ら命を絶ったとはいえ、『死んだ』ということがまだ実感できていないのだろう。それはそうだ。死んでも自我が残り、こうして普通に私たちと接していられるのだから、たいていのクライアントは、奇妙な感覚になるらしい。

「事前に聞いていることとは思いますが、人間の魂は、未練を残したままでは、天上界へと送られません。その場合は、地縛霊か、浮遊霊になって、現世を彷徨うことになります。そういったことを避けるため、あなたに『納得して死んでもらう』必要があるのです。ここまではおわかりですか？」

『死んでもらう』という言葉に身体をぴくりと反応させたが、目に見えるような大きな動揺はないようだった。

「……そのために、未練の詳細を、何でも話してもらう必要があります。まあ、難しく考えないで、思ったことをそのまま言っていただければ結構です。いわば人生のアフター・ケアなのですから、この機会をラッキーと思って、気軽に話してください」

芝居がかった仕草で肩を竦めた先輩に倉持さんは軽い笑いを漏らした。

「お話はだいたい理解しました。でも、僕、あなたの仰《おっしゃ》るような『未練』と言えるほどのものは、なかったように思えるんですよ」

先輩はチッチッと舌打ちして、首を傾げた。

「しかし、あなたは実家の自室で首を吊ったようですね。それを考えると、『未練がない』というのは、少し奇妙に感じられますが」

「そうですね……自殺した人間が変なこと言うと思われるかもしれませんが、死んだのはただ、何となくなんです。強いて言うなら、家と職場の往復で、家は食事して寝るだけ、職場では歯車となって仕事を回すだけの生活で、刹那《せつな》的な衝動に駆られたんでしょうね。それで後先考えず、つい首を吊ってしまったというのが本当のところです」

　本当にたいしたことがないように温和に話す。

「それでは、あなたの『未練』については？」

「何でしょうね？　本当に、僕には、『未練』とか、思い当たることがないんです。ずっと考えてはいるのですが……すみません、お仕事なのに、困ってしまいますよね」

　先輩は「そこはお気になさらず」と首を横に振ると、机の上で指を組んだ。

「しかし、あなたが今ここにいるということは取りも直さず、あなたに『未練』がある、ということなのです。このままでは、あなたの魂が天上へ送られることは難しいでしょう」

　倉持さんは「困りました」と、後頭部に右の掌を当てた。

「申し訳ありません、厄介な人間で。どうも僕は、意図せず人を困らせてしまうところがあるのかもしれません。可能な限りご期待に沿うように心がけてはいるのですが」

　几帳面すぎる人なんだな、と思う。悩みを抱えているのは倉持さんの方なのに、こちらを気遣い、物腰も落ち着いている。『空気を読まない』と揶揄される私とは大違いだ。

　先輩は頭を掻きながら、矢継ぎ早に訊ねた。

「友人関係に、何か問題は」

「いい奴ばかりですよ」

「恋人などは」

「別れましたが、いい方でした」

「ご家族との関係は」

「問題ありません」

「会社などで、悩みは」

「まったくありませんでした」

「お金に困っていたとか」

「給料はいい方だったと思いますよ」

一応大手でしたから、と謙遜した笑顔を見せる倉持さんに、先輩は目を細めた。

私は倉持さんの返答を聞いて、ほんの一瞬だけどこか釈然としないものを感じた。それが何かと言われると、自分でもイマイチわからないのだけれど。

「するとですね、結局、あなたの『未練』は何かという疑問に戻ります」

その言葉に、倉持さんは腕を組んで考え込むと、小首を傾げてみせた。

「……ひょっとすると、『未練がないことが未練』なのかもしれません」

私は呆気《あっけ》にとられた。『未練がないのが未練』？

そんな『未練』、本当にありえるのだろうか。

倉持さんは、自分の言葉の意味を反芻するように一言二言口の中で呟いた。

「私の『未練』は……そうですね……どうか、一緒に探していただけませんか？」

「……なるほど」

左手の人差し指で机をコツコツと叩いていた先輩は、得心したように眼光を強めた。

「では、その未練を探すために、私どもも尽力いたしましょう」

さらりと言ってのける。不遜とまで取れる態度に、私は先輩のA級の肩書きへの信頼感よりむしろ、不安を抱いてしまった。

まったく、再実習の初めから、突飛な案件に当たったものだ。

私はこのあとの展開がまったく予想できずに、密かに溜息をついた。


執務室に戻った先輩は、乱暴に椅子に腰を下ろすと、長い両足を行儀悪くデスクの上に投げ出した。

「実習生」

「遊馬です、先輩」

「コーヒーを淹れてくれ。インスタントの、とびきり美味いやつをな」

「美味しいコーヒーなら、ドリップしましょうか?」

私は無茶を言う先輩に眉を顰《ひそ》める。

「一度インスタントコーヒーを味わった奴なら、ドリップなんて泥水飲めるかよ。コーヒー、インスタントだ」

「わかりました」

いい加減言い返すのも疲れて、私は給湯室へ立った。

お湯を沸かして濃い目のインスタントコーヒーを作ると、執務室に戻って先輩に手渡す。

先輩は両手を差し出してカップを受け取り、コーヒーを一口飲むと、熱い息を吐いた。

「美味い。やはり、コーヒーはインスタントに限る」

それから、再びカップに口をつけてズズッとすすり、私の顔を下の位置から覗き込む。

「実習生、カウンセリングに立ち会ってみて、クライアントをどう感じた？」

「……え？　え、ええと、そうですね……」

いきなりの質問に、私は面食らう。感じたこと？　何だろう？

確かに倉持さんの『未練』は突飛だったし、自殺の理由だって首を傾げるものだっだ。

でも、今先輩に問われているのは、倉持さんの人となりについてだ。

「とてもよい方に思えました。真面目そうな方でしたね」

「それだけか？」

「え？　ええと、その……」

確かに、ちょっと引っかかったことはあった。ただ、それは気のせいかもしれないほど僅かな感覚だったので、口にするのは憚《はばか》られる。

「俺は極めて不自然に感じたけどな。……まあいい。ところで実習生、お前さんなら、この案件は、どう解決する？」

だから、無茶振りはやめて欲しい。急いで考えをまとめつつ、訥々《とつとつ》と答えた。

「……そうですね、やっぱり、倉持さんに『納得して死んでもらえるように、説得する』くらいしか思いつきません。前の実習先での教官も、そういうスタンスでしたし」

それがエージェントとしてとるべき普通の方法だろう。

「でも、倉持さんは、『未練がわからない』と言っているんですよね。そうすると、説得も何もないような……」

お手上げだった。打てる手を考えはするが、思いつくどれもが的外れに感じる。

「なるほどな。まあ、説得するにも色々方法はあるが……あの手合いには、『あなたの未練はこれです』と提示してみたところで、『だからなんなんだ？』という反応しか返ってこないだろう。そうすると、だ……」

お腹の上で両手を組みながら、先輩はブツブツ呟き始めた。私に話しているというより、むしろ独白に近くなる。

「……何か、彼にガツンと言わせるような展開を用意しなければいけないかもしれないな。カウンセリングというのは、とどのつまり、再生の物語の構築の場だからな」

そう言って目を閉じると、結論が出たのか、コーヒーカップを傾ける。

「まあ、とりあえずは、この考え方の方向性は間違えてないと思う」

「は、はあ」

もはや何を言っているのか。いきなり私の理解の範疇《はんちゅう》を超える言葉を展開する先輩に、凡庸な相槌《あいづち》を打つことしかできなかった。

そんな私に苦笑いを漏らすと、先輩はコーヒーカップを差し出した。

「戯言《ざれごと》だよ。そう難解な顔をするな、実習生。コーヒーのおかわりを頼む」

【三】

翌日、私たちは都内にあるオフィス街まで足を延ばしていた。

乱立するガラス張りの巨大なコンクリートの塔の下では、スーツ姿の会社員が、忙《せわ》しなく歩きまわっている。このオフィス街の一角に、倉持さんの勤めていた保険会社があった。帰宅時の会社のエントランスからは、仕事を終えた多くの人々が排出されている。

「まあ、狭いカウンセリングルームで考えていても埒《らち》があかないからな。倉持さんと接触を持っていた人たちの話を聞いてみることからスタートしよう」

事務所で先輩が当然のように口にした台詞に、「え？」と私は仰天して先輩に入れたコーヒーをこぼしてしまいそうになった。

「せ、先輩？　そういうのは調査部の人たちがやるものではないんですか？　エージェントがクライアント以外の人間と関わるのは、御法度《ごはっと》なのでは……？」

一般的にエージェントは生きている人間にはそうそう接触しない。藪《やぶ》をつついて蛇を出す、の例えのように『未練』が混乱、悪化する危険性があるし、生きている人間のその後の人生にどんな影響を与えるかわからないので、関わらないことが暗黙のルールになっているのだ。

前回の実習先でも、田辺教官が接触していたのはクライアントだった花蓮さんだけ。しかもカウンセリングルームの中でのみである。それが当たり前だし、常識だと思っていた。

もちろん禁忌《きんき》ではないが、型破りであることは確かだった。

「問題にならない程度にすればいい。まあ、いつものことだ」

先輩はさらりと言って、どこからか持ってきたA４のファイルを開く。そこには、弁護士、医師から、不動産会社の営業、ビルメンテナンスに至るまで、様々な肩書きの名刺が、区分けされた透明なポケットに、ずらりと収められていた。

「実習生、お前も、ダミーの名刺は作っておいた方が色々と役立つぞ。俺たちは私文書偽造の罪に問われようと、何の問題もないからな。……うん、よし、今回はこれで行こう」

どれにしようかな、何て、指で突きつつ、先輩が取り上げた名刺には、『フリージャーナリスト』という文字が躍っていた。

倉持さんの勤めていた保険会社ビルの前、歩道脇の柵に腰掛けながら先輩は、出てくる社員と手にした写真とを見比べる。資料は、調査部から流れてきたものらしい。

やがて、先輩は柵から億劫《おっくう》そうに腰を上げた。お目当ての人物が見つかったのだろう。

縁なしの眼鏡をかけた、年の頃は五十代初めといったところだろうか。少し白髪が混じり始めた髪の毛を後ろに撫《な》で付けた、少々神経質そうな男性にふらりと歩み寄ると、先輩は軽く頭を下げ、「こんにちは」と挨拶した。

訝しげに足を止めた男性に、先輩は『営業用』というのが明白な笑顔を作ってみせる。

「はじめまして。斎藤《さいとう》さんですよね。私、フリージャーナリストの新藤と申します。こちらは、助手の二階堂。いきなり、不躾《ぶしつけ》な訪問をお許しください」

例のダミー名刺を手渡すと、斎藤さんは警戒した様子で、それに目を落とす。

「……これはどうも。何の御用でしょう?」

「実は今、『若者の自殺』について、色々な方からお話を聞いておりまして。ストレートに言ってしまえば、斎藤さんに取材を申し込みたいのです。いえ、もちろんあなたの実名や、会社のことはわからないように伏せます。あくまで一意見としてお聞かせいただいて、参考にさせてもらえれば、と思いまして」

ペラペラと、先輩の舌は回転する。事務所で見る、やる気のない様子が嘘のようだ。どっちが本当の先輩なのかと、思わず目を疑いたくなる。

「『若者の自殺』ですか……それは、つまり……」

「はい、先日亡くなられた倉持純也さんのことです」

先輩が言うと、斎藤さんは渋面になった。

「つまり、我が社や、私に、何か問題があったのでは、と?」

「いえいえ、調べさせていただいたところ、あなたは、とてもよい上司で、倉持さんのことを大変評価していたと聞いております。それで、倉持さんがなぜ亡くなってしまったのか、縁の深かったであろうあなたに教えていただきたいと思いまして」

先輩はすかさずフォローを入れた。

「そうは言っても、私には月並みなことしか言えませんよ」

謙遜するように言ったが、その表情には満更でもない様子が透けて見える。

斎藤さんは、「ここだけの話なら」と、たっぷりと潤滑油を注がれた口を開いた。

「そうですね、彼は有能な部下でした。こちらが指示する以外にも、よく気を回して仕事をこなしてくれる感じです。勤務態度も良好でしたし、よく社に尽くしてくれたと思います。会社側の無理を文句も言わず引き受けるような、責任感の強いところもありました」

そこで斎藤さんは、腕を組んで小首を捻《ひね》った。

「一体、今回のことは何が問題だったのか……まったく寝耳に水でした。とにかく、人が望んでいることによく気がつく、真面目な人物でした。どこをとってみても、そつないと言うか、問題もない、優秀な部下で……」

「なるほど、随分と倉持さんのことを評価されていたのですね」

先輩の相槌に、斎藤さんは気をよくしたようで、鼻の穴を膨らませた。

「そうですね、私にとって、部下は家族のようなものですから……あっ……」

言葉途中で、人の波に何かを見つけたのか、視線を移す。

「おおい、望月《もちづき》！　ちょっと来い！」

斎藤さんが手を挙げて、帰宅の途についていた若い社員に声をかける。

前髪をやや無造作にセットし、きちんと眉を整えた、なかなか好印象な男性がそれに気付いて小走りに駆け寄ってくる。

「斎藤課長、どうしたんですか？」

斎藤さんは顎《あご》でこちらを指し示す。

「こちら、フリージャーナリストの方だそうだ。ちょうど今、倉持のことについて取材を受けていてな。望月は、倉持とは同期入社だよな？　幼馴染《おさななじ》みでもあったと聞いている。色々と、話せることもあるんじゃないか？」

望月さんは一瞬だけ心底嫌そうな顔をして斎藤さんを見たが、すぐに笑顔でそれを隠して、こちらに向き直った。

「……記者さんなんですか？」

「ああ、フリーのジャーナリストです」

営業用スマイルで、先輩は先ほどと同じように繰り返す。

「倉持さんの幼馴染みなんですか？　それはぜひ、お話を伺《うかが》いたいですね。ただ今、『若者の自殺』というテーマで取材させていただいています。望月さんから見て、倉持さんはどのような方でしたか？」

望月さんは、こちらを窺うように見つめていたが、すぐに明るい声で答えた。

「倉持は真面目で頭のいい、絵に描いたような優等生でしたよ。俺は小中と学校が一緒で、偶然同じ会社に入社して再会したんですが、昔と変わりなく、本当にいい奴でした。欲がないというか、自分より人のことを優先させる性格で」

「なるほど、倉持さんは、人の気持ちを察することに長《た》けていたようですね」

「はい。そんな感じです」

「どうにもパッとしないお前とは大違いだったよな」

斎藤さんが意地の悪い声で割り込み、望月さんを茶化す。

望月さんは一瞬の間を置いて、「あはは」と笑った。

「ひどいですね、課長。でも、そのとおりかな。あいつは小学校の頃から優等生で、運動以外は何でもできましたから、付いた渾名が『委員長』です。安易なネーミングですがね」

望月さんは、おかしそうに言う。当時を思い浮かべているのだろう。

「……でも、悪い意味じゃないですよ？　自分で引っ張っていくタイプじゃなかったけど、何というか……期待する以上に応えてくれて。本当に皆が頼りにしてましたから」

「随分真面目な方だったんですね」

先輩が合いの手を入れる。

「……はい。大人になってからも、それは変わらなくて。実際、上司の覚えもよかったです。確か、親父さんは銀行員じゃなかったかな。可愛い彼女もいたし」

望月さんは、あっ、と気付き、言葉を切った。

「こんなにベタ褒めするのも何か奇妙な感じがしますね。……でも、倉持が何で死を選んだのか、俺にはまったくわからないんです。悩みがあるようにも見えなかったので、まさか自殺だなんて。友人として、力になってやれなかったことを悔しく思います……」

「――なるほど、よくわかりました。辛い話をさせて申し訳ありません。色々と聞けて、大変助かりました」

そう言いながら一瞬だけ、望月さんを射るように見た、と思ったのは気のせいだったろうか？　溜息をつく望月さんと斎藤さんに一礼すると、先輩は話を切り上げ、こちらに目配せをして踵《きびす》を返した。

「あ、ありがとうございました！」

私も慌てて頭を下げると、先輩のあとを追いかける。

駆け足で駆け寄ってその横顔を窺う。先輩はいつになく真剣な顔で思案しているようだった。その凛々《りり》しい顔つきに、思わずドキリとすると、ポツリと呟きが聞こえた。

「やはり夏の終わり、まだまだ暑いな。事務所に戻って、インスタントのアイスコーヒーが飲みたいぜ……」

あるいは先輩は、何も考えていなかったのかもしれない。

【四】

倉持さんの実家は、閑静な住宅街の一角にあった。洋風二階建ての建物で、庭などのオープンスペースの少ない重厚な造りが、見るものに威厳すら感じさせる。

私たちは、またしてもフリージャーナリストを僭称《せんしょう》し、二、三の条件付きで、『取材協力』として、家に上がらせてもらっていた。

倉持さんの母親、佳代子《かよこ》さんは、上品なウェーブのかかった栗色の髪で、気の強そうな目つきを薄桃色のオーバル型のメガネで隠していた。いかにもセレブな母親といった様子だが、心労からだろう、疲れた表情をしているように見えた。

居間に通され、私たちは来客用のソファに腰掛けた。レモンを添えた紅茶を出されると、先輩は少し微妙な顔をしたが、さすがにインスタントコーヒーを注文することはしない。

「お辛いところに、ずけずけと申し訳ありません。ですが、このような取材は、今後、息子さんのような方を生み出さないためにも必要なことだと、お察しください。……純也さんのことをお聞かせ願えないでしょうか」

佳代子さんは溜息をつきながら、片手で顔を覆う。手の指の数本には、地味ではあるが、高価そうな指輪がはめられていた。

「あの子は、心根の優しい子でした。繊細すぎるところもありましたが、そのくせ、こちらにいらぬ気遣いをさせないような、そんな、しっかりした子でした」

「倉持さんは、親から見て『いい子』であったと」

「……はい、でも努力の足りなかったところも、多々あったと思います。たいていのことは簡単そうにこなしてしまう子だったので、親の欲目といいますか……もっと頑張れば、政治家とは言いませんが、せめて会社の要職に就くような、立派な人間になれたとも思うのですが。でも、主人のように、格式高い大学に入って、一流の会社にまで進んでくれたのですから、親としては、やはり自慢すべき子ですよね」

先輩は、「とても優秀な方だったのですね」と相槌を打つ。

「家では、仕事についてては何か言っていましたか？」

「会社のことは、あの子の口からはほとんど聞いたことはありません。でも、あの子も、もう社会人でしたから、周りに迷惑をかけないように、一廉《ひとかど》の大人として振る舞うように言い聞かせたつもりです」

「……続けてください」

「はい……。先ほども言いましたが、あの子は、聞き分けのよい、とてもいい子でした。成績もよかったですし。私も、あの子が賞をもらったり、テストでよい点を取ったら、きちんと褒めてあげていましたし、近所に自慢だってしてたくらいなんです。もちろん、私を失望させることもありましたが、それはあの子に悪いところがあったからです。そのようなことは、他所様《よそ》のご家庭でも同じですし、私にはちゃんと言うことを聞かせて、立派な人間に育てたという自負もあります」

そう言って、不意に目頭を押さえる。

ハンカチを渡そうとした先輩は、それがしわくちゃだと気付き、渋面になる。私は自分の未使用のハンカチを、「どうぞ」と、佳代子さんに差し出した。

「……ありがとうございます。何が原因であの子は、自分の命を絶つようなことをしたのでしょうか？　何が不満だったのか……わかりません。親より先に死ぬほど、親不孝なことがあるでしょうか？　なぜあの子は、こんなに私たちを苦しめるようなことを……。世間様にも顔向けできません。私の育て方が誤っていたのでしょうか……？」

先輩は、泣きはらした佳代子さんの顔をじっと見つめていたが、やがてかぶりを振った。

「息子さんが亡くなられた裏には何があったのか。それを突き止めるのが、今回の取材の意義です。……よろしければ、純也さんのお部屋を拝見したいのですが」

ハンカチで涙を拭うと、佳代子さんは弱々しく頷いた。

「二階でございます。あの子が死んでからも、定期的に掃除はしていますが、あった物はそれほどいじってはいません。まだ、あの子が死んだことが納得できなくて……」

「お察しします」

先輩は、重々しく頷いた。


純也さんの部屋まで私たちを通すと、佳代子さんは「何かございましたらお呼び下さい」と、一言だけ残して、部屋を出ていった。

倉持さんの部屋は、居間とは対照的に簡素な造りだった。入口正面の大きく切り取られた窓際に机とベッド、その反対側に大きな黒枠の本棚が置かれており、ベッド脇の床の上には、ビジネス雑誌が平積みに二、三冊重ねて置かれているだけで、部屋は綺麗に片付けられていた。

「何というか、綺麗なんですけど、どこか殺風景で、『消毒液の匂いがしそうなほど』生活感が感じられない部屋ですね。本当に、無駄なものがない……」

「的確だな」

「はい、先輩の執務室とは正反対に感じます」

先輩は眉根を寄せると、ふん、と鼻を鳴らした。

首を回して室内を見ると、壁には小学校から中学校時代の読書感想文など様々な賞状がガラス張りの額にずらりと入っている。先輩と私は、本棚にきちんと並べられた書物に、一緒に目を通した。

「本棚にも、専門書がびっしりですね。保険外務員から、ファイナンシャルプランナーの資格、秘書検定まで……えっと、こっちは、会社の業務マニュアルでしょうか。こんなに分厚いのに、付箋をいっぱい貼って、読み込んでる感じですね。その他にも、ビジネス文書やビジネスマナーの本まで……勉強家だったんだ、倉持さん」

「本棚というものは、持ち主の性格が現れるものだからな」

私は頷きつつ、ふと目についた本に首を傾げた。

「……あれ？」

「どうした？」

「……絵本があります。この一冊だけ、やけに場にそぐわないような気がするんですが」

本のタイトルを見て、先輩が、ふうん、と声を出した。

「オスカー・ワイルドの『幸せな王子』だな」

「ご存知なんですか？」

「まあ、読んでみろ。絵本だし、そんなに長くないから」

「はい」

私は凝った装丁の表紙をめくった。

――ある街に、金箔で覆われ、多くの宝石で飾られた王子の像があった。王子は街の様子を見て、不幸な人々がいることに心を痛めていたのだが、自分では動くこともできない。そんな王子の像の前に、一羽のツバメが羽休めをし、彼らは知り合いになる。王子に頼まれたツバメは空を飛び、王子の体を纏う宝石や金箔を、不幸な人に分け与え――。

端的に言うと、そんなお話だった。

「背表紙とか、やけに擦り切れている感じですね。何度も読んだんでしょうか？」

本を読み終えた私は疑問を投げかけたが、先輩は肩を竦めただけだった。

「それにしても、何というか、エリートの母親というのは、みんなあんなものかね」

「どうなんでしょうね。優秀な人間を作る苗床のような感じは受けましたが……」

確かに、窮屈な雰囲気は感じた。ただ、今はそれよりも気にかかっていることがある。

「先輩」

「何だ、実習生」

「……ですから、遊馬と呼んでください」

「だからなんだよ、実習生」

私は溜息をついた。私が好む呼び方をしてもらうには、相当根気が必要みたいだ。

「先輩。私、エージェントというものは、クライアントに深入りしてはいけないと教えられてきました。こんなふうに関わってはいけないと、教授には耳にタコができるくらい言われ続けて。……前回の実習先を追い出された理由もそのことでしたし」

少し落ち込む私を横目で見やると、先輩は訊いてきた。

「実習生、アカデミーの教科書に、一ページだけでもいい、希望とか絶望とかいう言葉が載っていた記憶はあるか？」

「……そういえば、見たことないかもしれません」

先輩は「うん」と頷く。

「つまり、そういうことなんだよ。俺は別に、アカデミーの勉強を否定するわけではない。ただ、学問だけで自分が正しいと思い込んでる輩《やから》の何と多いことか、目を覆いたくなるよ。こんなことを言うのは青臭いかもしれないがな、希望も絶望もなしに、クライアントに関わっていけるものかよ」

「えっ！」

そんなことを言う人など、教授の中にも、同級生の中にだっていなかった。先輩はやはり変わり者なのかもしれない。

「まあ、今回、ここに来て収穫がなかったこともない」

そう言うと、先輩は頬に指を当てた。

「どうやら、俺には倉持さんという人間が、朧《おぼろ》げながら見えてきたよ」

「今までの調査くらいで、何かわかったんですか？」

「ある程度はな。ただ、確信はない」

のんびりと答える先輩を見て、私は必死で脳を回転させる。

私は今までの調査だけでは、倉持さんの素顔を摑むことはできていない。

だが、何かが引っかかることはある。生前の倉持さんの人物像に思いを馳《は》せていると、脈絡なく、連想されるのだ。

それは、ついさっき読んだ絵本の中の、次のような一節だった。

――王子はサファイアでできた自らの眼をツバメに頼んで、貧しい少女に届けてもらう。

眼がなくなった王子は、それでも言った。

『いいんだ。あの子が幸せになれるなら、見えなくなっても』

そうして、時は過ぎる。

王子の翼となって人々に幸せを届けていたツバメは冬の到来で死んでしまい、体中の宝石と金箔を分け与えた王子の像は、汚らしい姿に変わってしまう。

王子とツバメは、その醜くなった姿を見咎《みとが》めた街の人々の手によって棄《す》てられてしまうということだった――。

王子は文字とおり身を削って、全ての人の幸いのために捧げた。

なぜその一節が突然想起されたのか、自分でも把握しがたい。だが、その場面に私は、静かな胸騒ぎを感じていた。

【五】

「ほ、本日は、私がカウンセリングの相手を務めさせていただきます！　まだまだ至らない点はあるかと存じますが、よろしくお願いいいたします！」

緊張でカチコチになりながら、私は精一杯切り出した。

「よろしくお願いします」

柔らかく笑いながら、倉持さんは温和に返してくれる。

「すみませんね、倉持さん。これも、実習の一環でして。若輩者ですがフォローはさせていただきますので、よろしくお願いします。こう見えて、猫の手よりは役に立つ奴なのです。なぜなら――」

先輩は大きく両手を広げる。

「彼女は、コーヒーを淹れるのがうまいのです。もちろん、インスタントで、です」

先輩の気遣いに、私はますます赤面してしまった。インスタントコーヒーを淹れるのがうまいって、褒め言葉なのかそれは。

――この、唐突な私主導のカウンセリングに至る直前。

執務室で私の淹れたコーヒーをすする先輩に、私は疑問を口にした。

「先輩は倉持さんの人物像が摑めてきたとうかがいましたが、私にはわかりません。何か、他人には理解できない、人生に絶望するようなことがあったのでしょうか？」

「どうだろうな。俺も言っただろう、朧《おぼろ》げな人物像がわかってきただけだって。知らなければいけないことがまだまだあると思っている」

「そうですか……」

私は少し驚いた。先輩は事態を見通しているのかと勘違いしていたが、実は結構謙虚なのかもしれない。もっとも、その見立てを立てられること自体、凄《すご》いことだと思うのだが。

「それで先輩、このあとの倉持さんのカウンセリング、どうするんですか？」

先輩はぼーっとした目で私を見やる。

「そうだなあ……実習生、ちょっとお前、倉持さんと話してみろ」

「はい……って？　えええ？　私がクライアントさんと直にお話しするんですか？」

「うん、現場でのお前の技量も見てみたいしな」

「無、無理無理無理！　無理です！　そんな大役、私には……」

私は泡を食って、胸の前で手をブンブンと振った。

「実習生」

「はい。……えっと、遊馬です」

先輩はこちらの心情を考慮する振りさえ見せず、投げやりな声で宣告した。

「実習生、これは試練であり、使命だ。フォローはしてやるから、やってみろ。何のための実習だ？」

「……あ、ううう」


こうして、倉持さんのカウンセリングを私が行うことに決定してしまったわけだ。

私は背筋を伸ばしてソファに座りなおすと、心の中で自分にエールを送りつつ、倉持さんに向かい合う。

「そ、それでは。ええとですね、まずお聞きしたいのは、『未練』を探る取っ掛かりなんです。生きていた時、こだわりとか、心のしこりになったことがあれば伺いたい、と思っています」

「こだわり……心の、しこりですか？」

倉持さんは曖昧に微笑むと、心から申し訳ない表情を作った。

「すみません。あなたの言っていることは理解できるのですが、何分心当たりがなくて」

出鼻をくじかれるような発言だが、ここで引き下がってはダメだ。

「いえ、少しずつ一緒に考えてみましょう。早計は禁物です」

「はい」

倉持さんが素直に同意するのに、少しホッとする。

「まずはじめに、仕事のことをお聞きします。倉持さんは上司の方の覚えもよかったということですが、お仕事に就かれて、約二年で亡くなられていますよね？　何か、辛いことでもあったんですか？」

倉持さんは少し考え込んだ。

「仰るとおり、肉体的な疲労感を感じたことはありましたね。上司というのは、斎藤課長のことかな。僕の力量を認めてくれて、入社して間もないのに、色々と仕事を任せてくれました。期待されてたんですよ、きっと。僕も頑張らなくてはと思い、マニュアルや本を読み漁《あさ》ったりしましたね」

それで本棚に、あれだけのマニュアル本があったというわけか。

ええと、続き。何か訊かなければ。

「例えば、怒られることとか、それで悔しい思いをしたりしたことはありますか？」

「……それは社会人だから、色々と戸惑いを感じることはありました。雑用も色々しなければいけませんし、要求に応えられなかったら、怒鳴られることも当然です。でも、新人はとにかく言われたことをやらなければいけませんから。何も問題なかったですよ」

「もしかして、いじめられたりしていたとか？」

「ははは、いじめですか？　考えすぎですよ。周囲とはうまくやっていましたし、人を不快にさせるような言動には、気を配っていたつもりです」

倉持さんはそこまで言うと、唐突に、「すみません」と謝った。

「僕も手がかりになるようなことを提示できればいいんですが。失望させてますよね」

「そ、そんなことありません！　それでは、ええと……」

あたふたと、次の話題を探す。

「交友関係はいかがですか。そういえば、幼馴染みの望月さんという方にもお会いしましたが、友人との関係などで、心に引っかかったことなどは？」

「望月、あいつはいい奴です。心に引っかかったこと、ですか……私はいじめられたという経験もありませんし、昔から相手の感情を気にすることはあったけど、周囲とはうまくやっていたと思います。他に、問題……問題となると……」

「い、いえいえ！　無理に問題を掘り起こさなければいけないとか、そういうことはないと思います。ちょっと私の方が急ぎすぎちゃったみたいで、ごめんなさい」

「むしろ僕の方が……ええと、そう、そうだな、友達と自分を比べるような、競争心を感じたことはあります。僕は運動が苦手だったので、それ以外のこと、勉強とかをうまくやっていこうとかは思っていました」

倉持さんの気遣いに感謝しつつ、私は気を取り直した。

「競争心はあったんですね。でも、それも決め手ではないような気もしますね」

「……ええ。教師も学業や感想文で成果を上げると、すごく褒めて認めてくれたし、問題はなかったですね」

「ええと、そうですね、ご両親とのご関係に関してもお聞きしてよろしいですか？　ご自宅を訪問させていただいて、お母様とお話しさせてもらった感じでは、結構厳しいご家庭だったのかな、とは思いましたが」

「父は忙しい人ですし、あまり接触もしたことがなかったですね」

「なるほど」

「母は、厳しい感じがしましたか？　……そうですね、もちろん、友達と遊ぶのを禁じられたとか、勉強一本槍を強要されたとか、そういうことはなかったです……いささか強く期待される感じはあったかもしれません。言葉で指図されることは比較的少なかったですが……子供心でもわかるじゃないですか、親が望むことっていうのは。まあ、そういうことには応えようと思ったくらいですね。何というか、できるだけ周囲に合わせようとしていたというか。家族だけではなくて、学校とか、会社でも頑張ろうと思っていました」

「親に対して、怒りや、憤りを感じたことはありませんか？」

「……怒り？　ええと、ああ、そうですね、親に色々言われた時、お腹が痛くなってしまうというのはありました。そういうの、よくあることらしいですね。僕も昔からお腹が弱くて、母には迷惑をかけてしまったと思います。まあ、生活に支障が出るほどひどくはなかったですけど」

倉持さんの人生には綻《ほころ》びが見えない。進退窮《きわ》まって、私は喘《あえ》いだ。

「生きていた時は問題とか、『未練』と呼べることもなかったんですね……」

「問題、なかったと思います。本当に、すみません」

ううん、そうすると……あとは何を訊けばいいんだろう？　本当に、『問題』というのが、まったく見当たらない人だ。何を訊けば問題解決が推進されるだろう？

でも、何だろう？　何か、言いようのない違和感のようなものを払拭《ふっしょく》できずにいる。

カウンセリングルームには、話を全て語り尽くしてしまった感じが漂って、沈黙が降りてきている。

「ええと……それじゃあ……」

「はい」

「……あの、その」

『未練』の取っ掛かりを探る私の期待に必死で応えようというような、倉持さんの視線をプレッシャーに感じて、どうにも、しどろもどろになっていく。

「その……ですね……」

その時、不意に横から先輩が口を挟んだ。

「倉持さん」

倉持さんは突然の乱入に目を瞬《しばたた》いたが、すぐに先輩に向き直った。

「はい」

「倉持さん、少しお聞きしたいのですが、あなたは、もしご自分が周囲の期待に応えられなかったら、どうしていたと思いますか？」

その質問に、倉持さんは、すごく困惑したような表情を見せた。

「期待に応えられなかったら、ですか？　そうですね、困りますが……期待に沿うように頑張っていたと思います」

先輩は、倉持さんの顔を微動だにせず見つめたあと、一つ息を吐く。

「そうですか。今回のカウンセリングは、ここまででよろしいでしょうか？　引き続き、あなたの未練につきまして、調査を続行させていただきたいと思います」

そうして、カウンセリングの幕引きの言葉を、緊張感のない口調で口にした。


カウンセリングが終わり、倉持さんを見送ると、先輩は執務室のデスクの前で、ぐーっと背を伸ばした。

「ソファは柔らかすぎて、逆に肩が凝るな。それで、実習生」

「はい」

私は疲れてしまって、『遊馬です』とお決まりの台詞を言う気力も起きず、ただ俯《うつむ》いた。

「今回のカウンセリングで、倉持さんについて何か気に掛かったことは？」

考え込んで、私はかぶりを振った。

「……すみません、結局、何も聞き出せませんでした。何の進展もできずに」

素直に謝ると、先輩は双眸《そうぼう》に鋭い光を湛《たた》えてみせた。

「そうでもない」

「え？」

「そうだな、実習生、お前は、倉持さんに関して、気付いたことは何もないといったな。なら、逆に考えて、倉持さんの人生には本当に『何も問題がなかった』と思うか？」

私は首を捻った。

「そこなんです。私は、むしろ『問題』を引き出そうと頑張ったつもりです。でも、何も成果が上がらなかったのが歯がゆいんです」

「だから、それだよ」

先輩は、人差し指を立ててみせた。

「はい？」

「人間というのは、生きているだけで、周囲と何らかのしがらみを持ってしまうものだ。それは不可避と言っていい。それなのに、倉持さんは何一つ心の軋轢《あつれき》がなかったと言っている。これ自体、異様なことだと思わないか？　まして、倉持さんの死因は自殺だぞ？」

「……あ！」

何か違和感を覚えていたのはこのことだったのだろうか。倉持さんとの対話の最中には気付けなかったが、今にして思うと、確かに異常かもしれない。

「ただ、今回のカウンセリングでは、倉持さんはあえて全ての可能性を否定するという意思があったようには感じられなかったな。逆に……」

「逆に？」

「わざとそうしているわけではないと感じた。だとすると、それが問題なんだ」

「それは……どういう？」

「まだなんとも言えないがな」

秘密主義の先輩に、私は少し顔を顰《しか》めたが、気を取り直して疑問を投げかけた。

「そういえば先輩、最後の質問は、どんな意味があるんですか？」

先輩は、「ああ」と思い出したように呟く。

「あれか……うん。人間にはどうしても、『承認されたい』という欲求が多少なりとも存在する。だが今回は、どうしても引っ掛かったんだ。おそらく、倉持さんの場合……」

そこまで言うと、先輩は口をつぐんだ。

「うん、まあ、まだ仮説だよ。そうだな、明日もう一度、幼馴染みの望月さんに会いにいくか。ちょっと、今回は入り方を少し間違えたみたいだしな。今日はもう寮に帰っていいぞ。お疲れさん」

本当にこの人は、私のことを取り残して先へ進んでいく。先輩の考えを最後まで聞いてみたい欲求に駆られたが、同時に、それを聞き出すことは困難であろうと直感した。

「はい、お疲れ様でした」

曖昧に承知すると私はそのまま事務所を出た。

【六】

今日は事務所近くのとある喫茶店で、私は親友の雨宮秋葉と待ち合わせていた。私が訪れた時には既に、秋葉はメロンソーダとクリームあんみつを注文していた。

「遊馬、こっちこっち！」

秋葉は大きく手を振って、私を呼び込んだ。

「秋葉、お疲れ様」

やってきたウェイトレスにミルクティーを頼むと、私は秋葉に笑顔を向けた。

秋葉も、柔らかい笑みを返してくれる。

「どう、エージェントの実習は？　指導教官は格好よかった？　A級エージェントなんでしょ？　ぶっちゃけ、いい男だった？」

「その質問は、やっぱり秋葉だね。まあ、見ようによってはカッコいいのかもしれないけど、性格に問題があるかな？」

「そう。まあ、性格はどうあれ羨ましいわ。私の方は空振りよ。楽で安泰な事務部を選んだとはいえ、職員はみんな女なんだもん。正直、夢も希望もないわー」

心底残念そうに溜息をつく。

「そっかあ……女ばかりの職場も、色々気苦労多そうだけど」

「うん。まあ、今日はお互いの傷を舐《な》め合いましょ！」

「あはは、何よそれ」

　話は今日一日のことから始まって、アカデミーの教授の悪口、秋葉の好きな恋バナへと移行していく。話題豊富な秋葉と話すのは、本当に楽しい。

「……そういえばさ、秋葉」

「ん？　ああ、仕事の話？」

「何でわかるのよ？」

「だって、遊馬、少し顔が緊張しているもの。わかるよ」

　そんなに顔が引きつったかなあ……むしろ秋葉の方が千里眼っぽい感じがするんだが。少し赤面しながら、続ける。

「ええとね、うん、仕事でちょっと気になったことがあるの。唐突にこんなことを聞くのもあれだけど、秋葉は『承認されたい』って気持ちをどう思う？」

　秋葉は、形のよい顎に細い指を当てた。

「そうね、もし認められなかったら、それは辛いと思うよ。自分がやっていることが否定されたり、無駄だと思ったら、本当に疲れるし、自分の存在意義まで考えちゃうと思う」

　秋葉は、クリームあんみつに差し込んでいたスプーンを取り上げると、指揮棒のようにくるくる回した。

「私が事務部の仕事をしてみて、一番辛いことって何だと思う？　……それは、やることがない時なの。まだ難しい仕事なんて任せられないから、ぽっかり時間が空いちゃって待機してて言われることなんて、ザラよ。期待されてないんだって思うと、辛さとか疲れ方が、かなり変わってくるわね」

何となく、わかる。必要とされないということは、邪険にされるよりも何百倍もきついのだ。そのことは、落ちこぼれの遊馬である、私が誰よりも知っていた。

秋葉は、ふと思案顔になる。

「……だからといって、承認されたくて必死になって頑張る人がいるけど、それもまた違う意味で、辛いんじゃないかなって思うことはある」

「……？　それはどういう違いがあるの？」

「うん、周囲にもそういうタイプの子がいるから言えるんだけど、承認を求めすぎる人っていうのは、見ていて、承認を得られなかったらおしまいだみたいな強迫感を感じるのよね。だから、必死で頑張る姿が、痛々しく思う時もある。たぶん、そういう人は、なにかと不器用なのかもしれないね」

「ん、何に対して？」

「……そうね、強いて言えば、自分を許すことに、かしら」

少し考えてから秋葉はそう言う。

私は感嘆の吐息を洩らした。

「……秋葉は凄いなあ、そんなに人間のことがわかるのに、何でエージェントじゃなくて事務部なんかに進んだの？」

「『なんか』っていうのは聞き捨てならないけど。まあ、エージェントは、みんなが憧れる花形だよね」

「うん、確か、秋葉も元々はエージェント志望だったでしょ？　それが、どういう心変わりがあって、今の道に進んだのかなって」

秋葉は、メロンソーダをストローで掻き回しながら、少しの間、コップの中にできた渦を眺めていた。

「……自分の限界をわきまえるくらいには大人になったのよ。いつまでも、夢を追いかけてはいけないなって」

ほろ苦く微笑む秋葉を見て私は、別の理由があると直感した。

秋葉にとって、エージェントになることは夢なんかではない。仮に夢だとしても、秋葉は十分それを摑めるところにいる。

品行方正、成績優秀、将来有望。それが秋葉だ。

だから、『大人になった』とか、そういうのはきっと言いわけに過ぎなくて……。

「大人、かあ……私は、まだ、全然子供だからなあ」

「遊馬は、それでいいんだよ。そのままでいい。私が保証してあげるから」

少し影の差した秋葉の表情が、いつもの調子に戻った。握り拳を私に見せてくる。

「遊馬、頑張ろうよ。一緒に頑張ろう。どんなに大変でも、その先には一回り大きな自分がいるって、そう信じて、さ」

私も微笑で握り拳を作り、秋葉の拳に軽く当てる。

「うん、そうだね。ありがとう、秋葉」

「こちらこそ！　どういたしまして！」

そうして、二人だけの挨拶を交わして、私たちは別れた。

【七】

翌日、先輩と私は、望月さんに再び会うべく、先日と同じ都内のオフィス街に来ていた。前回顔を合わせた時に挨拶がてらにいただいた名刺の連絡先に電話をして、会社からそう遠くないカフェで待ち合わせた。

まだ暑さが厳しく、汗がじわりと浮かぶ夕暮時。店にはコーヒー豆の出し殻で磨いた、渋くくすんだ色合いの床に、シンプルな木の椅子とテーブルが並んでおり、コーヒーの酸味の強い薫りが漂っている。

望月さんは、待ち合わせ時間より数分前に到着し、人好きのする笑顔を浮かべた。

「お待たせいたしました。いや、ジャーナリストの方というのも、大変なんですね。電話で言ったとおり、俺なんかの話が役に立つとは思えませんが」

「いえいえ、聞かせていただいたお話はとてもためになっています。そこでなのですが、むしろ私どもは個人的な興味で事件を追っていきたいと思っているのです。ですから、ここから先のことは記事には書きません。あくまでも、何が倉持さんを死に追いやったのか、それが知りたいのです」

先輩は、目の前にあったコーヒーを美味しくなさそうに飲んで言う。「やはり、コーヒーはインスタントに限るな」という低レベルな呟きを、私はあえて黙殺した。

怪訝《けげん》そうに眉をひそめた望月さんが口にしたのは当然、コーヒーのことではない。

「……記事にはしないんですか？」

「はい、あくまでも個人的な興味だと思ってください」

望月さんが、真剣な目になってこちらをじっと見据えていたが、やがて息の塊を吐いた。

「……そうですか」

頷くと、ウェイターにブレンドを注文し、歯切れ悪そうに言った。

「俺も同じ会社の上司のことを悪くは言いたくないんですが、昨日の、斎藤っていう上司、あいつは最低の部類に入る奴だと思っています。確かに、倉持には目をかけてたのかもしれません。でも、それは悪い意味でということです」

「詳しく聞かせていただけますか？」

「はい。斎藤は、倉持が器用で断らない性格だと理解していたんでしょうね。何かにつけて面倒な仕事を押し付けて、こなして当然、ミスをすれば鬼の首を取ったかのように、ネチネチと嫌味を言ってました。悪い意味でというのは、都合のいいように使われていたという意味です。あれはパワハラですよ、俺に言わせれば。もし俺が倉持なら、絶対数発は殴っています」

「そんな上司に、倉持さんは耐えていた、ということでしょうか？」

望月さんは腕を組み、首を傾げる。

「そこは、少し違いますね。耐えていたというのとは少し違っていて……そうではなく、当然のように受け入れていましたね。あいつには、昔からそういうところがあるんですよ。何でも受け止めちゃうとこが。そこが、倉持の凄さなのかもしれません。懐が深いというか……。悪く言えば、人が良すぎると言えたかもしれませんが」

ふむ、と先輩が頷いた時、望月さんの前にウェイターがコーヒーを置いていった。

「……他にお聞きしたいことは、倉持さんの幼少期のことなのですが、幼馴染みとして、倉持さんはどんなお子さんでしたか？」

「そうですね、一言で言えば、真面目で卒のない奴、でした。でも、感想文とかで賞をたくさんもらっていたから、子供心にも、凄いなとは思っていましたね」

それから望月さんは一口コーヒーを口に含み、視線を宙に泳がせた。

「そういえば、こんなことがありました。小学校の頃、友達同士でお泊まりをしたことがあるんです。で、布団に入っても夜遅くまで話してたんですけど、ガキのくせに色気付いて恋愛話になって。誰それは可愛いとかあの子が好きとか、そういう話題になったんですよ。ちょうどその時、好きな子に告白するかどうか迷っているバカがいまして」

「バカ、ですか？」

先輩は先を促す。

「脳まで筋肉の奴とでもいうか、色々とお調子者のバカが、クラスで一、二を争う可愛い子のことが好きになってしまったみたいで。それで、俺たちに暴露したのはいいんですけど、そのあと自分で途方に暮れちゃったみたいで、黙り込んだんですよ。つられるように、俺たちも無言になっちゃって」

「はい」

「そしたら倉持が、即興の話を作って聞かせてくれたんです」

「……それは、どのような？」

「そうですね、話の筋はだいたいこんな感じです。あるところに、がさつで乱暴で、怖いもの知らずの、ちょっと頭の悪い男の子がいたんです。そいつは、心の中でずっと好きだった女の子に気持ちを伝えるために、ドジを踏んで、いっぱい馬鹿をやって、失敗してカッコ悪いところをたくさん見せて。それでも、七転八倒した挙句、やっとのことで女の子に告白するんです」

抑揚をつけて、楽しそうに話す望月さんの話に、思わず引き込まれて、私は口を挟んだ。

「それを女の子が受け入れてくれるんですね！　倉持さんは、そんな、友達を勇気付ける話をしてあげた？」

しかし、そんな興奮した様子の私にニヤリと笑って、望月さんは首を振った。

「ちがうんです。その男の子は、勇気を振り絞って、女の子に告白します。でも、最後の最後で好きな女の子に、すごくいい笑顔でフラれてしまうんです。馬鹿ねって、はにかむような笑顔で」

「ええ？」

私は驚いて、思わず声を上げた。

望月さんは満足そうな笑みを浮かべる。

「……物語はそれで終わりでした。ところが、です。その話を食い入るように聞き入っていたそのバカが、突然宣言したんです。俺、告白する！って。みんなびっくりしましたよ。……でも、何となくわかった。そいつが勇気を出したことに、そこにいた全員が納得できたんです」

「え？　なぜですか？」

望月さんは、昔を懐かしむように、頭をポンポンと叩いた。

「何ででしょうかね。ほら、何というか、バカって憧れるものがあるじゃないですか」

う、うーん、よく理解できないけれど。

「そういえば、倉持さんには付き合っていた彼女がいたということですが」

先輩は、思い出したように訊ねた。

「ああ、七瀬《ななせ》さんですね。彼女は俺とも友達です。……倉持とはすぐに別れたから、付き合ってた期間もすごく短かったですが、なかなか可愛い子ですよ。倉持もいい奴だったし、その娘の性格も悪くなかったというのに、何で続かなかったのかな？」

「一応、その方の連絡先も教えていただけますか？」

「本人に確認を取りますが。たぶん大丈夫だと思います」

「色々とお話をありがとうございます。……それと、もう一つ、望月さんにお聞きしたいことがあるのですが」

といって、先輩は手短に質問を済ませた。

「……ああ、うちにもそういうのもありましたね。でも、それが？」

先輩はかぶりを振った。

「いえ……、それでは倉持さんの彼女だった、七瀬さんに取材を申し込もうと思います」

「ああ、それなら俺の方からも連絡を入れときますよ。取材に協力するようにって。くどいようですが、記事にはしないんですよね？」

「はい、それはお約束します。今日はありがとうございました」

先輩は伝票を取って席を立った。そのまま、出口へと歩いていく。

私も望月さんに深くお辞儀した。

「ありがとうございました。それにしても、倉持さんが即興の話だなんて、少し驚きました。ちょっとイメージと違うというか……」

望月さんは複雑な表情で首を捻った。

「そうでもないいんじゃないかな？　あいつすごく文才があったし。……そうそう、思い出した！　あの時、倉持は珍しく自分の夢を語ったんですよ」

その言葉を聞きつけると、駆け足で戻ってきた先輩が無理やり割り込んで来た。

「夢？　それはどんな？」

私はさすがに気分を害し、頬を膨らませる。

面食らったように望月さんは目を瞬いたが、くすりと笑って問いに答えた。

「作家になる夢です」


望月さんからの連絡で現れた七瀬さんとは、先ほどとは違う喫茶店で待ち合わせをした。

七瀬さんはショートボブの髪をした、きっちりしたスーツ姿のOLで、倉持さんのことを聞くと、言いにくそうにではあるが、まっすぐに答えてくれた。

「一言で言えば、大人の男性でしたね。まだ若いのに、何か、物事の見方がすごく大人というか、常識人でした。優しかったし、格好よかったし……だからこちらから告白して付き合ったんですけどね。別れたのも本当に、不満という不満はなかったんです」

「なるほど、不満という不満はなかった。……でも？」

探りを入れるように、先輩は相槌を打つ。

「……でも、本音の部分を見せてくれないように感じちゃうんです。話してても、何かこちらが上滑りをしている感じというか……妙に『躱《かわ》されてる』ような……」

あ、それだ！と私は心の中で声を上げた。倉持さんと話していた時、私も感じていた違和感。何を言っても、手応えのようなものが感じられないのだ。

「なるほど。付き合っていたのはそれほど長い期間ではなかったということですが」

「……そうですね、せいぜい一ヶ月です。何だろう、どこか嘘くさい感じに一度気付いちゃったら、何気ない言動にまでイライラしてしまうというか……それで、耐えきれなかったんです」

「ふむ」

「……そういえば、こんなことがありました。私が風邪を引いた時、看病に来てくれた彼が、寝物語に、『幸せな王子』の物語を聞かせてくれたんです」

思い出したように言う。倉持さんの部屋にあった絵本だ。

「その時は、彼が素顔を見せてくれた感じですか？」

七瀬さんは首を振った。

「いいえ、逆です。何か、すごく単調に、事務的に、面白みもなく話すんです。まるで、物語の楽しさとか感動とかいう基本的なものを、どこかに置き忘れてきてしまったように。それで私、熱に浮かされていたので……彼に、文句を言っちゃったんです。そうしたら、彼、すごく戸惑ったような顔をして。『ごめんな』って、謝ったんです」

「……なるほど」

「私、あの時、どうするべきだったんでしょうか。彼は、何かを伝えたかったのだと思います。でも、それに気付いてあげられなかったから」

それから少し辛そうに、七瀬さんは目を伏せた。

「……彼が自殺したと聞いて、私、すごく申し訳ないことをしたと思っています。彼の傍《そば》にいて支えることは、もしかしたら私の役目だったのかもしれない、って」

そう言うと、涙をひと雫こぼした。

「あなたが抱え込む必要はないと思います。何より、今流しているその涙だけで、倉持さんは十分救われると思いますよ」

先輩は優しくそう言うと、七瀬さんの肩をポンポン、と叩いた。

「ありがとう……ありがとう、ございます」

七瀬さんはハンカチを取り出して、目に当てると、何度か礼を言った。


事務所への道すがら、私は先輩に疑問を投げかけた。

「先輩、実は七瀬さんが感じてたような違和感というか、あれは、何なんでしょう？」

「んー」

前を歩いていた先輩は、後ろにいる私を一瞥すると、また正面に視線を戻す。

「簡単なことだよ。倉持さんの感情というものを感じられないからだ」

「え？　でも、とても誠実な人に感じられますよ？」

「そういうことじゃない。倉持さんと話していて、彼が、楽しい、苦しい、あるいは憎んでいるでもいい、感情に関することを一回でも言ったことがあったか？」

「あ……」

私は間抜けな声を上げる。まったく、この先輩は、どこまで観察力があるのか。

「……つまり、倉持さんは何か、仮面のようなものをつけている、ということですか？」

「仮説だがな」

淡々と肯定する先輩に、私は頭を抱えた。

「それじゃ、先輩、そんな倉持さんに、私たちはどう接すればいいんでしょうか？　後悔を感じられず、何を言っても響かないいんじゃ、『未練』は解消できるとは思えません。一体、どうすれば……？」

そういう私を振り返ると、先輩は怪訝そうに顔を顰めた。

「お前自身が言ったじゃないか。『倉持さんを説得するしかない』ってな」

「え……？　でも、何を言ったら、倉持さんに言葉が届くんですか？　どんなことを言っても、仮面に弾き返されるだけです」

「そう思うか？」

逆に問い返されると困る。

「……だって、倉持さんは、ずっとそういうふうに生きてきたんですし、七瀬さんに聞いた様子のように、心まで届く言葉を伝えるには……。説得なんて、誰が……」

「いいや」

飄々《ひょうひょう》として、先輩は言い放った。

「彼に言葉を届けられる人が、一人だけいると思うよ」

【八】

カウンセリングルームのふかふかのソファに座り、何度目かになるカウンセリングを開始する。先輩の声にはまるで気負いがなく、いつもとおり、本気でやる気があるのか勘ぐってしまう調子で口火を切った。

「あなたの未練を探して、色々と調査してまいりました」

「それは、ご苦労様でした。『未練』に繫がるものは、何かありましたか？」

変わらず冷静な倉持さんに、先輩はおどけるように肩を竦めてみせる。

「……それが、まったくないのです。あなたは、何の問題もなく人生を歩んでいた。本当に、何の問題もない。そんな人間はいるはずがないと勘ぐっていました。申し訳ない」

倉持さんの瞳に、一瞬だけ失望の影が落ちたように見えた。

「そうですか。それなら、まだ何か話すことはあるのでしょうか？」

「何もありません。あなたほど人生をそつなくこなした人間は珍しいと思いますよ。あなたはそつなく、周囲の期待に応えていた。そう、まさに完璧にね」

「……それが、何か？」

含みのある言い方をする先輩に、倉持さんは少し声を苛立《いらだ》たせた。

先輩は、「いや、実はね」と続ける。

「あなたの恋人だった七瀬さんにお話を伺ったのですが、少し引っ掛かっていたことがあるそうです。一度、彼女があなたの家に行った時にご両親にお会いして、何とはなしに、『いいご両親ね』って言ったことがあるそうですね。そのことを、彼女は覚えていましたよ」

先輩は、怪訝《けげん》そうな表情の倉持さんに躊躇《ためら》う素振りもなく、話を続ける。

「『そしたら彼、一瞬押し黙って……それで笑ったの。よく言われるよって。正直、ゾッとしました。普段真面目な彼の言葉に、明らかに暗いものを感じて』ってね」

「……ははっ」

倉持さんは、少しの間のあと、軽薄に笑ってみせた。

「彼女も、穿《うが》ちすぎなところはありましたがね。とてもいい娘でしたよ」

「彼女がいい人だとは、私も思います。だが、あなたの話を聞いて、思うのです。あなたに問題はない。しかし、人の期待に応え続けられるということはまた、それだけ期待に応えなければならないと常に自分を律してきたことへの、結果でしかないのではと」

先輩は大きく両手を広げて、かぶりを振る。

「あなたには『未練』はないはずだ。他人の期待どおりの人間になれたのですからね。本当に、ひどく優秀な方だ。自分の身を削ってまで、相手を満足させる。素晴らしいですね。本当に、そういう生き方は素晴らしい」

「…………」

倉持さんは、不意に先輩から視線を外した。

「あなたの場合、育った環境もよかったのかもしれません。あなたの母親もまたそつのない方でした。彼女の言動の端々から気付いたのですが、たぶん彼女の育て方には、見習うべきところがあったのでしょうね。ええと、何といったかな……」

人差し指をピンと立て、それを前後に振る。

「そうそう、――『這《は》えば立て、立てば歩めの親心』というやつです」

倉持さんの表情が、凍りついた。

「あなたは、本当に期待されて、大きな愛情を受けて育ってきたのですね」

「……何が言いたいんです？」

先輩は「いやあ」と、のんびり呟く。

「自分の子供が達成したことに決して満足せず、さらなる課題を要求し続ける。抜け殻のような人間を作るために、これほど効率のいい言葉はないなって思いましてね」

「……何を」

先輩は不意に真剣な表情になり、重々しく続けた。

「――ねえ、倉持さん。あなた本当は、限界だったのじゃないですか？　あなたは家庭でも学校でも職場でも、常に期待に応えようと努めてきた。そして我慢に我慢を重ねて耐え忍び……ついに、弾けた。かけられ続けた大きな期待が許容範囲を超えた時、自分の命を絶つことにしたのではないですか？」

倉持さんは、蒼白《そうはく》になりながらも、鋭い目つきで先輩を睨みつける。

「……何言ってる」

「あなたに『未練』はない。そうなのでしょうね。望みとおりの自分を演じられたのですから。しかし、なぜかあなたには間違いなく『未練』がある。だから天上へ行けないということになっている。これは矛盾です」

「…………」

「だが、あなたの周囲を調べても、あなたは一つの綻びもない、真面目で親切で従順な、優秀な人物として認識されていた。でも思うのです。あなたは、日常的な生活全般だけではなく、うちの実習生が――」

言葉を一旦切って、私の方に一瞥をくれる。

「――うちの二階堂が、未熟なカウンセリングを行った時でさえ、優等生的な態度を崩さなかった。そんな姿を目の当たりにして、わかったのです」

先輩は、一拍の間を置き、倉持さんの瞳を覗き込む。

「――もしかしてあなたが期待に応えるのは、喜びのためではなく、人から見捨てられるのが怖いだけなんじゃないですか？　……多大な期待に応えきれなくなってしまって、周囲に必要とされなくなるのが怖くて堪《たま》らなくなり、『死』に逃げたんだ」

先輩は言葉を止め、真剣な眼差しで倉持さんと正対する。

「あなたはずっと助けを求めて叫んでいた。言葉にならない、無意識の『未練』。それがあなたの、『未練がない未練』の正体ですよ」

「だから、何言ってんだよ、アンタ！」

倉持さんは激昂した。

私は、内心で舌を巻いた。あの倉持さんの感情を、ここまで引き出すなんて。先輩の畳み掛ける言葉は、倉持さんの仮面の綻びを的確に広げ、『未練』の一端を引きずり出した。

——だが、倉持さんもまた、尋常な仮面の持ち主ではない。表情を引きつらせながらも冷静さを取り繕《つくろ》った。

「……そんなこと、あなたの推測に過ぎないじゃないですか」

先輩は、心理的な駆け引きをしているとは思えないほど、飄々と続ける。

「——そうかもしれませんね。でも、私は、この強引な仮定を押し進めさせていただきたいと思います。あなたは、常に人から認められる自分を演じて、作り上げてきた。それは、想像を絶するほどの孤独と苦しみに満ちていたと思います。でも、私はね、あなたのことを、等身大のあなたを、無条件に認めてくれる人もいると思うのです」

「……何を……何を言っているんですか？　そんな人、いるわけが……」

「その方の書いた手紙を持ってきました」

「手紙？　一体誰の？」

「——まあ、読んでください」

先輩は、スーツの内ポケットから取り出した、数枚の黄ばんだ紙を倉持さんに手渡した。

倉持さんの顔に、驚きの表情が浮かんだ。

無理もない。倉持さんのことを、ありのままの倉持さんを受け入れてくれる人物。

その手紙の差出人の名前は。

手紙の最初の行にへたくそな字で書かれた、その言葉は——。


『二十年後のぼくへ』


倉持さんが、倉持さん自身に宛てた手紙だった。

先輩は、ゆっくり語りかける。

「あなたの幼馴染みの望月さんにお聞きして、校庭のタイムカプセルから拝借しました。小学校五年生の頃、あなたたちは学校行事でこれを書いたそうですね」

倉持さんは手紙に目を通すと、「そんな……」と一言漏らす。

その声にはかすかな震えがあった。

手紙には次のようなことが、拙《つたな》い、だが子供らしい希望に満ちた筆致《ひっち》で書かれていた。


『二十年後の、大人のぼくへ。

今、この手紙を読んでいるぼくにききたいことがあります。

楽しくすごしてますか？
友だちとは仲良くやってますか？
好きな子はできましたか？
毎日がんばってますか？
夢は、かないましたか？

今、ぼくは、これを読むぼくに、伝えたいことがあります。
僕は、毎日がつらくて、人がこわくて、でもガマンして泣きたい気持ちでいっぱいです。

未来のぼくは、僕に正直に生きていますか？
ニセモノの自分をつくらないで、ちゃんと笑っていますか？
泣いていますか？
ぼくは、ぼくでいることができてますか？
小学生のくせに、こんな生意気なことを書いてるぼくを、しかってくれますか？

二十年後のぼく。大人のぼく。
夢はかないましたか？
笑えてますか？

泣けてますか？

友達と、ふざけてますか？

好きな子に、好きだと言えてますか？


今よりもずっと、楽しくて、立派な大人になってるといいな。

どうか、楽しく生きていてください。

がんばって。

ぼくより』

小学生なのに、やけに大人ぶったその手紙は。

純粋に、切実に、苦しみと希望を、稚拙な文字にのせて訴えかける。

人の期待に常に応えてきた彼は、彼の気持ちに応えられたのか。

倉持さんは、じっと押し黙ったまま手紙に目を通すと、ふう、と息を吐いた。

そうして、初めて見せる悲しそうな目で、先輩を凝視する。

「……これが、何か？」

先輩はかぶりを振ると、長い長い台詞を、噛んで含めるように紡ぎ出した。

「倉持さん。人の期待全てに応えるために、完璧であろうと決意した時、人はどうなると思いますか？　答えは二つ。完璧になることに従うか、反発するか、です。両極端のようでいて、同じことです。反発しても、完璧という概念にこだわってしまう。もう諦めて解放されよう。そう思っても、他の生き方がわからない。必死に心を殺して生きていくしかなくなるのです」

先輩は、ごく当たり前のことを告げるように、無機質な氷の刃で指摘していく。

「そうするうちに、自分自身の自我の境界が保てなくなる。見捨てられることを恐れるばかりに、周囲に反発するか、過剰に合わせるようになる。そして心が悲鳴を上げていることに、気付かなくなってしまうのです。ここにいる二階堂がカウンセリングをした時に気付いたことの二点目はそこです。いつも自分を殺してきたあなたは、自分の感情というものがよくわからないのではないか、と思ったのです」

「……馬鹿げています」

「あるいは、そうかもしれません」

先輩は、素直に肯定する。

「でも、倉持さん、あなたは、子供の頃あなたが望んだあなたの姿に少しでも近づけたのでしょうか。あなたの『夢』は、どうなったのですか？　……それが、もう一つの、あなたの『未練』ではないでしょうか？」

倉持さんは、正面の虚空を凝視したあと、ゆっくりと首を左右に振った。

「……子供の頃は、絵本作家になりたい、という夢があったんです」

大きく息をつく。

「でも、それは子供の頃の夢です。僕は、大人になったんです」

そう平板に言う倉持さんに、私は瞬間的に沸騰した。

「大人になるって、何ですか？」

私は思わず立ち上がると、そう叫んでいた。

「夢を諦めることですか？　心を殺すことですか？　そつのない常識人として、波風を立てずに暮らしていくことですか？　それが、大人になるってことですか？」

立て続けに発するその言葉は、私の心の叫びだった。

――『大人になったのよ』

秋葉も、あの時、そう言った。

でも、違うんだよ。きっとそうじゃないんだよ。

大人になることと自分を諦めることとは違う。

そして、自分をいくら殺しても、諦め切れることなんかなくて。

けれど、倉持さんと秋葉は同じではない。

――『一緒に頑張ろう』

秋葉は私にそう言ったのだ。それが、倉持さんと秋葉のどうしようもないほどの違いだった。秋葉は他に道を、目標を見つけようとして頑張っている。

だから。

「倉持さん。私は落ちこぼれで、周囲の人ともうまくやっていけません。あなたと違って、その能力も、覚悟もないです。でも、そういった面倒くさい感情をひっくるめて、自分を否定してはいけないことだけは知っています。認められなくても、殺してやろうと思っても、『自分がいる』ことは否定しちゃいけないんです。自分は自分であるべきなんです」

私は息を継いだ。声を張り上げて、喉が痛む。

「倉持さん、声なき声を押し潰そうとしないでください。あなたは無条件で肯定されることがあるって、信じられないのかもしれない。自分が存在していいのかさえ疑問を持ってしまうのかもしれません。なら、私たちが肯定します。子供の頃に願った自分に、今の倉持さんがなれていなくたって。私たちが、あなたを――」

倉持さんの視線と私の視線が交差する。それをしっかり見据えて、私は続けた。

「私たちが、あなたを肯定します！」

私は、言い切って、肩で息をついた。

微動だにせず私を見つめていた倉持さんが、やがて手紙に視線を落とした。

「馬鹿げている」

「――ッ」

届かない。この人には、どんな言葉も届かないのか。

私は唇を噛んだ。

倉持さんは、愛おしそうに手紙を撫でる。

「だって……今……こんなものを見せられても、僕はもう死んでしまったじゃないですか。自分を裏切ってしまったじゃないですか」

私はハッとして、倉持さんの顔を見る。

狼狽している様子はない。声の抑揚すら消えた。ただ、倉持さんは、大切なものを抱え込むように、手紙の両端を強く握り締めていた。

先輩は立ったままの私の腕を優しく叩いて座るように促すと、ゆっくり問いかけた。

「倉持さん。私はあなた自身の口から､改めてお聴きしたいのです。『未練がない』と仰る、あなたの未練。それは結局、何であったのかを——。うちの実習生が暴走してしまったようで、申し訳ありませんでしたが、今のあなたなら、自分自身と向き合うことができるのではないですか?」

手紙と先輩、そして私の顔を交互に見比べて、倉持さんは天を仰ぐ。

そうして、重い、重い息の塊を「はあっ」と吐いた。

「……新藤さん、僕、子供の頃から、期待されて生きてきたんです。でも、期待に応えても決して満足されなくて。それで、またどんどん頑張ったんです。母は、自覚してないでしょうが、些細《ささい》な、しかしとても残酷な言葉で、僕の心を切り裂いてきました。僕のできないことを暗にあげつらって馬鹿にしたり、できたことは自分の自慢のように吹聴したりして、僕を壊していったんです。僕はそれでも周囲に合わせようと、家庭だけでなく、学校でも、職場でも心を砕きました」

淡々と言葉を重ねる。

「さっきの手紙を読めばわかると思いますけど、僕が自意識過剰だった部分もあるでしょう。子供が書いたとは思えないほど、本当に生意気な文章ですよね。小さい頃は、周囲の人間が皆、頭悪く見えてたんです。……でも、本当は羨ましかった。馬鹿なことをしているみんなの方が、僕なんかよりずっと、しっかり自分の人生を歩んでいた」

そう言い、首を振った。

「……母から誕生日に買ってもらった絵本が、宝物でした。僕は夢中になって、何度も何度も、擦り切れるまで読み返して、物語に没頭した……いえ、逃げ込みました。それからずっと、言葉を紡ぎ、心の休憩所になるような、そんな世界を創り出すことが……僕みたいな子供を救ってやれる世界を描き出す作家になることが、僕の夢になったんです……」

「続けてください」

倉持さんから視線を逸らさずに、先輩は相槌を打ちながら促す。

「……でも成長するにつれて、絵本の世界なんて幻想に過ぎないことがだんだんと理解できてきました。世界は物語より百倍人に冷たくて、千倍人に無関心で、一万倍人に全てを要求する場所だった。少なくとも僕にとって、僕の人生にとってはそうでした。だから、全ての人の期待に応えられるような、自分が『いてもいい場所』を作ろうとした。僕は、誰かに認めて欲しかったんです」

倉持さんは、「なのに」と続けた。

「何でこんなことになっちゃったんでしょうね？　誰を責めるわけにもいかないけど、何で僕は……いつから、こんな僕になっちゃったんでしょうね」

先輩はかぶりを振った。

「……人間というのは、夢や理想を持つことで、自分を肯定していく生き物だと思っています。そして、現実に打ちのめされても、根本では自分を裏切ることはできないのだと。最後に自分自身を認めてあげたいと思っているのは、紛れもない自分自身なのだと、私は思います」

倉持さんは、ふっと肩の力を抜き、一人語りのように呟いた。

「ごめんなって、昔の僕に謝りたい。自分自身を裏切って、死んでしまって……。僕の思うような僕になれなくて、本当にごめんなあ……。君の声を忘れていて、本当にごめん」

その静かで単調な独白は、彼が生きるために犯した、全ての罪と誤りを洗い流すかのように、重く、優しい悲しみに満ちていた。

◇

振り返れば、時間的には短かったが、それでも長い長いカウンセリングを重ねて、とうとう倉持さんとの別れの時が来た。

「——もし、もう一度チャンスがもらえたら、今度は自分を裏切らないように生きていきたいと思います。天上というところに行ったら、僕のこの先というのは、本当にあるんでしょうか？」

「もちろんです。あなたのこの先には幸せしかないと言い切れますね。なぜなら……」

先輩は仰々しく腕を開いてみせる。

「物語のラストは、幸せな未来と相場が決まっているじゃないですか」

倉持さんは、そんな先輩と私に、飾らない気持ちのいい笑顔で笑ってみせた。

すっと、倉持さんは右手を差し出した。

「ありがとうございました。それ以上の言葉が見つからないのが残念ですが、とにかく、ありがとう」

「お元気で」

先輩は倉持さんの手を取ると、固く握り返した。

倉持さんは、私の方に向き直って、力強く頷いてみせる。

「二階堂さんも、実習、頑張ってください。……『大人だから』なんて、そんな言い訳を使わない立派な大人になってくださいね」

私は、思わず笑みをこぼして、頷き返す。

「はい！　倉持さんも、お元気で！」

◇

そうして倉持さんの魂が、無事、天上へと送られた次の日。

私は寮から事務所に出勤して、目を疑った。

先輩の根城となっている執務室は、一夜にして人外魔境のように散らかっていたのだ。

スーツは放ったままだし、書類は床に散蒔《ばらま》かれている。ソファには先輩がだらしなく寝顔を晒《さら》していた。

ああ、染み抜きしたばかりだというのに、もうコーヒーの染みが床に。

私は呆《あき》れて天を仰ぎ、先輩を叩き起した。

「先輩、これはどういうことですか！　何で一夜でこんなに散らかせるんですか！」

先輩は寝ぼけ眼《まなこ》をこすりながら、大あくびをした。

「朝っぱらから大声出すなよ、実習生。ひと仕事終えたんだから、少しくらい気を抜いたっていいだろう」

「いい加減、『遊馬』って呼んでください！　『二階堂』でもいいですから！　……あ、でも、やっぱり『遊馬』の方が呼ばれ慣れてるから、そっちの方がいいです！」

自分で口にしておいて、論点がずれていることに赤面する。

「……って、違います！　もうっ！　今、濃いコーヒーを淹れてきますから、いい加減起きてください。それが終わったら、大掃除しますからねっ！」

「実習生」

「遊馬です！　何ですか？　もうっ！」

「インスタントで頼む」

「……わかってますよ！」

「あまり怒りすぎると、眉間に皺ができるぞ」

「誰のせいですか！」

私は大声で言うと、肩を上下させて息を整えた。平常心、平常心。

そうして気を取り直すと、最後の倉持さんとの会話で疑問に思っていたことを訊ねる。

「――あ、先輩。そういえば、人間が天上へ送られたあとどうなってしまうのかは、はっきりとはわかっていないんですよね？」

「まあ、そうだな。『浄化され、無になる』というのが、俺たちの一般論だが、正確なところはわかっていない」

眠そうな声で、先輩が答える。

「なら、なぜあんなことを？」

「決まっているだろう？」

先輩は、また大欠伸をして、当然のごとく言った。

「そんなの、俺がそう信じたいからだよ」

呆気にとられるというか、何というか。

しかし。

「――はいっ！」

私は先輩の身勝手な意見を全身で肯定して、軽い足取りで給湯室に立った。

◇

あの絵本、『幸せな王子』の終わりは、このようなものだった。


王子の像とツバメが捨てられたあと、街に神様がやってきて、下僕の天使に言う。

『この街で一番美しいものを持ってきなさい』

天使は、捨てられた王子の像と、ツバメの死骸を持ってきた。

神様は頷き、言った。

『この二つこそ、この街で一番尊く、立派なものだ。ツバメと王子はとてもよいことをした。二人は天国に連れてってやろう』


――物語の結末？

そんなの、決まってるじゃないか。

『こうして、ツバメと王子は、天国でいつまでも幸せに暮らしましたとさ』

落ちこぼれ狂想曲

【一】

夏川慎之介《なつかわしんのすけ》は、リビングまで入り込んだ、梅雨時のじっとりと湿った空気を吸い込みながら、両腕に抱えた膝を引き寄せた。

時計の針は午前十一時を指している。父親は当然会社だし、母も、スーパーのパートに出ている。

今年に入ってから、ズル休みは数回に渡っている。慎之介は十三という年齢にしては華奢《きゃしゃ》な体躯《たいく》をしており、それが持ち前の童顔と合わさって、クラスでもその幼さをネタに、色々とイジられるポジションだ。

勉強が特別できるわけでもない。友達もまったくと言っていいほどいない。

正直、学校は好きではなかった。

「慎之介、学校休んだからって俯くな。ここは家の中だ、堂々としとりゃあええ」

テーブルに腰掛けた祖父の源一郎《げんいちろう》が、のんびりとほうじ茶をすする。

「ほら、一緒にカステラ食おう」

「いらないよ。毎日カステラで、飽きちゃったよ」

そう言いつつ、不機嫌そうに眉を顰める。

源一郎は、「そうかそうか」と首肯しながら、テーブルの上に置かれていたカステラを、手ずから口に運んだ。

「学校は嫌いか？」

「好きじゃないよ。それに親父なんて学校に行けって言うけど、何のために学校に行かなきゃいけないのか、自分たちだってわかってないクセにさ。どうせ、世間体か何かだろ？」

「そうか。ええ、ええ。元気でいれば、それが一番ええ」

慎之介はそんな穏やかな声を聞いて、ついと源一郎から視線を外した。

「爺《じい》ちゃんは、本当に僕のこと責めないね。どうしてなの？」

源一郎は口を大きく開け、笑い声を上げた。

「この齢《とし》になるとな、だいたいのことには寛容になる。考える力が衰えているのかもしれんが儂《わし》の経験では、若い時に苦しんだことの方が、あとでずっと貴重に思えるもんさ」

慎之介は、ぷう、と子供の仕草で頬を膨らませる。

「爺ちゃんは大まかすぎるよ。僕だって、本当に辛いんだから」

「それでいいのさ。人間は、泣くことができる時期に、存分に泣いとくことが必要なんだ。いつか、儂の言っている意味がわかるさ」

「そんなものなの？」

「そんなもんだ。さ、カステラ食え」

好々爺《こうこうや》の表情に苦笑いすると、慎之介はテーブルの上のカステラに手を伸ばした。

その時は、この二日後に源一郎が他界するなど予兆めいたものすら感じられなかった。

源一郎の死を受けて、元々学校嫌いだった慎之介は本格的に引き籠るようになり、淡白だった夫婦の不和も表面化していく。父親は毎日イライラすることが多くなり、母親もパートに通うのをやめて慎之介の不登校問題に掛かり切りになった。

源一郎の存在で纏まっていた夏川家は、混乱しながら坂道を転げ落ちていく。

鬱陶《うっとう》しい気候の梅雨が通り過ぎて、力強い日差しを降り注いでいた夏が去っていく後ろ姿を見せ、季節は彩りが多様に変わりゆく秋、九月半ばを迎えていた。

◇

【二】

『拝啓　夏川慎之介様

先日は突然の訪問、失礼しました。カウンセラーの二階堂遊馬です。

生前のお爺様にご依頼を受け、実際慎之介様にお会いしましたところ、第一印象として、あなたはとても繊細で、心優しい方だと思いました。

というのも――』

……というのも、何だろう？

私は机に置いた、『カウンセラー　二階堂　遊馬』と書かれた名刺を見ながら、少し思案して先を続けた。

『……というのも、あなたはお爺様のことを、お爺様亡きあとも尊敬している言動が節々に見られたからです。例えば――』

――うーん、例えば。

『爺ちゃんじゃなくて僕が死ねばよかったんだろ？』とか？

あああぁ、もう！　これはダメだ。誰がどう考えたって、絶対にダメだ。

くしゃくしゃと手紙を丸めて、ゴミ箱へ投下した。頬をピシャリと叩くと、気合いを入れ直して新たに文章を書き直す。

『こんにちは！　先日お伺いしたカウンセラーの二階堂遊馬です。

先日は突然、すみませんでした！　びっくりしたでしょ？

あなたのご家庭にお邪魔させていただいて、同僚のカウンセラー、新藤とともに、あなたがとても辛い立場にいることを痛感しました。

学校に行けない。行きたいんだけど、どうしても行けない。これって、すごく辛いことだと思います』

お、砕けて書くといい感じになったかも？

私はペンを走らす。

『でも、お父さんもお母さんも、もちろん亡くなったお爺さんも、あなたのことを心配していますよ。もちろん、私たちもです。

辛いだろうけど、ちょっと頑張って、学校へ行ってみることも必要……』

ダメだ。こんなんじゃ、登校を押し付けてるだけ。

慎之介君のお母さんに言われた『無理強いはさせないでください』という言葉が脳裏に浮かんで、かけるべき言葉の難しさに愕然としてしまう。

私はぐっと唇を噛み、新たな便箋を取り出し、ペンを執った。

『やっほー、慎之介君、元気かな？

カウンセラーの二階堂遊馬だよ……』

——私は何がしたいのだろう？

自分の文才のなさと無能の極地に愕然とする。

「あー、もう！　ダメー！」

灰色の脳細胞が崩壊しそうになって、私は大きな溜息とともに、悲鳴を吐き出した。

「苦戦しているようだな、実習生」

今日も私の淹れたインスタントコーヒーをゆっくり飲みながら、先輩が面白おかしそうに笑う。もう冷め切っているはずのコーヒーでも、先輩は満足そうだ。あるいは、私の苦悶している姿を肴《さかな》にして愉《たの》しんでいるだけかもしれないが。

ありえる。大いにありえる。

「悩め悩め。自分の非力さを知ってこその一歩目、だ」

先輩はくっくっく、と笑いを噛み殺しながら言う。

いつもと変わらぬ、コーヒーカップを片手にしてのんびりとしている先輩。

いつもと変わらぬ、(私が片付けた) 整然とした執務室。

いつもと変わらぬ、カツカツと時を刻む時計の針の音。


――ただ一つ、違うのは。

「先輩、やっぱり私一人では無理ですよ！　不登校の子を学校へ行かせるなんて！」

私の実習の試みの一つとして、先輩からこの難解なケースを押し付けられたことだった。

【三】

「まあまあ、よく来てくださいました、二階堂先生」

慎之介君のお母さんは、おずおずとインターフォンを押す私を、快く受け入れてくれた。

「先生だなんて……遊馬と呼んでください。皆に、そう呼ばれていますから……」

「そうですか。あら、今日は新藤先生はいらっしゃらないのですか？」

「はい、前回伺わせていただきました新藤は、ただ今他の案件で手を離せないので、しばらくは私一人で、ということになると思います」

「お忙しいんですね。それでは……に……遊馬……先生、今日こそは主人に言ってやってくださいよ。あの子の気持ちはあの子だけのもの。まだまだ中学生ですもの。子供なんです。それをそんなに無理に曲げて、学校へ行かせることなんかないって。私はそう思うんですけれど、主人が全然、協力的になってくれなくて、納得しないんです」

「……はあ」

訪問した途端に愚痴り出すお母さんに、私は曖昧に答える。

今回のケースは私がメインで解決するよう言いつけられている。武者震いをするどころか、もはや緊張と不安に怯《おび》えてまでいた。今までは前を向けば先輩の姿があったが、一人きりで案件に関わるのは、経験の浅い私には時期尚早な気もする。

それでも何とか無理矢理な笑顔を浮かべて玄関に佇《たたず》んでいると、お母さんはようやく「こんなところではなんですから」と、家の中に私を招き入れた。

夏川家は小綺麗な分譲マンションで、間取りは3ＬＤＫだ。玄関から、細い通路が延びており、左右にひと部屋ずつ、これは左に夫婦の寝室と右に慎之介君の部屋になっており、そのまま進むとリビング。その隣には大きな和室が、開け放たれたふすま越しに見える。

そこには、今回の依頼人である源一郎さんの仏壇がひっそりと位置を占めていた。

慎之介君の部屋の前を通り、そのままリビングへと招かれる。リビングには大きなテーブルが置かれており、そこに四脚並ぶ椅子の一つに、早めに退勤してきたと思われるお父さんが座って新聞を読んでいた。

お父さんは、私に気付くと、「これはこれは」と呟き、新聞を折り畳んで、対面の椅子に座るように促した。

「少し待っていてくださいね、今、お茶をお出ししますから」

お母さんがそう言って、キッチンへと立った。

「二階堂先生、今回は愚息のことでお手数をおかけして、申し訳なく思っております。新藤先生は、今日はいらっしゃらないのですね」

「はい、新藤は別件に関わっていまして。私だけでは頼りなく思われるかもしれませんが」

『先生』と呼ばれるのは、どうにもおこがましくて仕方なかったが、そう言わないと、私のことを呼びにくいのだろう。そう察して、今度はあえて訂正せずに、お父さんの話に耳を傾けることにした。

「先生、私はね、息子が学校へ行かんのは甘えに過ぎないと思っているのですよ。昔は、少々辛いことがあっても、歯を食いしばって学校へ通うのが、当然でした。それを妻は、テレビや小難しい本を引き合いに出して、息子の不登校は『ココロの問題だ』、などと、口を開けば戯言ばかりです。まさか、先生も妻の味方なのでしょうか?」

「い、いえ、そんなことは……」

慌てて私は否定した。お父さんに怒りの矛先を向けられては困る。

「そうですか、それを聞いて安心しました。今日こそは、妻にガツンと言ってやってください。息子の不登校はただの甘えだと」

「はあ……」

私は、またしても曖昧に保留するしかなかった。

そんなところにお母さんが戻ってきて、私の前で緑茶を淹れてくれた。

「どうぞ」

お茶を差し出す、お母さんのその目は、私に対する期待に満ち溢《あふ》れている。少したじろぎながら、「どうもありがとうございます」と言って、一口含む。

ちなみに『手紙作戦』は、文才のない羞恥心で自分にダメージが来るだけで効果のほどが疑わしいので、今回は見送ることにした。まずは小手先の技より、慎之介君が抱える問題をじっくりと観察する必要がある。介入するのはそれからだ。

「……それでは、息子を連れてきます。先生、少々お待ちを」

しばらく雑談を交わしたあと、お父さんは席を立って、慎之介君の部屋へ向かった。

「慎之介！　先生が来られたぞ！　いつまでも引き籠ってないで出て来い！」

ドアをガンガンと叩く。

「いつまでもそうやって籠っているわけには行かないんだ！　お前の仕事は、学校へ行くことなんだぞ！　中学生でそんなことでは、社会に出た時にも通用しないぞ！」

お父さんはなおも拳を振り下ろす。ほとんどドアを殴ると言ってもいいくらいだ。

「……いつもあんな調子なんですよ。昭和気質《かたぎ》なんです」

お母さんが大きく溜息をついて、やれやれといった体で私に訴えかける。

「先生からも何か言ってやってください。私じゃ、もう聞く耳を持たないみたいで……」

「……はあ」

私は怒鳴り続けるお父さんにただ委縮《いしゅく》して、事態を見守っていた。

お母さんは再び大きく嘆息したあと立ちあがって、息子に呼びかけ続けるお父さんの所までパタパタと小走りで近づく。

「あなた、やめてください！　先生がおみえになっているんですよ？　みっともない。引きずり出す必要はないんです。無理強いはよくないと、テレビでも言っていましたよ」

お母さんが窘《たしな》めると、お父さんが顔を赤くして激昂した。

「何だと？　お前がそうやって甘やかすから、慎之介が完全に引き籠ったんだ！　無理強いをしないと言って、もう三ヶ月だぞ？　いい加減、あいつの我儘に従うのはやめろ！　俺は俺の方針で、あいつを学校へ連れて行く！」

「……何よ、不登校のことだって、ずっと私のせいにしてきたのに、あなたがそんなことを言えるの？　仕事仕事で、私に慎之介の世話を押し付けていたじゃない！　それが今頃何様のつもり？　あなたの稼ぎが少ないから、足しになるようにパートに出て忙しかったんです！　私が、どれだけ苦労して家庭を守ってきたか……」

「家庭を守ってきただと？　その結果がこれだ！　実際、慎之介は外に出ようともしないじゃないか！」

「何よ、あなたこそ……」

私がいることなんてお構いなしに、夫婦の口論はヒートアップしていく。

私が止めに入ろうとすると、不意にドアが開いて慎之介君が顔を出した。

「二人ともうるせえよ！　喧嘩《けんか》するならどっか他でやってくれ！　そんなに邪魔なら、僕なんか産まなければよかったじゃないか！」

夫婦は絶句する。

――一瞬の空白の時間のあと、気を取り直したお父さんがきつく叱責した。

「何だと、親に向かってその言いぐさは何だ？」

慎之介君は、激情に駆られているお父さんを憎々しげに睨みつけて、さらに言う。

「ほら来た、いつもこれだ。こういう時だけ親の立場を利用しやがって。いい加減、うんざりなんだよ！」

それから、侮蔑を込めた視線で私を一瞥した。

「お前も、カウンセラーだか何だか知らないけど、絶対言うことなんか聞かないからな！」

荒々しくドアを閉める慎之介君に、私は一言も声を掛けることすらできなかった。

お父さんとお母さんは、二言三言ブツブツ言葉を交わすと、私のところまで戻ってくる。

「先生、いつもあいつはこんな感じなんです。あいつをどうにかしてやってください」

「先生、お願いします！」

夏川家は、前回先輩と訪れた時とまるで変化がない。私はただ途方にくれて背中に冷や汗をかきながら、なおも口論を続けようとするご両親を宥《なだ》めようとしてうまくいかず、おろおろするしかなかった。

——源一郎さん、ごめんなさい。私の力ではこんなにこじれた家族を立て直すことは無理そうです。

隣の和室の仏壇に飾られた源一郎さんの遺影を見て、私は心の中で半ベソをかきながら、謝り続けた。


【四】

「先輩、もう私には無理です！」

何とか二人を宥め、夏川家をあとにした私は、執務室に帰るなり、そう訴えた。

実際、もうお手上げだ。あそこまでこじれた家庭になると、一筋縄ではいかない。

「おう、お疲れさん。話を聞いてやるから、コーヒーを淹れてくれ。インスタントでな」

先輩は、疲労困憊《こんぱい》している私を面白そうに眺めると、飄々と言い放つ。

私はそんな先輩の無責任さにぶつくさ文句を言いながらも、給湯室へと向かった。

「──それで、どうだ？　結構刺激になるだろう？」

「なりすぎですよ。私は平和主義者なんです。あんなに荒れた家庭のいざこざを解決するなんて、到底無理です。まして、不登校を治すなんて本当のカウンセラーでも、難解の極みじゃないですか？」

先輩は私の淹れたインスタントコーヒーを美味しそうにすすりつつ、器用に肩を上げた。

「お爺さん……源一郎さんの未練は、『家族が一つになって仲良くやっていく』ことだったんだろう？　これは、登校、不登校の問題じゃない。それに、きっかけさえ与えれば、あの家庭はうまくいくよ。少なくとも、源一郎さんの未練を晴らす程度にはな」

「そのために、慎之介君の不登校を治さなくちゃならないんじゃないですか。問題の大本はそこにあるんですから」

先輩は、「ふうん」と鼻を鳴らす。

「今回のケースは、お前にはうってつけだと思ったんだよ。人の感情に振り回されすぎるのが欠点なんだと、自分でも言っていただろう？　やはり、思ったとおり巻き込まれてるな」

「どういうことですか？」

「今までを振り返ってみろ。源一郎さんが未練について依頼してきた時から、逐一な」

「……息子が仕事にかまけて嫁もパートに出てるから、孫の面倒をみるのは儂の仕事でしてな。儂が悪かったんでしょうか？　儂は、『カウンセリング』だの『不登校問題』だの、難しいことはわかりゃしません。ただ、儂が逝ったあと、家族仲良く暮らしてもらいたいと思っているのですわ」

家族仲良く。源一郎さんは切々とそう語った。自分の死をきっかけに、バラバラになるかもしれない家族に、絆を取り戻して欲しいと。

それが源一郎さんの『未練』だ。

——だが。

「……やっぱり、慎之介君が不登校から脱出することが、あの家庭にとっては必要なんじゃないですか？　そうでないと、お母さんはともかく、お父さんが納得するかどうか……」

結局はその壁にぶつかるのだ。家族の仲が不安定だから慎之介君が不登校になったのか、不登校問題が家族を不安定にしたのか、それはわからない。だが、真っ先に解決すべき問題は、不登校にあると思えた。

「実習生」

「遊馬です」

「実習生、今のお前が置かれた立場を少し整理してみろ。さて、誰が一番の悪者なのでしょうか？」

「誰が……？　いえ、誰も悪いわけないじゃないですか？　みんな、必死にもがいて、苦しんでいるんですよ？　誰か一人の良い悪いではないじゃないですか？」

「同意見だ。俺も、あの家族を訪問した時、結束力の強い家庭だと思ったさ」

「……え？」

先輩は苦笑いとともに、コーヒーを飲み干した。

「まずは頑張ってみろ。それで力が必要になったら言えばいい。フォローはするから」

「じゃあ先輩、次のカウンセリングに一緒に行って、問題を解決してく……」

「まだギブアップには早すぎるだろう」

先輩は、ぴしゃりと叱責した。

「考える時間をやる。とりあえずもう一杯、コーヒーを淹れてきてくれ」

「……はい。でも、今回のケースは、どう考えても長期戦になりそうですね」

「いや」

先輩はかぶりを振ると、わけがわからない言葉を続けた。

「――お前の働き次第だが、今回は、短期戦になると思うよ」

「はあ……」

あのこじれた家族を立て直すのに、短期戦？　どう考えたって無理だ。給湯室でコーヒーを淹れながら、夏川家のことを考えてみる。

誰が悪いわけでもない。それだけは確かだ。

でも、先輩の言うように、「結束力の強い家庭」と言えるだろうか？

何かが引っかかっている。少なくとも、あの家庭は『問題』を抱えているのだ。慎之介君の不登校という、重大な問題を。

カップからお湯が溢れそうになって、慌てて注ぐ手を止めると、私は思考のもやもやを吐き出すように大きな溜息をついた。

【五】

次の日も陰鬱な足取りで、何とか自分を叱咤しつつ、夏川家を訪れる。

今日はまだお父さんが帰っていないらしく、家にはお母さん一人だった。

いつものように挨拶したあと、リビングへ通される。お母さんは、疲れたような表情で、私にお茶を淹れてくれた。

「先生、たびたびのご足労、すみません。主人はもうすぐ帰宅すると思いますので」

そう言って大きく溜息をつく。私はお母さんの目の下にできている隈《くま》に気付いた。

「何かあったのですか？　たいへん疲れているように見えますが……」

「慎之介のことで、主人とまた言い争いになって。慎之介は慎之介で、また憎まれ口をたたいて……。さすがに、疲れてきました。まあ、いつものことなんですが……」

「お母さんは、慎之介君のことを本当に思っていらっしゃるんですね。お父さんにもお父さんの言い分があって、私はそれを尊重しているのですけど、お母さんの苦労や辛い気持ちが、伝わってくるような気がします……」

お母さんに味方して藪蛇にならないだろうかと心配しつつ、できるだけお父さんのことも立てて私は共感を示した。

すると、お母さんは、少しだけ表情を明るくした。

「ありがとうございます。先生は私のことをわかってくださるんですね。さすが、専門家の方は違うと思います。慎之介は心の問題を抱えて苦しんでいるのに、なんであの人にはわからないのでしょう？　最近はあの人と一緒になったのが間違いだったようにも思えるんです。仕事仕事で家庭を顧みない主人で、家庭のことは私に任せっきり。私もパートに出てましたが、それはこの息の詰まる家から、少しでも距離を置きたかったからかもしれません……。一時は本気で離婚を考えたんですよ」

「ご苦労をされてきたんですね」

私は、無難な言葉を選んで相槌を打つ。

「でも、お義父さんにはお世話になっていましたから……お義父さんが、私を引き止めてくれていたと言ってもいいかもしれません。家に籠り切りだった私を、救ってくれたのはお義父さんです。『辛い時は慎之介の面倒は儂が見るから、あなたはあなたのしたいようにしなさい』って。あの言葉に、どれだけ救われたか。そうでなければ、とっくに離婚していたかもしれません」

「源一郎さんは、お母さんにとって、いいお義父さんだったみたいですね」

私はまた言葉を選んで、控えめに返す。

「はい。お義父さんが亡くなるまでは、慎之介は休みがちでこそあったんですが、今より素直で少しは安心していられました。……それが、お義父さんが亡くなったあと、引き籠るようになってしまって。お義父さんが亡くなって不安定になったのだろうと心配して、せめて傍にいてやろうと、パートを辞めました」

現状の家庭に落胆する色を見せるお母さんを、私は何とか励まそうとした。

「お母さんは慎之介君のことを、本当に心配されているんですね」

「私はあの子の将来にとって何が最善なのかを考えているつもりです。主人には戯言と決めつけられていますけど、今、無理を通して、逆にあの子の人格に傷をつけて歪みを残すようなことはしたくないんです。でも、主人は理解してくれませんし、もう疲れました。もっとも、あの子があんな状態では私もどうしようもないんですけど」

お母さんの長年の苦労を思うと、私の胸は締め付けられた。

そして、源一郎さんがどれだけ家庭を大事に想ってきたか、自分の亡きあと『未練』としてまでも、どれほど家族というものを大切に考えてきたのかが推し量れるように思えた。

私はなんと声をかければいいのか、どんな言葉でお母さんの苦労を労《いたわ》ってあげればいいのかわからないまま、「そうですか……」と呟くしかなかった。

先輩なら、どう言うだろう？　どんなアプローチが正解なのだろう？　私はそんな自問自答を繰り返し、言葉を紡げずに押し黙った。

そうして、しばらく二人で沈黙を続けていると、玄関のドアを開く音がした。

どうやら、お父さんが帰ってきたらしい。

お母さんは出迎えにもいかず、小さく「帰ってきましたね」と呟いて、溜息をついた。

「先生、連日ありがとうございます」

リビングに入って来たお父さんは私を見て会釈し、お母さんに怒気を込めた声で言った。

「お前、先生にお茶しか出してないじゃないか。お茶菓子を用意するとか、気のきいたことができんのか？　それでなくとも先生にご迷惑お掛けしているんだぞ」

お母さんは、ハッとしたように、「これは気付きませんで」と言って、キッチンに立った。

「あ、お母さん、お構いなく！」

私が慌てて言うと、お父さんが割り込んで、お母さんを促した。

「いいんです。すみませんね、気のきかない女房で……それで先生、妻と何か話していたのですか？」

「そうですね、そんな大層なことは……ただ、お母さんの家族への思いを伺っていました」

離婚を考えるまでお父さんのことを疎ましく思う時があったことは伏せて、私は言葉を曖昧にぼかした。

「家族のことねぇ……。本当にそう思っているのなら、慎之介が大人になっても困らないように、今は少し無理をさせてでも、学校へ行かせるべきだと思うのですが……どうも、慎之介は妻の悪いところばかり似たようで」

お父さんは、苦虫を噛み潰したような表情をして、腕を組んだ。

「私も仕事が忙しくて妻に苦労させた部分はあると思います。それは最近、慎之介の問題と向き合うようになってわかったのですが……。でも、妻はよく『家庭のことを全部自分に押し付けていた』なんて言いますけど、実際は平日、親父に慎之介を任せてパートに出ていたのですよ」

お父さんは勢いよく鬱憤を吐き出す。

「でも、一家の大黒柱として、私は稼いでこなければならなかったことだけはわかってください。嫌な上司にペコペコ頭を下げて、やりたくもない仕事を押し付けられても歯を食いしばって、家庭のために頑張ってきたのです。そういう『耐える力』がないと、とても社会ではやっていけません。慎之介には、そのことを教えたいと思っているのですが、妻があれではね……」

「……お父さんもまた、ご苦労をされてきたんですね。お母さんも大変でしたでしょうけど、お父さんの言っていることも的を射た意見だと思います」

私は、また曖昧などっちつかずな態度でそう返すしかなかった。

だって、仕方がないではないか。お母さんが言っていることと同じくらい、お父さんの言っていることも正しい。お父さんもまた苦労してきたのだ。そのことが痛いくらいに伝わってきて、私には何も言うことができなくなっていた。

お母さんがカステラを皿に載せて運んでくる。お父さんを剣呑な目つきで見ると、私に対しては申し訳なさそうに「どうぞ」と勧めてくる。

私は再び、「お構いなく」と断りつつ、この対立した両者を取り持つ方法を考えていた。あっちを立てればこっちが立たない。かと言って、どちらの味方につくこともできない。

堂々巡りの思考を経て、私はご両親が見落としている事実を提示することにした。

「ご両親が心を痛めていることは、今までお話しをさせていただいて、強く伝わってきています。でも、慎之介君自身は、自分の不登校について、どう考えているのでしょうか？」

ご両親は、そのことに今更気付いたというように、ハッとして顔を見合わせた。

「先生、あれはダメです、呼んでも出てこないし、出てきても憎まれ口ですから、どうしようもないです」とお父さん。

「あの子のことは、そっとしておいてあげた方がいいと判断しています」と、お母さん。

私は、続けて疑問を投げかけた。

「でも、慎之介君の気持ちを確かめないまま、彼の問題をただ言い争っていても、仕方ないのかもしれないと思うんですが……」

私は勇気を振り絞って、断言した。

「……それもそうですね、慎之介の言い分も、聞いてやることが必要かもしれません」

「確かに、慎之介自身の問題でもあるわけですしね」

ご両親からは、久方ぶりに一致した同意を得られた。私の提案はまずは奏功したようだ。

そのアプローチが、吉と出るか凶と出るかはわからないが、ここまで来るとあとには引けない。何しろ私もまだ、慎之介君本人の言葉を受け取っていないのだから。

「ドア越しに慎之介君へ話しかけてみます。このお茶菓子、戴いてよろしいでしょうか？」

ご両親は顔を見合わせ、表情を輝かせた。

「先生、よろしくお願いします」

「お願いします」

期待に満ちた目で見つめられる。――そんなに期待されては萎縮してしまうが、もはや出たとこ勝負だ。

「それでは、慎之介君と話してきます。お父さんとお母さんは、リビングにいてください」

私はそう言うと、カステラの皿を持って、慎之介君の部屋へ向かった。

「慎之介君、起きてますか？　先日お伺いしたカウンセラーの二階堂です。お菓子を持ってきました。少しお話ししませんか？」

――しばらくして、ドア越しに慎之介君の声が聞こえた。

「……カウンセラーなんか必要ないよ。どうせお前らも、親父とお袋の味方だろ？　結局、悪いのは俺なんだ」

今まで直接には聞くことができなかった、言葉は投げやりだが、本心であろう内容に、私は胸を突かれた。

慎之介君もまた、傷つき悩んでいる家族の一員なのだ。改めて思い知らされる。

今はご両親を擁護してはダメだ。慎之介君の立場に集中して考えなければならない。

「そうね、ご両親の言うことも一理あると思う。でも、私が聞きたいのは、慎之介君の声なんです。慎之介君の力になれればと思ってます。どうか信じて欲しいな。とりあえず、お菓子だけでも受け取ってくれない？」

「……カステラ？」

「そうだよ」

カチャリ、と扉が少し開いて、にゅっと慎之介君の手が差し出された。

私はその手にカステラの乗った皿を手渡して、「ありがとう」と、はっきり言った。

が、そのままドアは閉まってしまう。

そのあと、私はドアの前に座り、何も言わずに慎之介君の言葉を待つことにした。

すると、ややあって、慎之介君の声が、再び聞こえた。

「……カステラ」

「……カステラがどうしたの？」

私は、言葉があったことに喜びながら、慎之介君の言葉を繰り返した。

「……爺ちゃんが好きだったんだ。だから、うちにはいつもカステラがある」

「慎之介君のお爺ちゃん、カステラが好きだったんだ。慎之介君も好き？」

「……うん」

慎之介君の寂しそうな声に、私はできるだけ共感を示そうとした。

今はとにかく待つことだ。クライアントの心を開くには、クライアント自身が私を受け入れてくれることが必要なのだと直感していた。

「……変わらないよ」

また、ぼそっとした声。

「変わらない。……何が？」

「親父は、ガンガンドアを叩いて、僕に学校に行かせようとする。お袋は、僕に理解あるように見せかけて、本当は僕のことを何一つわかろうとは思ってない。結局はどっちとも、自分の考え方を通したいだけで、僕のことを厄介に思ってる。爺ちゃんとは、違うんだ。僕だってどうすればいいかわからないよ……。爺ちゃんが死んで、僕の話を聞いてくれる人はもういない。先生はカウンセラーだから聞いてくれるんだろうけど、結局は、僕のことを問題視してるからなんだろ？　僕なんか、いなくなってもいいんだ……」

私はその言葉に、鈍器で頭を叩かれたような衝撃を受けた。

——先輩が言っていた、『悪いのは誰でしょうか？』という問い。

不登校を問題視するのは、同時に慎之介君を『悪者』に仕立て上げることだったのかもしれない。それに気付いて、私は絶句した。

「何も変わらないよ。言うことはそれだけ。先生、もういいでしょ？」

そう言う慎之介君の声は、沈痛なものだった。

そこまで傷ついていた。傷つけていた。

知らず知らずに、私も共犯者になっていた。慎之介君をスケープゴートに仕立て上げて、ただただ家族の『問題』に巻き込まれていた……。

「……そう。確かに私は、慎之介君の立場をわかってあげられていなかったかもしれない。でも、また来るから。その時はまた、お話しさせてくれると嬉しいな」

私は罪悪感に苛《さいな》まれて、そう言葉を絞り出すのが精一杯だった。これ以上、慎之介君に掛けてあげられる言葉が見つからなかった。

そのあと、最後までドア越しの声が続くことはなかった。

——私は、何もわかっていなかった。

今は、このあとどうすればいいのかも考えられないほど無力さに打ちのめされて、ただすごすごと退散するしかなかった。

受理面接の時のことを、今更ながらに思い出す。

「儂はね、家族のみんなが元気でいれば、たいていのことは笑ってすませられると思うのですわ。それ以上のことは、望みやしません」

「それは、家族が幸せになって欲しい、ということですか？」

「いやいや、そうではなくての。一人一人の人生が大変でも、全員が仲良く暮らせさえすれば、幸せはそこにあるということですわ」

源一郎さんは十分わかっていた。

問題の本質は、『慎之介君を幸せにする』ことにあるのではない。家族全員が仲良くやっていくこと。それこそが、既に幸せなことなのだ。

……それなのに私ときたら、源一郎さんの単純で明確な言葉を、自分勝手に捻じ曲げて、自分自身で作り上げた迷路に迷い込んでいた。

「エージェント失格だなあ、私……」

帰り道、徐々に冷気を帯びてきた秋の夜の透明な空気を吸い込んで、私は深く嘆息した。


【六】


事務所に戻った私は、いつもとおり先輩用のコーヒーを淹れると、事の詳細を説明した。

先輩は口を挟まず、相槌を打ちながら、顎にコーヒーの湯気を当てている。

「実習生」

「……遊馬です」

「実習生、それで、感想はどうだ？」

「――私、何もわかっていませんでした。お母さんの苦しみ、お父さんの大変さ、慎之介君の苦悩、全部です。『不登校』という問題に振り回されて、家族がどういう状態にあるのか、全然把握できていませんでした」

先輩は「うん」と首を縦に振る。

「実習生」

「遊馬です」

「実習生、お前、たいしたものだよ。俺は一人でそこに気付くのには、もっと時間がかかると思っていた。お前は家族の一人一人の悩みに共感して、何もできずにいるんだろう？それでいいんだ」

「何がいいんですか？　最悪ですよ。ほんと、落ちこぼれなんです、私。それを思い知らされました」

「うん、それでいい。俺たちは、常に謙虚でいるくらいがちょうどいい。というか、謙虚さを忘れたら、この仕事は終わりだと思え」

先輩は、諭《さと》すように続けた。

「お前は人の感情に振り回されすぎる。あと、感情的になってしまうことだな。後者は今回、うまく自制できているようだ。一度は両親の気持ちに肩入れしてしまったようだが、うまく持ち直した。お前は普段、猪突猛進《ちょとつもうしん》なところがどうしても目立つんだがな。今回はきちんと踏み留まっている方だと思うよ」

先輩は、コーヒーをゆっくりと口に含んだ。

「誰かの気持ちに肩入れして直情的に突っ走る、これは確かによくない。でもお前は、慎之介君の言葉を引き出すことによって、誰か一人に味方するでもなく、家族全員の中に入り込めたようだ。だから——、ふむ、よく頑張っている」

私の卑屈な感情を一蹴するかのように、先輩は満足そうに言った。

「……でも、あちらを立てればこちらが立たず、どっちつかずな曖昧な態度で、右往左往しているだけですよ？　それが、いいんですか？」

「そうだ、いいんだ。確かに、ずっと右往左往したままでは埒《らち》があかないがな。でも、お前は、一人一人の気持ちを尊重しているからこそ、何もできずにいるんだろう？　だったら、『あれかこれか』で考えるんじゃなく、『あれもこれも』で考えてみろ」

私は混乱した。『あれかこれか』ではなく、『あれもこれも』？

「——言っている意味がわかりません」

私は早々に白旗を振った。

「そうだろうな、それができていたら、もう問題は解決している。そこで、前の話に戻るが、そもそも今回の『悪者』は誰だと思う？」

このケースに悪者などいない。それだけは、はっきりとわかる。

私は慎之介君の悲痛な叫びと、源一郎さんの素朴な望みを思い出しながら、確認するように口に出した。

「……誰も悪くありません。強いて言えば、不登校を悪者として捉えることが、問題なんだと思います」

自分でも何を言っているかわからない感じだったが、先輩の期待に沿ったようだった。

「そうだ、そのとおり。いいぞ実習生、今回のお前にはまったくもって驚かされる。俺の期待以上の気付きを得ているよ。だったら、こう考えればいいんだ、『そもそも問題など存在しない』とな」

「え？　すみません、混乱してきました。……問題なんかない？　でもあの家族は、確かに苦しんでいるんですよ？」

「うん、俺の方もちょっと語弊があったかな？　俺が以前、あの家族をどう見ているといったか、覚えているか？」

私は記憶の井戸を掘り起こしながら、自信なく言った。

「……『結束力の強い家族』、でしたっけ？」

「そう、絶妙の結束力だと思わないか？　以前の夏川家は、源一郎さんが慎之介君や母親を支え、同時に父親の負担を取り除いていたから、家族は家族として形を保っていた。それなのに、源一郎さん亡きあとも、家族はバラバラのようでいて、その実、崩壊していない」

先輩は人差し指を立てて左右に振ると、私に疑問を投げかけた。

「では、それは、何のおかげだ？」

――何のおかげ？

一体、何のおかげなのだろう？

唸《うな》りながら考えていると、不意に、先輩の言いたいことが天啓のように閃《ひらめ》いた。

「もしかして――『問題』のおかげで家族が結束している、ということですか？」

先輩は手を打った。

「そう。だから、『問題はない』んだよ！　……さて、ここまでが解釈論。今度は実践編のレクチャーだ。これは一人でやるのはまだ難しいだろうから、俺も手を貸す。とりあえずはそこに至るまでのプロセスを考えてみることにしようか」

先輩は口調に愉しげな響きを込める。

「まず、あの家庭に『何が起こっているのか』を整理してみろ。俺たちが訪問した時、夏川家には何が起こっていた？　順を追って考えてみろ」

私は混乱しつつも、思案した。

「……えっと、訪問した途端、お母さんからお父さんの愚痴を聞かされました。それから、お父さんが非協力的だと」

「いいぞ、それから？」

「次に、お父さんに、お母さんの愚痴を聞かされました。お母さんは、慎之介君を甘やかし過ぎだと」

「それから？」

「……愚痴混じりの他愛のない雑談をしたあと、お父さんが慎之介君のドアをノック……いえ、乱暴に叩いて、慎之介君を引っ張り出そうとしました」

「それから？」

「お母さんが、見かねて止めに入りました。お母さんは、慎之介君をそっとしておくように、お父さんにきつく言いました」

「それから？」

「慎之介君が出てきて、憎まれ口をたたいて、また引き籠りました」

「ちょっとスキップしたみたいだな。その前のことを考えてみろ」

——その前のこと。その前のこと……。

——何だろう……？

「あ」

先ほどの閃きに似た、新たな気付きが私の全身を揺さぶった。

「気付いたようだな。その前は、何が起こった？」

先輩は、私の様子を見て、満足そうにコーヒーをすすった。

「夫婦喧嘩が始まりました。それが、ヒートアップした時、慎之介君が、出てきました」

『結束力の強い家族』

先輩がそう表現した夏川家は、実は互いが互いを支え合っていたのだと理解した。

「先輩、つまりは堂々巡りなんですね！　お父さんが慎之介君を引きずり出そうとする、次に、お母さんがそれを止めに入る。互いに不満を持っている同士ですし、子育ての方針も真逆ですから、不満が爆発して夫婦喧嘩になる。その時慎之介君が現れて、スケープゴートの役割をする。つまり自分が悪いんだと、自分に問題があるという主張をして夫婦仲を取り持つ。そんな円環的な因果関係をあの家族は繰り返しているんですね！」

「うん、よく気付いたな、実習生」

先輩はコーヒーカップを片手に、空いた方の手を挙げて賞賛の意を表した。

「本当に、上出来だよ」

「――はい！」

「よし、ここからの実践編には俺も介入する。お前に任せたケースだが、最終的に解決するには手伝いが必要だろうからな。お前は本当によくやったよ。期待以上の働きをしてくれた。このまま、ラストを締めくくるまで、きちんとあの家族と向き合い続けろよ」

先輩は少しおどけ、それから声の調子を変えて続ける。

「それとな、お前は自分のことを落ちこぼれだと言っていたが、落ちこぼれかどうかなんて、本質的には関係ないんだ。自分が落ちこぼれであると思うのなら、落ちこぼれであることをしっかりと認識していればいい。誰が何と言おうと、卑屈になることはないんだ。自分を有能だと思って、意見を押し付けたりするエージェントより何十倍もしっかりした仕事をお前はやってのけた。今回、お前は曖昧などっちつかずで、誰の味方にもならず、全員の味方になった。それで正解なんだ。それでいいんだよ」

珍しく温かい先輩の言葉は、胸に優しく響いてきた。

「――はい」

噛み締めるように呟くと、ほんの少しだけ自分を好きになれそうな気になった私は、重ねて返答を繰り返した。

「はい、先輩！」

――もっともその感動は、その後の作戦を聞かされ、驚くまでのものだったが。

準備は整った。次の訪問の際には、夏川家には今後の道筋を決めていく『きっかけ』が訪れることだろう。

【七】

夏川家を訪問すると、この前よりさらに憔悴《しょうすい》した感じのお母さんが私たちを出迎えてくれた。先輩を見て、少し驚いたようだった。

「……まあ、今日は遊馬先生に、新藤先生まで……お忙しいと伺っていたのですが」

「いえ、他の案件もあったのですが、二階堂の報告を聞いたら、こいつの不甲斐《ふがい》なさにいてもたってもいられなくなり、私も伺わせていただくことにしたのです」

先輩は、慇懃《いんぎん》に答えた。

「あら……それはそれは。とりあえず、お上がりください。主人もおりますので」

私たちはリビングに通され、ご両親と向き合う形で腰掛けた。

「お父さん、お母さん、お久しぶりです。この度は、二階堂がお手間を取らせたようで、かえって家庭を混乱させてしまい、申し訳ないと思っております」

先輩は、そう切り出した。

お父さんとお母さんは、顔を見合わせて、キョトンとした。

「いえいえ、先生には私の愚痴を聞いてもらったばかりか、愚息の世話までしてもらって、本当にありがたく思っております」

お父さんが、慌てて私を弁護してくれる。

その言葉に、嘘偽りはないようで、私は密かに胸を撫で下ろした。

先輩は、「そうですか？」と怪訝そうに言う。

「しかしお父さん、二階堂の対応は慎之介君に甘い。そんなところに、不甲斐なさを感じているのではないですか？」

「それはまあ、少しは……。もう少し、妻にも息子にも、ガツンと言ってくれると嬉しいのですが」

「そうでしょう？　私は二階堂の報告を聞いて、お父さんと同じことを思いました。それで、こいつには任せておけない。私がお父さんの、一家の代弁者にならなければ、と思った次第です」

お父さんの顔が、喜色満面になった。

「ちょ、ちょっと待ってください、新藤先生。二階堂先生は、本当によくやってくれています。私の話に共感してくれて、少しずつ慎之介の心の問題を解きほぐしてくれているように感じて、私は頼りにしているんです」

お母さんが少し焦ったように言った。


――ここまではうまくいっている。

先輩の目配せに軽く頷くと、私は打ち合わせのとおりに話し始めた。

「……私は、あれからよくよく考えたのですが、やはり原因は、お父さんの強引な行動にあると思います。私はお母さんの、柔らかく包み込んであげるような優しさに賛成です」

今度は、お母さんの顔が明るくなった。代わりに、お父さんが渋面になる。

「それじゃあ結局、先生たちはどちらの味方なのですか？　何か、お二人で矛盾したことを言っているようにしか聞こえないのですが」

先輩はそれを聞いて、ここぞとばかりに畳み掛けた。

「私は先ほども申し上げたとおり、お父さんの方針がぴったりだと思います。なにしろ、お父さんは一家の大黒柱ですから。今までお仕事だけでも大変だったでしょうに、こんな問題に巻き込まれて、心中お察しいたします。私は多少強引にでも、慎之介君を引っ張り出すつもりです。何より、それが慎之介君のためなのですからね」

先輩の力強い言葉に、お父さんは目を輝かせる。

「そのためにはまず、慎之介君自身に、話し合いの場に出てきてもらうことが重要です。今、私たちが呼びに行きますから、どうか我々のやり方を、お父さんとお母さんで観察していてください」

すかさず、私が口を挟む。

「私は新藤のやり方には反対です。今まで、お母さんが築き上げてきた思いやりを踏みにじるようで……でも、話し合いの場に当事者である慎之介君がいないのは、確かに問題です。新藤が行き過ぎたら私が止めますので、お父さんもお母さんも私たちのとる行動をよく見ていてください」

『は、はい……』

お父さんとお母さんは、期待と不安の入り混じった、何とも妙な表情で唱和した。

私たちは、お父さんとお母さんと連れ立って、慎之介君の部屋の前に立った。

先輩が「それでは始めます」と宣言してから、ドア越しに荒々しく語りかけ始めた。

「慎之介君、先日お伺いしたカウンセラーの新藤です。話したいことがあるので、出てきてくれませんか？　もう、何がいけないのか、分別のつく歳でしょう？　いつまで甘えているのですか？　さあ、ドアを開けてください！」

しかし、ドアは開かれない。

「慎之介君、聞こえているのですか？　いい加減、ご両親の苦しみをわかってあげなきゃいけない年齢に、あなたはなっているのですよ？　そんなことでは社会に通じません！学校に行かないのなら、私が無理やりにでも学校に連れて行きます！」

そう言って、ドンドンと荒々しくドアを叩いた。

「新藤先生、いい加減にしてください！」

私は先輩を制止した。

「そんなことは、慎之介君自身が一番わかっていて、一番苦しんでいるんです！　どうしてもっと慎之介君の心の問題に向き合ってくれないんですか！　無理強いをしたところで、慎之介君を苦しませるだけです！」

「何だと、まだ半人前のヒヨッ子のくせに、俺の考えに文句があるのか？　三十年早いよ！だいたい、お前が不甲斐ないから、慎之介君が出てきてくれないんじゃないか！　お前が問題をこじらせているんだよ。わかっているのか！」

私も負けじと言い返す。

「あら、半人前のヒヨッ子でもわかるくらい、新藤先生のやり方は間違っているというんですよ！　こんなことしていたら、慎之介君はもっともっと引き籠ってしまいます！　部外者がこんな強引なやり方で、慎之介君の心を踏み散らかす権利があるんですか？」

ドアの先で、慎之介君が戸惑っている雰囲気が感じ取れた。

口論をやめてご両親を見やると、二人は、やや赤面しているようにも見てとれた。

――今だ！

私はここぞとばかりに柔らかい声で慎之介君に語りかけた。

「……混乱させてごめんなさい、慎之介君。どうか、出てきてくれませんか？　慎之介君を追い込もうとしたわけじゃないの。私はご両親のどちらの味方でもないんです」

私がそう言うと、次に先輩が飄々とした口調で、語りかける。

「慎之介君、私もすまない。あんなに罵詈雑言を浴びせられて、出てこられるわけはありませんよね。我々は誰の味方でもない。ご家族三人の味方になりたいと思っています。今日は、大切な話があってきたのです。どうぞ、出てきていただけませんか？」

ふとご両親を見ると、二人はバツが悪そうに項垂《うなだ》れていた。

私たちの、ご両親のやり取りを真似たアプローチを客観的に見て、気付くものがあったのだろう。

――それは、慎之介君にとっても同じこと。

今、このドア越しに、慎之介君は混乱しつつも自分の取るべき行動を考えているのだろう。それは、この長い沈黙が明白に物語っていた。

どれだけ時間が経ったかわからない。

ふと、ガチャリという音がして、ドアが開き、慎之介君がなんともいえない、落ち込んでいるような、困惑しているような、奇妙な面持ちで姿を現した。

「慎之介君、出てきてくれて、本当にありがとう」

私は心の底から、そう伝えた。


私たちは、リビングに集合して話を始めた。ご両親には並んで座っていただき、その対面に慎之介君、テーブルの短い辺に先輩が腰掛け、私は先輩に寄り添うように立っていた。

「さて」

先輩が話を切り出す。

「お父さん、お母さん、どうでしたか？　私たちのやり取りを見て」

お父さんは赤面しながら、おずおずと答えた。

「穴があったら入りたい気持ちでした。私は、こんなことを息子に押し付けていたのですね。確かに、あんな剣幕では、出てこようという気持ちは起きないでしょう」

「お母さんはどうでしたか？」

「私も、主人と同じです。ゆっくり、自分のペースでなんて言いながら、主人に対する不満を、慎之介をダシにぶつけていたのかもしれない、そんな感じでした」

そんな両親の気付きを、先輩は手放しに賞賛した。

「それは素晴らしい気付きですね。……慎之介君は、どうでしたか？」

「……僕は先生たちが言い争いになった時、正直戸惑った。親父とお袋の夫婦喧嘩を止めるのはもううんざりだけど、先生たちを止めるべきなのかどうか、わからなくなりました」

先輩は優しく慎之介君の言葉を「そうですか」と受けると、家族全員に向き直った。

「家族の皆さんが、それぞれ何か気付かれたようで、私たちも嬉しいです。でも、私たちは、ご両親や慎之介君に説教をするために、あんなことをしたわけではないのです。このご家庭は、とてもよいバランス感覚をお持ちですね。しかし、お父さんとお母さんがお互いの不満を言い争ったり、慎之介君がお父さんとお母さんの喧嘩を止めるために引き籠っているのだとすれば、それは不毛な行為と言わざるを得ません。違いますか？」

「確かに、そのとおりです。しかし、私たちは、一体どうすれば……」

がっくり肩を落として、お父さんが訊ねる。

先輩はそんなお父さんに、「大変な苦労をされてきましたね」と労わりながら、続けた。

「私が考えているのは、うまくいくかどうかわかりませんが、お爺さん……源一郎さんにこの家族の真のカウンセラーになってもらうことです」

「……亡くなった父に、ですか？」

びっくりして、お父さんが言い返す。

それは、他の二人にとっても突拍子もない提案だったに違いない。呆気にとられたまま、先輩のペースに飲み込まれてしまう。

「そうです。今まで、裏で家族をまとめていた源一郎さんが亡くなった混乱の中で、慎之介君が引き籠るようになったことも、お母さんが家庭に閉じ込められてお父さんに不満を持つことも、それでお父さんがイライラして多少荒々しい言動をとるようになったとしても、支えが突然なくなり様々な問題に曝《さら》された家族のことを、誰を責められるでしょうか？ だからこそ、今こそ源一郎さんの供養とともに、家族が一致団結することが必要なのだと思います。例えばお父さん、亡くなった源一郎さんは、今のお父さんを見て、どういう言葉を投げかけると思いますか？」

「……叱られると思います。大黒柱として、もっとしっかりしろ、妻を大切にしろ、と」

「お母さんはどうですか？」

「……私は、気遣われるでしょうね。よく頑張ってくれていると。頑張りすぎないようにと。ただ、私にも主人のことをもう少し労ってあげて欲しいとも言うと思います」

「そうですか。慎之介君はお爺さんが、今、あなたに声をかけるとしたら、どんなことを言うと思いますか？」

「……爺ちゃんは、僕に登校しろ何て言わないけど、家族仲良くするように言うと思う」

「そうですね、源一郎さんは、家族皆のことを平等かつ大切に思っていた。私たちよりもずっと優秀なカウンセラーです。そうは思いませんか？ 私は源一郎さんの声を聞き、家族の絆をもう一度取り戻すことが、源一郎さんの供養に繋がると思っています。そのためにも、ご両親と慎之介君には、ぜひやって欲しい宿題があるのです」

「宿題、ですか……？」

お父さんが、訝しげに訊ねた。

「そうです。まず、ご夫婦の関係についてですが、これを慎之介君の問題にすげ替えるのはどう考えても得策ではありません。ですからお互いに、不満に思っている点や気になっている点をノートに書いて、源一郎さんの仏前にそのノートを捧《ささ》げてください。それから、お父さんはお母さんの、お母さんはお父さんのノートを読んで、お互いの気持ちを確かめ合って、仏壇に捧げてください。いわば、交換日記です」

先輩の、いつものごとく畳み掛けるような口上が、今度は慎之介君に向く。

「……そして慎之介君、君にも重要な宿題があります。ご両親の不満や気になったことを書いたノートを両方見て、源一郎さんならどんなアドバイスをご両親にするか、それを想像して、ノートに書き込んでください。源一郎さんといつも一緒だったあなただったら、お爺さんの言いたいことが一番わかるはずです。お爺さんの言葉やアドバイスを、仏壇の前で真剣に考えて、ノートに書き記してください」

先輩は、一つ大きな息を吐くと、『宿題』の内容を続けた。

「ご両親は、慎之介君が聞いた源一郎さんのアドバイスを真摯に受け止め、遵守《じゅんしゅ》してください。そこに書かれていることは、源一郎さんの言葉なのですからね。つまり、カウンセラーである源一郎さんの言葉を、慎之介君が代弁することになります」

困惑した表情で夫婦は視線を交わす。慎之介君は興味を持って身を乗り出していた。

「慎之介君、あなたは、お父さんとお母さんが喧嘩を始めたら、今よりもっともっと大胆に、ご両親のことを罵って、引き籠り続けてください。あなたの引き籠りという『問題』は、実はご両親の仲を取り持っています。ですから、これは真剣にやってください。真剣に引き籠るのです。ご両親が何と言おうと、外に一歩も出ないでください」

先輩は優しげな微笑みを、愉快そうにしている慎之介君に向ける。

「いいですか、慎之介君。君は、君の『問題』と、源一郎さんのアドバイスをご両親に伝えることで、二重に家庭を守るのです。ご両親は、慎之介君が引き籠ることをぜひ応援してあげてください。それが、家庭の絆を維持する唯一の方法です。要するに、慎之介君は引き籠り、ご両親のバランサーになると同時に、源一郎さんが今までやってきた役割もすることになります。慎之介君には重労働ですが、ぜひやっていただきたいと思います」

――家族仲を取り持つために、引き籠り続けろ。

そんな奇想天外なアプローチに、家族は驚愕をとおり越して唖然としているようだった。

「そもそも、この方法が失敗したとして、今より悪いことになるでしょうか？　試してみる価値はあると思いますが」

追い討ちをかけるように、先輩は言葉を締めくくった。

両親はなおも絶句したままだったが、その中で一人、慎之介君は目を輝かせていた。

「――僕、やってみる！　親父やお袋の言うことなら反発しちゃうけど、爺ちゃんの言うこと、言いたいことはわかっているつもりだよ。親父とお袋のためというのが少し納得できないけど、頑張って、引き籠ってみます！」

そんな慎之介君に、お父さんは驚いたように突っ込みを入れた。

「おいおい、引き籠るのに、頑張る必要はないだろう——頑張って引き籠るって、そりゃなんだ？」

——数瞬の沈黙のあと、誰ともなく、家族に笑いが起こった。

それは、今までの暗澹《あんたん》たる家族仲では聞くことのできなかった、今までの苦しみを吹き飛ばす爽快なものであったように、私には感じられた。

◇

その後しばらくして、慎之介君は保健室登校ではあるものの、また学校へ通い始めた。

「だって、今の家族を支えているのは僕なんだからね。僕がしっかりしてないと、爺ちゃんは悲しむと思う。それに、爺ちゃんもやっぱり、心の底では僕にはちゃんと学校に行って欲しかったんじゃないかな。また学校に行きはじめたら、友達も少しだけどできました。爺ちゃんは、友達ができたら大切にしろって言ってた。今思えば、あれは僕が学校嫌いで友達がいなかったから、いい友達を作って欲しいという意味だったんだと思うんだ。とにかく、僕がしっかりしてないと、また爺ちゃんに心配かけちゃうからね！」

慎之介君は溌剌《はつらつ》とした表情で語った。

ご両親の仲も、最近はうまくいっているようだ。聞けば、今まで慎之介君の『問題』に隠して言えなかったことを言い合えるようになり、『源一郎さんのアドバイス』を聞いて、家族仲がどうすれば良くなるか真剣に考え、夫婦の間で話し合えたことが、鬱屈していた夫婦関係に良い通気口を作ったらしい。

ちなみにアドバイスは、なかなか的を射ていたとか。

何はともあれ、少しの『きっかけ』で、先輩の言ったとおり、夏川家は急速に回復しつつあるようだった。

――しかし、何度説明されても解せない。あの『宿題』、あんなめちゃくちゃな指示で、なぜ家族仲がよくなったのか。

もう一度、先輩に聞いてみると、特段嫌な顔もせずのんびりと教えてくれた。

「あの家庭にはいくつか問題があった。不登校、夫婦仲、そして、祖父の喪失による家族バランスの崩壊だよ。だからまずは、夫婦を向き合わせたのさ。慎之介君を巻き込むことなく、お互いがお互いの気持ちを言い合える関係にすることが必要だったし、それで夫婦仲が壊れては大変だ。だから、源一郎さんという『カウンセラー』を隠れ蓑《みの》にして、慎之介君に夫婦のかすがいになってもらい、『源一郎さんの指示』に従うことによって、夫婦仲が壊れないように調整してもらった。なかなか、うまくいっただろ？　同時に、スケープゴートになって立場が弱かった慎之介君に、家族の中でも力を持ってもらった。枠組みを変えたんだよ。引き籠ることを問題とせず、『家族仲を取り持つための意味ある行動』にすり替えた。慎之介くんも、両親のために引き籠るのはうんざりだというようなことを言っていたから、外に目を向けるようになった……。そんなところじゃないかな。とにかく、『小さなきっかけ』を的確に与えることが重要だったんだ。『雪山の頂上から小さな雪玉を転がせば、それは山の形を変えるくらい大きな雪玉となる』という言葉があるが、まさにそれだよ」

——まるで悪魔の技法だ。どうもあの家族を引っ掛けたようで釈然とはしないものの、状況は明らかに改善したので一応納得はした。

依頼人の源一郎さんには、家族カウンセリングの子細について報告した。アプローチは複雑怪奇だったが、年の功というか、源一郎さんは驚くほど的確に話を察してくれた。

「実に面白いお話ですな。そうですか、慎之介が家族のまとめ役を務めているということですか。あの引っ込み思案な慎之介がねえ……。いや、頼もしくなったものです。家族みんなが笑顔なら、儂にはもう、思い残すことなんかありゃあせんですわ」

満足そうに言って、胸のすくような豪快な笑い声をあげたものだ。

それにしても、今回のケースもまた、私は振り回された感が否めない。

だが先輩は、私の性格を読み取った上で、私に足りない部分を補い、私の弱点が長所にもなりうることを教えるために、最も適切な案件を私にお膳立てしてくれたようだ。

先輩が言ってくれた、『必ずフォローはする』という台詞。

その言葉に、どれだけ背中を押されたかわからない。だからこそ、オタオタしながらも私はこの結末へと、いや、始まりへとたどり着けた。先輩の読みの深さと介入の老獪《ろうかい》さには、いつも舌を巻く。


「――先輩、私、まだまだですね」

先輩にコーヒーを持っていくと、私は嘆息した。

「殊勝だな。何か思うところがあったか？」

「いえ、今回のケースで、何というか……まだまだ学ばなければならないことがたくさんあるんだって、思い知らされました」

――でも。

私は言葉を探して、一つの結論に行き当たった。

「でも、『落ちこぼれの遊馬』もそう悪くないんだ、と思いました」

「そうか」

先輩はコーヒーを美味しそうにすすりながら、頷いた。

「先輩、私はこれまでの実習で、少しは成績が『優』に近づけたでしょうか」

先輩はボリボリと頭を掻く。

「それより、最初に一生懸命書いていた『手紙作戦』、あれ、やめたんだったな。賢明な判断だったと思うぞ。『やっほー、二階堂遊馬だよ』はありえない」

突然の不意打ちに、私は耳まで顔を赤く染めた。

「いつ見たんですか！　ちゃんとゴミ箱に捨てたのに！」

「拾って読んだ。お前がどういう行動をするのか、しっかり把握しなければならなかったからな」

本当にデリカシーがないんだから！

先輩のお尻には、きっと悪魔の尻尾が生えているに違いない。

常々思っていた私の疑惑は確信に変わった。

くそう、いつか先輩を驚かすようなエージェントになって見返してやる。復讐してやる。

飄々と、コーヒーを飲んでいる先輩に向かって私は誓った。

今の私はやっぱり、先輩の足元にも及ばない、『落ちこぼれの遊馬』だけれど。

そう、いつの日か。

——きっと。

閑話

Ａ級エージェントとは、未練を残した魂を天上界に送る成功率が九十五パーセント以上の者のことを指す。先輩はといえば、その中でもずば抜けた成功率を誇っており、その送り出す魂は、九十八パーセントを超えるらしい。

しかし、それは裏を返せば、二パーセント未満の魂を救いきれなかったということだ。

あまりにも順調な仕事。

あまりにも平凡化した成功。

だが、そんな先輩にも、救いようがなかった魂というのは存在するのだ。

そんなことを考えもせず、私は今まで実習を続けていた。

——そんな、当たり前のこともわからずに。


その朝、執務室のドアを開けると、いつもとは違う、鼻腔に流れ込んでくる強い臭気に私は顔を顰めた。

執務室のソファベッドの上には、スーツの上着を掛け布団がわりに、だらしなく寝ている先輩の姿。

ただ違うのは、頑丈な樫材でできているデスクの上に、封の開けられたスコッチウィスキーが載せられ、床にはビールの空き缶が散乱していることだ。

お酒なんかを飲んでいる先輩は見たことがないので、私は呆れるより驚いてしまった。

先輩は昨夜のお酒に悪酔いしたのか、大いびきをかいて寝ている。

何かあったのだろうか？

訝しげに思いながら、とりあえずの間は先輩を眠らせてあげることにして、床の空き缶を拾い、いつものごとく掃除を開始する。

本は本棚へ。床の掃き掃除と、絨毯に染み込んだアルコールの染み抜き。書類を束ねて、ファイルキャビネットに。

――と、その時、デスクに重なった書類の束から、一枚の写真がひらりと床に落ちた。

先輩が見ていたのだろうかと、私は写真を拾い上げる。

そこには、長い黒髪を肩に流した、目鼻立ちの整った、ハッとするような美女が、淡い微笑みを浮かべていた。

――綺麗な人……。

私はその美貌に数瞬見とれると、ふと我に返り、写真を元の位置に戻そうとした。

写真はデスクのクリアファイルに挟まれていた、過去の業務書類からこぼれ落ちたらしい。ある程度まとまった量で、一番上にあった紙面の左上に飾られた小さな写真に、同じ人物が写っている。

「えっと……春日《かすが》恭子《きょうこ》さん……と。あれ……？」

書類には、未練を解消した旨の『済』の判子が押してあった。

何となく興味に駆られて、書類をパラパラめくる。

「んー？」

私は首を傾げた。訝しく思ったのは、我ながら目ざとく発見した『担当者』の項が、先輩の名前ではなかったことである。

「これは誰なんだろう――？」

だらしなく寝ている先輩を振り返る。直感的に、先輩の深酒の原因はこの女性ではないか、と思った。

――どうしよう？

なぜそう思ったのかはわからないが、私は先輩と写真を交互に見比べると、逡巡《しゅんじゅん》したあと、写真とファイルを元の束へ戻した。その時は、それが一番だと思ったからだ。

しかし不思議な胸騒ぎは収まる様子を見せなかった。

ツナガルナニカ

【一】

「まったく、情報部の仕事はいつもやっつけなことこの上ないんだよ。穴熊のように自分の縄張りに引っ込んでないで、少しは現場の人間のことを考えろって言うんだ。何なんだ、このどっかの地上絵のような地図は」

十月半ばのとある昼下がり、黄色味がかった光の射す、入り組んだ住宅街を縫って歩きながら、先輩はブツブツとぼやいていた。

先輩は目的の家を示した地図を片手に、空いている方の掌を額に当て、かぶりを振る。

「ええと、この路地を右か」

「左ですよ、これ」

私は先輩の持つ地図を覗き込み、誤りを指摘する。私も地図を見るのは苦手だが、先輩は相当の方向音痴らしい。今歩いているのも、もう何度か通った道のように思える。

先輩は私を一瞥すると、不機嫌そうに舌打ちして、左に方向転換した。

「実習生」

「遊馬です」

「実習生、覚えておけ。道というのはな、間違えて初めて前へ進めるものなんだ」

「先輩の言うのは『人生の道』じゃないですか。わけのわからないこと言ってないで、地図、貸してください。このままじゃ日が暮れてしまいますよ」

先輩は私と地図を矯《た》めつ眇《すが》めつしたあと、恨めしそうな表情で、地図を私に突き出した。

「こっちみたいですよ」

私は地図を受け取って、先輩の前を歩く。すぐに見覚えのある小路に入り込んだ。

「ここはさっき通ったぞ」

少しの愉悦と皮肉を込めて、先輩は鼻を鳴らす。

「はい。ここは何度も通りましたが、何故か右に行ってないんですよ。地図どおりなら、ここの小路を右なんです。何で曲がらなかったんですか？」

「…………」

腕組みして、先輩は黙り込んだ。

まだ昼だというのに薄暗く細い、通り魔でも出てきそうな道を行くと、十字路にでた。ちょうど左はす向かいにある建物を地図と見比べて、私は目的地についたことを確認した。

そこは築何十年かもわからない、モルタル二階建てのアパートだった。入っている部屋数から言っても、ひと部屋ひと部屋の間取りはたいして広くなさそうだ。時代を刻みこむようにくすんだ色になっている壁面の、外階段の手すりのペンキはあちらこちらで剝がれ、錆《さ》びついて赤茶けている。まさに前世紀の遺物と言っても過言ではない。

「こんなところに……少なくとも、女性が安心して住めるようなところではないような」

先輩はその感想には答えず、ただ肩を竦めた。

「とりあえず、彼女の部屋に行ってみるか」

探していた部屋は建物の一階の奥の方にあった。木製の扉の隣に大きく枠取られた窓にはいかにも脆《もろ》そうな縦格子の柵が取り付けられており、表札は安っぽいプラスチック製で『橘《たちばな》　弥生《やよい》』と名前が書いてあった。

「ここですね」

「うん」

先輩に促されてブザーを押してみるが、反応がない。中に人がいる気配もしなかった。とりあえず、また何度かブザーを押してみて、扉をノックしてみる。反応はない。

「……不在みたいですね」

私は小首を傾げる。事前に得た情報では、昼間は在宅しているはずなのだが。

「……大家さんの部屋に行ってみるか」

大家さんの部屋は、建物を道路側から見て一番手前にあった。

弥生さんの部屋を訪ねた時のように、ブザーを押し、しばらく待つが、大家さんも出てくる様子がない。ノックをしてみるが、内部から返ってくるのは、瘴気《しょうき》を纏ったかのような沈黙だけだった。

「仕方ないな、とりあえず事務所の連絡先を郵便受けに入れておけ」

先輩は不機嫌そうに舌打ちした。

「弥生さんの部屋の方がいいんじゃないですか？」

先輩はかぶりを振った。

「弥生さんは女性だし、訪問の内容が内容だからな。直接会うのでなければ、ワンクッションあった方がいいような気がする」

「それもそうですね」

私も賛同の意を述べた。

「文面はどうします？」

「そんなもの、『お話があります』でいいだろう」

「……めちゃくちゃ怪しいじゃないですか」

「構わん。誠実に職務を遂行したまえ」

「……はいはい」

溜息をついて、私はメモをドアの郵便受けに入れた。

さてそうなると、無駄足になってしまった。もう、ここに留《とど》まっても意味はない。帰ろうとした時、弥生さんの隣室の外開きの玄関ドアが躊躇いがちに開かれる。中からは、頭を金髪に染め、耳にピアス、腕にタトゥーを彫った、少年とも青年ともつかない男性が、こちらを値踏みするように睨みつけていた。

「あんたら、お隣さんに何か用だったの？　ブザー連打とか扉叩くとか、やめて欲しいんだけど。壁、薄いからさ」

言葉どおり、迷惑そうに頭を掻く。

「これは、失礼しました。橘さんを訪ねてきたのですが、ご不在だったようで」

先輩が慇懃に言うと、青年は薄い眉を潜めた。

「お隣さんなら、今、いないよ。もしかしたら、帰らないかも」

「それはどういう？」

先輩が疑問を口にする。

「だってさ、お隣さんって――」

ぶっきらぼうに続いた言葉に、私は息を呑《の》んだ。

【二】

話のきっかけは、数日前に遡る。

幾人かのクライアントとの出会いの中、右往左往しながら瞬く間に時間が過ぎ去っていき、私の実習期間も残すところあと二ヶ月強となってきていた。

事務所に着くと、いつものように一夜にして人外魔境と化した執務室を簡単に片付けて、先輩を起こしに、先輩用のインスタントコーヒーを淹れるのがすっかり日課だ。

そんな慌ただしい日常の一場面を愛おしく思う気持ちが、胸の奥に芽生え始めていた。

――いつまでも、こんな他愛もない時間が続けばいい。

一息ついて、ミルクティーのカップを傾けた。

私はここに来て、何を学んだのだろうか？　何を学んでいるのだろうか？

ほんの少しでも成長することができたのだろうか？　役に立てているのだろうか？

『落ちこぼれの遊馬』という劣等感は、私の心の奥深くを蝕み続けている。

その気持ちの裏返しかもしれないが、私は今になっても願っている。

役に立ちたい。敏腕なエージェントになって、見下されてきた過去を払拭したい。私は、認めてもらいたい。周囲のみんなを見返したい。

――今のままじゃダメだ。だから、もっと、もっと。

焦りはたぶんにあるだろう。そもそもが「いいエージェント」の定義すら、自分の中では定まっていない。気持ちばかり先行して、空回りしている感じもする。

しかし私だって、クライアントさんたちとの関わりの中で少しずつ変化もしている自負がある。自分の力不足を思い知らされ、辛い時もたくさんあるけれど、挫折と喜びを繰り返しながら、最近では少し自分のことが好きになり始めていた。

実際、前回の源一郎さんの家族――夏川家のケースを任された時は、おぼつかない足取りではあったが、何とか一家を前に進ませる手助けができた。

先輩だって褒めてくれたし、いい加減自己卑下に囚《とら》われていないで、自分の殻を破り棄てるステージに立っているのかもしれない。正直に言うと、あの時自分ができたことを考えると、少し頬が緩む。

『落ちこぼれかどうかなんて、本質的には関係ないんだ』

先輩の、ぶっきらぼうだけれど厳しく優しい言葉。クライアントと向かい合う真摯な態度。いつも私を支え続け、見守ってくれる温かい背中。先輩は紛れもないA級エージェントで、とても大きな存在だ。

でも私だって、いつまでも先輩におんぶに抱っこではいられない。今まで学んだことを大切にして、先輩の期待に応えたい。……むしろ、実力で先輩を唸らせることこそを当面の目標にしている。

この先、私はどんなエージェントを目指していけばいいのだろうか？

実はその答えも朧げながら見え始めている。

これまでの実習でわかってきたのは、『人は必ず思い合える』ということ。

人間というのはどんな状況に置かれても、間違いなくわかり合える生き物だと思う。

否、そうでなくてはならないし、そのためにこそ、エージェントという存在がいるのだ。

人間たちはみんな、心は通じ合うのだと信じている。

きっと、そう信じることが私のたった一つの取り柄なのだ。先輩が私を肯定してくれ、秋葉が認めてくれているように。

だから、その気持ちを大切にして、私は人と人の間を取り持てるようなエージェントになりたい。

事務所の時は、とてもゆっくり流れていく。

ふと、コーヒーを片手に読書に耽《ふけ》っている先輩の横顔を盗み見る。

私たちも人間と同じように、男女が惹かれあう気持ちは持ち合わせている。先輩はまあかっこいいし、だらしないところもあるが、尊敬できる面も持っていることがわかってきた。……でも、好きとかいう恋愛感情は湧いてこないのだ。もちろん、職場だから当然なのだが、つまり今の私たちの関係が「先輩と私」の形なのだと思う。

そんな些細な事実に心が温かくなり、穏やかな気持ちになった。

「よう！」

……しかし、そんなささやかな幸せは、次の瞬間、乱暴に断ち切られた。

執務室のドアを乱暴に開け、開口一番、右手を勢いよく挙げて挨拶をしてきたのは、見慣れない男性だった。

ノックの一つもせず、突然現れた男性は、まだ若い青年の容姿。派手なオレンジ色に染めた収まりの悪い髪が印象的で、アロハシャツとサンダル姿というラフな装いだ。クールな切れ長の瞳の相貌を細めて、人懐っこい笑顔を浮かべる。

「……笹峯《ささみね》か。何の用だ？　俺に用はないぞ？」

先輩が、不機嫌そうに出迎えの言葉を発した。

先輩の友人だろうか？　クライアント以外では初めての来客だった。

私は慌てて、自己紹介をする。

「あ、私、実習生の二階堂遊馬です。笹峯さん——ですか？　はじめまして」

笹峯さんは、私を値踏みするように見やると、「うん、うん、若い子はいいね」と頷いた。

「遊馬ちゃんだね。君のことは、新藤からよく聞いているよ。何でも、この腐った魚のような目をした男の一番弟子だそうじゃないか？」

「そんなことは言っとらん。第一、お前が根掘り葉掘り聞いてきただけだろうが」

苦虫を噛み潰したかの表情で、先輩が訂正を加える。

「まあ、それはそれ。しかし——新藤、悲しいぞ。遊馬ちゃんがこんなに可愛い子だとなぜ教えてくれない？　水臭いじゃないか、我が心の友よ。一言でも聞いていたら、もっと早く訪ねて来たというのに！」

『可愛い』などと言われると照れてしまうが、笹峯さんにいやらしさは感じなかった。

「用件は何だ？」

面倒くさそうに仏頂面の先輩が訊ねると、笹峯さんは大げさに肩を竦める。

「相変わらず無愛想だな。お前の飲んでいるインスタントコーヒーくらい味気ない返事で悲しい限りだよ。まあ、僕が来る理由なんか、女絡みを除いたら一つしかないだろう？今回は委託《いたく》だよ、委託！　リファー！」

「リファー……」

授業で習ったものの、実際には初めてのケースに、緊張感が走った。

エージェントがクライアントの未練を解決できない場合、より上級、あるいは未練の内容を得意分野としているエージェントへと委託される。それ故A級エージェントである先輩の元へは、解決困難ケースのクライアントが回ってくることもある。そういう持ち回りのシステムなのだ。

……しかし、自分が解決できないケースを委託しに来たというのに、笹峯さんのこの清々《すがすが》しいまでの軽薄さと爽やかさは何なんだろうか？　もう少し低姿勢であるとか、疲れた様子や悲壮感を漂わせていたりしてもよさそうなものだが。察するに、きっと先輩とは気の置けない仲……なんだろうな——たぶん。

「あ、あの、何かお飲みになります？」

笹峯さんの強烈な個性に圧倒されながらも、私が実習生としての役目を果たそうとすると、笹峯さんは嬉しそうに、

「若いのにできた子だね。同じようにできる女の子なら、若い方がいい。うん、若いっていいね。僕はあそこで行儀悪くインスタントコーヒーなんていう泥水をすすっている輩より、もっとずっと上品なんだ。だから、そうだな、ダージリンも捨てがたいが、アールグレイという手もある。しかしやはりここは宿主をおもんばかる気持ちを込めて、僕も無難にコーヒーをお願いしておこうか。もちろんレギュラーで淹れて欲しいな。あ、角砂糖は三つね」

上品とは程遠い体でまくし立てる。

私は気圧《けお》されつつも、「わかりました、ドリップコーヒーですね」と答えた。

給湯室へ向かう途中、笹峯さんが先輩に何やら滔々《とうとう》と話す声が聞こえた。

「……新藤、遊馬ちゃんね。可愛いし、いい瞳をしている子じゃないか。お前が魚の死んだような目になる前にそっくりな輝きだ。や、これは失礼。死んだ魚に申し訳ないよな。怒るなよ。あの事件の前もあとも、お前の胡乱《うろん》な目つきは変わらないもんな。しかし、いい子そうじゃないか、羨ましい限りだ。俺のところにもあんな可愛い子が来れば、朴念仁《ぼくねんじん》のお前とは違って速攻で手を出すんだがな。ってか、そうでなきゃ、男がすたると思わないか？　男は甲斐性、据え膳食わずは何とやらってね。や、そう嫌そうな顔するなよ。それで、今回のケースだがな……」

私を手放しに褒めているみたいだけど、意味のない戯言にしか聞こえない。――つまりはそういう人なのだと自分に言い聞かせて、あえてスルーすることにした。

しかし、先輩もだけれど、エージェントって、あんな変わり者ばかりなのだろうか。今更だが、何か私の思い描いていたエージェントとはイメージ違うなあ……。あるいは、類は友を呼ぶというやつだろうか？

ブルーマウンテンの豆を挽《ひ》きながら私は、やれやれと溜息をついた。

【三】

「結城《ゆうき》明日香《あすか》さん、享年十六歳。高校一年生ですね。あなたは一ヶ月前、通学途中に交通事故に遭われ、命を落としました。ここまではよろしいですか？」

「……はい」

俯いたままで、明日香ちゃんは言う。どうやら、かなり緊張しているようだ。無理もない。自分の死を受け入れる前に、『未練を晴らすために』などという名目でここに送られてくるクライアントは、ほとんど例外なく困惑するものだ。

曇った顔の明日香ちゃんとは対照的に、先輩は明瞭に続ける。

「これは、決まり事として言っていることなのですが、人は『未練』を持ったままでは現世に魂が取り残されてしまうことになります。それは非常にまずい。そういうわけで、あなたには『納得して死んでもらう』ことが必要になってくる。私たちの調査で、あなたには『未練がある』と判断されました。ですから、それの正体を掴まなければならない」

可哀想に、明日香ちゃんは怯えながら話を聞いている。交通事故に遭い、心構えもないうちから『死』と否応なしに直面させられる。その不安と混乱は相当なものがあるだろう。

先輩は、ふっと微笑む。

「緊張していますか？」

「――あ……その、はい」

明日香ちゃんは自分の言葉を体に浸透させるように身をよじる。

先輩に教わったことだが、面接はじめでクライアントが強い緊張状態にある時は、まず『緊張している』ことを言葉に出させ、自分自身の感情に気付かせると、逆にリラックスするものらしい。

「身構えるのも無理はありません。いきなり、不条理な事故に遭われて、その上、わけのわからないままこんなところに連れてこられているのですからね。ですから、ここにいるのはむしろ、そういったこと全てをひっくるめて受け入れるための準備期間だと思っていただければ結構です。死後のアフターフォロー、それが、私どもの仕事ですから」

「はい、わかりました」

柔和に続けると、明日香ちゃんは目を瞬き、幾分落ち着いてきた様子を見せた。

先輩は笑顔で深く頷く。元々厳しめな表情なので柔らかく微笑むと、不思議と相手に安心感を与えてしまうのが、先輩の才能といえる。

「明日香さん、ちょっと本筋から話がそれてしまって恐縮なのですが、あなたのしているペンダント、とてもお綺麗ですね。なかなかにセンスのいい方だとお見受けしましたが」

会話を『死』や『未練』といった中心から、あえて逸らす。緊張と弛緩《しかん》を使い分けて、相手を安心させながらこちらのペースに持ち込む。ここらへんも、相手の鎧《よろい》を脱がせるベテランのテクニックだ。

「え……、あ、ありがとうございます」

明日香ちゃんは、少しはにかんで見せた。明日香ちゃんは、事故に遭った時と同じ、ネクタイリボンのついた白い上着に紺色のスカートという制服姿だ。セミロングの髪は後ろで一本に編み込んであり、張りのある少し褐色がかった肌に大きな瞳、小ぶりな鼻をした可愛らしい少女だ。先輩の指摘したとおり、胸元には淡い蒼色をしたペンダントが、その愛らしい容姿のアクセントとして添えられていた。

「綺麗な石ね、それは、何かの宝石？」

私も先輩に同調して、明日香ちゃんに話しかけた。といっても、先輩のようにはいかないので素直に思ったことを告げただけだが。

明日香ちゃんは照れたようにペンダントを弄《もてあそ》んだ。

「トルコ石です。私の誕生石だって、お母さんがプレゼントしてくれた、とても大切な、私の宝物なんです」

そう言って、透明感のある美しい笑顔になる。少し緊張がほぐれたようだ。

「とても似合っていますね」

先輩は、柔らかく声をかける。そして、少しかしこまった表情になった。

「……さて、明日香さん、話しにくいこともあるでしょうが、あなたの『未練』についてお話を伺いたいと思います。思いつくままに話していただければいいので、どうぞ安心してくださいね」

いったん区切って、膝の上で両の掌を組む。

「明日香さん、あなたの、『未練』は何ですか？」

明日香ちゃんは小首を傾げ、ペンダントを掌で弄《もてあそ》ぶ。

「ほとんど、イメージのようなもの何ですけど、いいですか？」

「もちろん、構いませんよ」

「……それじゃあ」

明日香ちゃんは、少し難しそうな表情を見せた。

「夢を見るんです。昔から」

「ほう、夢を」

「夢だけじゃなくて私の、記憶の奥底にあるというか……そう、イメージです。……えっと、私は、暗い洞窟の中にいて、出口からはかすかな光が漏れてる感じ何ですが、そこから外を覗くことは、なぜか、禁止されているというか。私はただ、寒さと暗闇に怯えて、震えちゃってるような。そうやって我慢していれば、きっと大丈夫だと思っているんです」

「何に対して大丈夫だと思っているのですか？」

「何だろう？ ただ、我慢しなければひどいことが起きると思う感じで」

「続けてください」

「……気付くと、暗い洞窟の中からは出ていて、四角く狭い部屋の中に、私は一人でいて。心細くて、もう眠い時間なのに、それでも待ち続けているんです」

「待ち続けている？」

明日香ちゃんは思い出そうとするような表情を見せて、左胸の鎖骨の辺りをさすった。

私は綺麗な手の甲に少しそぐわないような白い点々がいくつかあることに気付いた。

「……何、だろう？ ただ、とても怖くて、いつも私に意地悪をする、『何か』です。私は、その『何か』をとても怖がってて、同時に、とても頼りにしているというか……」

「怖いもの。でも、頼りにしているもの」

先輩の双眸《そうぼう》が鋭く光る。

「自分でもよくわからない。その怖い『何か』が来たら、私にひどいことをするような。でも、その『何か』が戻ってくることを、私は心待ちにしてる感じです。そうでないと、寂しさで、どうにかなってしまいそうで」

「……思いつきなのですが、もしするとそれは『何か』ではなく、『誰か』ではないですか？」

明日香ちゃんは左胸をさする手を止めると、そのまま下を向いて考え込んだ。

「……うん、そう……そうかな？　『それ』は『誰か』だと思う。でも、私が会ったことがない『誰か』です。だけど、そんな怖い『誰か』に出会ったことなんて、私の記憶にはないです。……でも」

明日香ちゃんは、正面から先輩を見た。

「あれは……『鬼』のような気がします」

「……『鬼』、ですか」

先輩は思案顔になる。

「失礼ですが、明日香さん、あなたのお話を総合すると、一つの可能性が浮かび上がってくるのですが」

言いにくそうに、でも、きっぱりと続けた。

「もしかして、明日香さん、あなたは幼い頃、ご両親から虐待を受けていたようなことはないでしょうか？」

「ええ？　そ、それはありえませんよ！　お父さんもお母さんも、すごく優しくて、私、大好きなんです！　小さい頃の記憶を思い返しても、幸せだったことしか思い出せません」

それから、形の良い眉を寄せた。

「もちろん親子だから、喧嘩したり、私が反発したり……そういうことはあるけど。でも、友達の家と比べても、本当に仲のいい家族でしたよ。何より、今でも私はお父さんもお母さんも、大好きだから」

「なるほど、そうですか」

先輩は腕を組んだ。それから、メモ帳を取り出し、ペンで何かを書こうとした。

「おっと」

ところが、その手が滑り、ペンが明日香ちゃんの方へ転がっていく。

話が核心に触れかかったと思ったところに、何とも間が悪い。足元に転がったペンを、明日香ちゃんは上半身を折って拾った。

「すみません、どうも」

先輩は軽くお礼をして、明日香ちゃんの方に身を乗り出し、ペンを受け取った。

「では、続けてください」

「あ、いえ……」

明日香ちゃんは、ちょっと気勢を削《そ》がれたかのように、顎に手を当てた。

「そうですね、私の引っ掛かっているのは、今、お話ししたようなことです。その『鬼』が何なのか、昔からとても気にかかってて。怖い反面、その『鬼』に会ってみたいとも思うかな。たぶん、それがわからないのが、未練なのかも」

「なるほどね」

先輩は、少し考えたような仕草を見せたあと、口を開く。

「わかりました。それでは、あなたの未練について、こちらも調査を開始いたします。結果は随時お知らせいたします」


明日香ちゃんとのカウンセリングを終えたあと、いつものように濃い目のインスタントコーヒーを作って渡すと、それを受け取った先輩は、明日香ちゃんの資料を見ながら、さかんに首を捻っていた。

私はそんな先輩を疑問に思い、聞いてみることにした。

「先輩、何か気になることがあるんですか？」

先輩は私からコーヒーを受け取ると、「うん」と呟いた。

「明日香さんのプロフィールが、ちょっとな。それに……」

先輩は、眉根を寄せて、頭をガシガシ掻いた。そのまま、コーヒーカップを傾けて、思索に耽ってしまう。私はあとを継いだ。

「明日香ちゃんの言う、『鬼』についてですか？　私もすごく気になります。暗い洞窟に、『鬼』の存在。でも、そんな『鬼』に出会った記憶は、自分にはない。これは、潜在意識か、もっと人間の根源的な何かと関係あるのでしょうか？」

自分なりの分析を口にすると、先輩は奇妙なものを見るかのように私を睨《ね》めつけた。

「いや、そういった、壮大なことではなくてな」

「……そうですよね、はい」

私は少ししょぼくれる。

「実はな、さっき、明日香さんにペンを拾ってもらった時のことなんだが」

あの時か。先輩の慧眼で、何か気付いたことでもあったのだろうか？

私は全身を耳にして、続きの言葉を待った。

「明日香さんが屈《かが》んだ時、少し胸元が見えたんだ」

私はハッとした。

「そういえば、『鬼』の話をしていた時、しきりに左胸の鎖骨の辺りをさすっていましたね。明日香ちゃんの胸元に、何か？」

「うん、それなんだがな」

「はい」

先輩は重々しく言うと、明日香ちゃんのを見る時と同様、私の胸の辺りに視線を向けた。

「年の割に、結構ボリュームがあった。お前の完敗だな」

「……こ、この変態オヤジ！」

私は思わず両手で胸を隠し、赤面して横を向いた。


【四】


『インターネット上での友達だったが、先日亡くなったことを知り、線香をあげさせて貰いたくて来た』

いかにも取ってつけたような理由にも関わらず、明日香ちゃんの家には、簡単に入り込むことができた。

先輩と私の明らかな年の差と、二人連れ立って訪問したことが、ネット上の関係という説明で、かえって疑われなかったのかもしれない。

出迎えてくれたのは、髪にいくらか白いものの混じり始めた、上品な雰囲気のご両親だった。二人ともどちらかというと色白な肌に恰幅《かっぷく》のよい体型で、少し色黒でほっそりした印象の明日香ちゃんとは少し違っている。

居間に通され、座り心地の良い椅子を勧められると、先輩は部屋を見回した。私も釣られて、居間を見渡す。

高級そうなソファにガラステーブル、隅には観葉植物の鉢植えが置かれ、部屋に合わせて設《しつら》えたようなサイドボード。そして、最近置かれたのだろう、少々小振りだが綺麗な作りの仏壇が、ひっそりと存在を主張していた。

小学生くらいの明日香さんだろうか？　ランドセルを背負って、両親と一緒に笑顔で写っているポートレート。その隣には、中学生、高校生とそれぞれの制服を着て、同様に『入学式』の看板を背にして家族で笑っている写真が、真新しい仏壇を飾っている。

先輩は、その写真をしばらく見つめていたが、やがて重々しく口を開いた。

「この度は、突然のことで……。たかがインターネット上の関係と言ってしまえばそのとおりですが、明日香さんとは親しいお付き合いをさせていただいていました。特に、こちらの……二階堂さんとは、年もそれほど離れていなかったことから、仲良くさせていただいていたようです」

「え、あ、ああ、はい。そうですね、明日香さんには、本当によくしていただいて」

突然ふらないで欲しい。私は何とか無難にその場を取り繕った。

一ヶ月前の明日香ちゃんの死からはまだ立ち直ってはいないようだったが、娘さんの生前の関係者を歓迎するように、お父さんが柔らかい笑顔を作った。

「正直、あなたたちのような、明日香とは年の離れたご友人がこられたことには戸惑っています。でも、今の子供たちの交友関係というのは、そういうものなのでしょうね……。明日香は、とても大切な娘でした」

「お察しします」

先輩は沈痛に頷いてみせた。演技なのだろうが、先輩のこういう姿は真に迫っている。

「明日香さんも、ご両親を始め、高校のお友達にはとても恵まれている、と前に言っていました」

「あの子が、そんなことを……」

明日香ちゃんのお父さんが息を呑み、お母さんが、目頭を押さえる。

「あの子は、とてもよい子でした。素直で礼儀正しくて、友達も多くて。いつもどんな時も一生懸命で、……何より、親思いの優しい子でした。私どもも、たくさんの愛情をかけて育てたつもりですが、それが伝わっていたのですね。私たちは、あの子には『どんな時も笑顔でいなさい』と教え続けていました。だからこそ、あの子の死を悲しむことはあっても、そのことでダメになってはいけない。そう思って妻と励まし合っているんです」

瞑目《めいもく》するお父さんの手の上にお母さんが自分の手を重ねてギュッと握ると、お父さんは寂しげに微笑んだ。

そんな夫婦のやり取りを確認したあと、感心したように先輩は言った。

「ご立派です。本当に、ご立派なことだと思います」

お父さんは「いえ」と、かぶりを振った。

「……本当は、強がっているだけかもしれませんが。新藤さんと二階堂さん、と言いましたね。あなたたちの口からそう聞くことで、今、改めてあの子のことを誇りに思います」

「明日香さんのことを、とても、大切になさっていたのですね」

「はい。私どもも至らぬことはあったとは思います。でも、娘にかけていた愛情だけは、誰にも劣ることはなかったと思います」

「そのことは明日香さん自身が、心の底から感じていたことだと思います。……そうですね、明日香さんは、あの、トルコ石のペンダントを、『お母さんからもらった、とても大切な宝物だ』と言っていました。本当に大事そうで。明日香さんの誕生日に、お母さんがプレゼントしたものだそうですね。ええと、明日香さんの誕生日は十二月……」

「……いえ、八月です。毎年夏休み中にも関わらず、あの子の誕生日には、たくさんの友達が祝いに来てくれました」

お母さんが、先輩のあとを継いで言った。

先輩は手を大きく広げて受け止める。

「私たちも、リアルで——ああ、『実際に』という意味ですが、現実に明日香さんに会って、お祝いしたかったです。明日香さんは、本当に、とてもいい方だったので。今となっては、果たせなくて残念です」

「その気持ちだけで、娘は満足していると思います」

お父さんが、ほろ苦い表情で、だが少し嬉しそうに言った。亡くなったとはいえ、娘を褒められるのは、どのような親でも嬉しいものなのだろう。

「そういえば」

先輩は、少し首を傾げた。

「お仏壇に添えられている明日香さんの写真も、とても可愛らしいですね。デジタルカメラですか？　小、中、高と、それぞれの入学式のものと拝見いたしましたが」

「ああ」

お父さんは笑顔になって、懐かしむように、写真を眺めた。

「今のカメラは綺麗に写りますすよね。親バカと言われるかもしれませんが、あの子の、一番いい笑顔を写した写真を飾ってやりたかったんです。あの子はどちらかというと年の割にはしっかりした感じの子でしたが、いつも入学式だけは無邪気に大喜びして、どれも、とてもいい笑顔で……。中学生、高校生にもなれば、親を邪険にする子も多いといいますが、とても素直に、可愛い笑顔を見せてくれて」

「そうですか。もっと幼い頃の写真も見てみたいですね」

微笑をこぼす先輩に、お父さんは少し黙ったあと、「いやいや」と首を振った。

「残念ながら、昔、ボヤを起こしてしまった時に焼失してしまいましてね」

「……そうですか」

先輩は残念そうに呟いて、ふと胸ポケットを探るような仕草を見せた。

「そういえば、ご家族の方に、タバコを吸われる方はいらっしゃらないのですか？」

「ああ、新藤さんは吸われる方でしたか。申し訳ありません、私と妻は昔からまったくタバコとは縁がありませんので、灰皿もご用意できず」

申し訳なさそうにお父さんは頭を掻いた。

「いえいえ、お気になさらずに」

先輩は目の前で手を振った。

先輩がタバコを吸うなんて、初耳だった。というか、吸っているところなんて見たことがない。訝しげな視線をみせる私を一顧だにせず、先輩は一つ頷いて、申し出た。

「お話が長くなってすみません。そろそろ、お線香をあげさせていただいても？」

明日香ちゃんの仏壇にお線香をあげ、しばらく他愛のない話をしたあと、私たちは家をあとにした。

「いいご両親でしたね。明日香ちゃんが亡くなったばかりだというのに、気丈な方たちで」

私は、率直な感想を述べた。

「それだけ娘さんを愛していた証《あかし》なんだろうな。愛していたからこそ、娘の生きてきた時間を否定したくない。それがどんな理不尽な死であってもな。よくできたご両親だよ」

先輩の言葉に含みはない。ただ純粋に、そう分析しているのだということが、語調から読み取れた。

「それにしても、明日香ちゃんの未練、『鬼』に関する情報については、まるで空振りでしたね。あんないいご両親が、『鬼』のはずもないし……」

「そうでもないさ」

先輩が即答したので、私は思わず眉を顰めた。

「……え？　あのご両親が、『鬼』と関係あるとでも？」

「そんな簡単な話でもない。……ちょっと穀潰《ごくつぶ》しの同僚どもにも働いてもらうとするか。実習生、少し調べたいことがある」

先輩は思うところがありそうな口調で両肩を上げた。

「俺たちが直に調べるには時間がかかりすぎる。情報部に依頼の電話を入れてくれ」

【五】

情報部からの連絡があるまで、私たちはさらに明日香ちゃんとのカウンセリングを重ねることにした。「今回は、とにかく掘り下げて情報を摑むことが重要だ」というのが、先輩の言うところだ。

それほど期間をおかないカウンセリングだったが、明日香ちゃん特に不満そうな様子は見せなかった。私個人としてはむしろ、経過報告もなく待機している方が辛いと思う。

もっとも私が授業で習ったところによると、クライアントは死亡してからの時間感覚が生前とは異なるようになると言われている。長い時間何をしなくても、それほど苦痛ではないらしい。

効率性を重視する普通のエージェントでも、カウンセリングには長い時間がかかるから、そのことはプラスに働いている。そんな中、これまで見た先輩の仕事はやはり、驚異的な解決速度を誇っていると言わざるをえない。

そんな辣腕《らつわん》ぶりを露ほども見せずに、先輩はのんびりと構えている。

「明日香さん、あなたのことを少し調べさせていただきました。あなたのご両親にお会いしてきました」

「はい」

明日香ちゃんは、素直に喜色を表す。カウンセリング慣れしたこともあるのだろう、初回面接での緊張した感じが今回は見られず、幾分リラックスしているように見える。

「それで、お父さんとお母さんは、元気でしたか？」

「あなたの仰っていたようなご両親でした。実はですね、私は先日のカウンセリングで申し上げたとおり、あなたが幼い頃、ご両親から虐待を受けていたのではないか、と疑っていたのです」

「まさか、そんな！」

露骨に嫌そうな顔で、明日香ちゃんが叫ぶ。当然だ。私だって、あんないいご両親が虐待をしていたとは思えない。

先輩は、「まあまあ」と明日香ちゃんを宥める。

「あなたの言うとおりでした。ご両親は、裏表の感じられない、とてもいい方たちです。本当にあなたを愛していて、愛情を注がれていたようです」

明日香ちゃんは、ほっとしたように、少し浮き上がらせた腰をソファに落ち着ける。

「そうですよね。お父さんも、お母さんも、本当に大好きです」

屈託のない、いい笑顔を見せたあと、少し心配そうに訊ねる。

「……お父さんとお母さん、悲しんでましたか？」

「その気持ちは十分伝わってきましたが、とても気丈な方たちでしたよ」

「そう……ですよね。そういうお父さんとお母さんです」

寂しそうな、それでいて少し嬉しそうに、明日香ちゃんはそっとペンダントに触れた。

「でも、私が死んだことで絶望したり、自分をダメにしちゃうより、ずっといい。本当に、私が喜ぶことをわかってくれてる……私、愛されてますね」

両手を胸の中央で合わせて、少し照れたように微笑む。

「はい」

先輩は感心したように是認する。

「明日香さん、あなたは本当にご両親に思われています。虐待を疑った私が、恥ずかしい限りです」

「いえ、私も、変なふうに話しちゃったから、疑われたのも当然です。……でも、私のイメージしてた『鬼』は……」

「そこなのですよ……」

先輩は一瞬上を向くと、視線を明日香ちゃんに戻した。

「いくつか質問があるのですが、よろしいでしょうか？」

「……え？　はい」

明日香ちゃんの表情は少し戸惑ったような緊張を帯びる。

「明日香さん、あなた、ご自分の幼い頃の写真を見たことはありますか？」

「……え？　それはありますよ。小学校に入った時の写真とか、保育園で行った遠足の写真とか。お父さんはカメラ好きで、本当に、たくさんの写真を撮ってくれました」

「それ以前、もっと前の写真は？」

「え？」

先輩はポンポン、と自分の後頭部を叩いた。

「明日香さん、あなたの仏壇には、小、中、高、それぞれの入学式の写真が飾ってありまし確かし、それ以前の……もっと幼い頃の写真がなかった。どういうことか聞くと、お父さんは、『ボヤで焼失した』とお答えになられました」

「はあ……確かに、そうだったかな？」

「でもね、おかしいのです。ボヤで焼失した、そういうことも、ないわけではない。だが、カメラやフィルム、デジタルデータにプリント写真、パソコンなどの複数の機材に保存可能で、かつ、復元可能なものをボヤ程度でごっそりと消失するという可能性は、あまりないのではないでしょうか？」

「え？　保育園の入園写真とかでしょ？　そんなの、もう古いし、なくなっても……」

それはそのとおりだ。先輩は何を言いたいのだろう？

「いや……。小、中、高と、年齢を追って写真を並べているくらいです。入園式の写真が、並べられていてもおかしくないのでないかと、少し勘ぐったのです。そこでお聞きしたいのですが、自分が赤ん坊くらい小さな時の写真は、明日香さんは見たことはありますか？」

「……あまり、記憶にないです」

先輩は肩を竦めてみせた。

「私が引っ掛かっているのは、『鬼』に関してのことなのです」

「『鬼』……」

明日香ちゃんは、胸の鎖骨辺りをさする。

「あなたのご両親にお会いして思ったのですが……失礼かとは思いますが、肌の色や目鼻立ちなど、あまりあなたとは似てない印象を受けました。ご自分では、そう感じたことはありませんか？」

「……それは、どんな親子でも普通にあると思いますよ」

首を傾げながら、明日香ちゃんは答える。

「そうですね、そこで、気になったことの三点目ですが」

先輩は、また左胸の辺りをさする明日香ちゃんの手を、ちょんとつついてみせた。

「あなたの手の甲にある白い点々ですが、これに関して、何か知っていることは？」

明日香ちゃんは、訝しげに先輩を直視する。

「昔、花火をやっている時に火傷《やけど》した痕らしいです。子供の頃だけど、残っちゃって」

「ご両親にそう教わった？」

「はい」

「花火で火傷、ですか。なるほど」

先輩は、片膝を持ち上げて両手で抱え込み、明日香ちゃんを観察するように眺めた。

「あなたの左胸のところにも同じような火傷がありますね。それも、花火の火傷ですか？」

「な？」

明日香ちゃんが顔を赤らめて、胸元を両手で隠す。

「見たんですか？」

「失礼ながら先日、ペンを拾っていただいた時に、たまたま見えてしまって」

「……本当に、失礼ですよ」

「すみませんでした」

先輩は、素直に頭を下げた。そして、

「失礼ついでに私の考えを言ってもよろしいでしょうか」

「……何です？」

明日香ちゃんは、急に警戒心を帯びた声で言う。当然だ。

「私にはその火傷の痕は、まず間違いなく『タバコ』のもののように見えます。……タバコを押し付けるとね、ちょうどその痕に酷似したものが残るのですよ。そして、今までの疑問やあなたの語ってくれた記憶を総合的に判断して、あなたは、やはり子供の頃、虐待を受けていたのではないかというのが、私の推論です」

明日香ちゃんは顔色を変えると、怒声をあげた。

「またそれですか!?　だから、そんなことあるわけないでしょ！　お父さんとお母さんが、そんなことをするわけない！」

先輩は息を吐くと、首を縦に振った。

「私もそう思います。実際、あなたのご両親が過去にでもタバコを吸っていたということもないそうです。ご実家には、灰皿すらなかった。ですから、虐待は、あなたの言うご両親ではなく、別の方……もしかしたら、『本当の親』によってされていたのではないかと思っています」

明日香ちゃんは目を見開いた。

「ほ、本当の親……？」

先輩は明日香ちゃんの驚愕の視線をしっかりと受け止めると、

「明日香さん、あなたはそのペンダントが誕生石だと、お母さんからもらった大切なものだと言いましたね？」

「……は、はい」

「あなたの誕生日はいつですか？」

「……十七日です。八月十七日」

先輩は、頭を掻いた。

「それが奇妙なのですよ」

「な、何がですか？」

動揺する明日香ちゃんに、先輩は淡々と言う。

「明日香さん、トルコ石の表す誕生月を知っていますか？」

「え？　そんなの、八月に決まって……」

「十二月です」

「……は？」

「トルコ石はね、『十二月』の誕生石なのです」

明日香ちゃんと、そして私も思わず絶句した。

◇

情報部からの追加調査の報告があったのは、カウンセリングが終わってから数時間も経たない頃だった。先輩の読みどおり、明日香ちゃんには『本当の親』がいた。

名前は『橘 弥生』。情報部からの報告によると、明日香さんは、彼女が十八の時に生んだ子供らしい。補足情報として、弥生さんの住所が記されていた。

そうして、話は冒頭へともどるのだ。

弥生さんのアパートを訪れた私たちは、隣人のヤンキーっぽい男性から得た情報を基に、弥生さんの居場所にたどり着いたのだ。

――探していた明日香ちゃんの『本当の親』がいたのは、とある総合病院の一室だった。

明日香さんの面影を感じさせる三十代半ばの女性は、人工呼吸器に繋がれ、意識不明の重体で病床に横たわっていた。

医師によると、弥生さんはストーカーと思《おぼ》しき男に身体の数カ所を刺され、運ばれてきたらしい。状態は悪く、いつ命が尽きてもおかしくない――危険な状況ということだった。

こんな不運という言葉では片付けられない巡り合わせに、先輩は困ったように頭を掻き、私はこれからの展開を予測できず、ただ項垂れてしまった。


【六】


秋葉と待ち合わせたのは、よく使う喫茶店だった。

私が秋葉を呼び出す時は愚痴タイムと相場が決まっている。

「秋葉ー。辛いよー。しんどいよー」

だーっと机に上半身を突っ伏して、私は弱音を吐く。

「はいはい。でも、ちょっと久しぶりじゃない？　で、今度はどうしたって？」

苦笑いを浮かべつつ、私の収まりの悪いセミロングの髪をわしゃわしゃと撫で回す。

「だってさー、クライアントには、子供の頃本当の親に虐待された経験があって、その『本当の親』のことを調べてみたら、なかなかシリアスで」

弥生さんは場末のバーのホステスをしており、十七の頃同棲《どうせい》していたが、すぐにうまくいかなくなって、明日香ちゃんを身籠ったまま別れた。相手の男は認知もせず逃げてしまい、実親からは勘当されたようで、一人での出産に至ったらしい。

水商売は働く人がどんな過去を持っていても気にしない代わりに、情報が出回るのが早い。弥生さんの悪評は、それこそ芋づる式に出てきた。

明日香ちゃんを生んだあとも、まだ三、四歳の明日香ちゃんを狭いアパートに放置して、自分は男を取っ替え引っ替えし、夜な夜な出かけていたそうだ。いわゆる、ネグレクトに近いことも、日常茶飯事的だった。

店にお金を前借りして男に貢《みつ》いで騙《だま》されていたりしたこと。犯罪スレスレの行為に加担していたことすらある。

当時の近所の人に聞くと、弥生さんの家からは、子供の――明日香ちゃんの泣き叫ぶ声が、四六時中聞こえていたらしい。

「こんなこと、クライアントにどう伝えればいいんだろう。反省を促そうにも、本当の親はストーカーの男に刺されて、意識不明の重体だし。そもそも……」

弥生さんは病床にいるとはいえ、聞き及んだことは、到底許されることではなかった。自分のお腹を痛めて生んだ子供に、なぜあそこまでひどいことができたんだろう？　いらなくなった玩具みたいに、無責任に捨ててしまうことができたんだろう？

「よしよし、遊馬は頑張ってる」

秋葉が、ポンポン、と私の頭を叩く。

「秋葉、人間の親って、どういうものなんだろうね？　『本当の親』がひどい人だったのに、『里親』は、心の底からクライアントのことを愛していた。血の繋がりって……、親って一体、何なんだろう？」

私は考えることに疲れ果てて、ぼやくように言った。右脇に秋葉が避《よ》けてくれたミルクティーのカップの取っ手を、いたずらに弄ぶ。

「私にはわからないよ。もう、何がなんだか、わからない。あんな親なんかこのまま死んじゃえばいいいんじゃないかってすら思ったりもするの」

「そっか……」

秋葉はレモンのスライスを浮かべた紅茶を一口飲んだ。

「でもね、今回のクライアントの未練は『鬼』、おそらくはその『ひどい親』に関することなんでしょ？　クライアントなりに、『鬼』に、何か思うところがある。だからこそ『未練』になるわけよね？」

秋葉は、紐解《ひもと》くように続ける。

「だったらさ、エージェントが、遊馬の方が、逃げちゃダメだよ。『鬼』が何であれ、クライアントにとって『鬼』がどういう存在であったのか、クライアント自身が気付くためにはどうすべきか考えてあげないと。嫌なものを見ないようにするのは、逃げ以外の何物でもないと思うわよ」

「……うん」

私は逃げているのだろうか？『人間の親とはこうあって欲しい』という理想のために、目の前の真実から目を背けているのだろうか？

それはエージェントとしてあるまじきことだ。初めの実習の時の田辺教官に言われた、『エージェントの仕事は、ありのままの現実をクライアントに認識させることであって、エージェントの理想を追うことではない』という言葉が胸を刺す。

――でも。

秋葉は息をつくと、私の髪をわしゃわしゃと掻き回した。

「難しいね。でも、それだけ悩んでいるってことは、遊馬がクライアントのことを深く考えているということでしょう？　普通のエージェントなら、そんな時間は無駄だと決めつけて一蹴するよ？」

「……秋葉」

不意に心へ投げかけられた言葉。秋葉は、いつも私の大事なところに踏み込んでくる。

「何？」

「……私のいいところって、どんなところかな？」

秋葉は目を瞬き、顎に手を当てた。

「……そうね。ちょっとリップサービスして、やっぱり前向きなところと、相手を思いやることができることかな」

「秋葉」

「だから、何よ？」

「……今日はここ、奢《おご》るから。ケーキセットまでなら頼んでいいよ」

「そう、それじゃ、お言葉に甘えて。——それとね、遊馬」

「ん？」

「……私は、血の繋がりだけが『親子』じゃないと思うよ。でも、それと同時に、『血の繋がり』というのは、親子そのものだと思う」

私は小首を傾げた。

「何それ？　なぞなぞ？」

秋葉は、微笑して答えた。

「さあ？　……さてと、早速ケーキ頼もうかしら。遊馬、ご馳走《ちそう》様です」

いたずらっぽく微笑む秋葉に、私は「ぶう」とほっぺたを膨らませると、凝り固まった肩の力を抜くことにした。

私はケーキを頼みつつ、考える。

夏川家のケースがそうであったように、人はわかり合える。前向きにそう考えて、その手助けになるような働きをするのが私たちエージェントの役目なのだ、と。

【七】

人間の心というのは、一度開いてしまったら、秘めたものが一気に噴出するものという点で、パンドラの箱といってもいいのかもしれない。明日香ちゃんの今の状態は、まさにその証だった。明日香ちゃんの瞳は一目見てわかるくらい暗く濁り、能面のような表情が、その憔悴《しょうすい》ぶりを如実に物語っていた。

「……少しずつ思い出してきたんです。本当に小さかった時のこと。認めたくないけど『鬼』は、私の『本当のお母さん』……私を捨てた人なんですね」

先輩は明日香ちゃんの目線をしっかり受け止め、深く首を縦に振る。

「そうです。あなたには、本当の親がいました。『本当の』、というと語弊があるかもしれませんね。つまりは、血の繋がりのある親がいた、という意味です」

明日香ちゃんはその言葉を咀嚼《そしゃく》するように聞き取ると、強く唇を噛んだ。

「最初に、洞窟に閉じ込められて怖くてたまらなかったと言いましたよね。実際に閉じ込められてたんじゃないでしょうか。そこから出ると、『鬼』にひどいことをされる……。だから、ただ、寒さと孤独に震えていたんです」

明日香ちゃんは忌まわしそうに髪を振り、左胸の上をさすると、続けた。

「いつも寒い部屋で、お腹を空かしていたんです。……ご飯をねだると、金切り声をあげて、ひどく叩くの！　痛いよりもびっくりして、泣き出すと、もっともっとぶってきて。だから泣くことさえできなくなった」

　明日香ちゃんが左胸の鎖骨辺りをさする動作が顕著になってきた。静かに抑えられた声が、だんだんと叫び声のように荒ぶっていく。

「暗闇の隙間から覗くと、いつも違うおじさんがいた。男が来る度、私は隠されて。……覚えてます。ある時、私、聞きました。『昨日来てたおじちゃんは、私のお父さん？』って。『そうよ』って鬼は笑いました。私は嬉しくなっちゃって。でも、おじさんが来なくなった何日後かに、『お父さん、次はいつ来るの』って訊いたんです。そしたら……」

　明日香ちゃんは、胸に拳を当て、喘ぐように息をついた。

「そしたら、『もう来ないわよ、あんな奴。あんたのお父さんなんだから、あんたの責任よね』って、私の胸にタバコを押し付けて……！　熱くて痛くて……、弾けるように叫び声を上げました。でも『鬼』に押さえつけられて、次は……手の甲に……！」

　言葉の最後は、明日香ちゃんの嗚咽《おえつ》に紛れてほとんど聞き取れないくらいだった。

「……辛かったですね」

　先輩は柔らかく言い、ポケットからハンカチを取り出す。それが皺くちゃだとわかっていた私は、そっと押しとどめて、綺麗に折り畳んだハンカチを明日香ちゃんに手渡した。

　明日香ちゃんは少し咳《せ》き込み、礼を述べる。

「……幸せだったのに。私、とても幸せだった。お父さんもお母さんも、……血の繋がりはなかったかもしれないけど、本当に私を愛して育ててくれた。大好き……。私は十分幸せだったのに、あんな奴のこと！　思い出したくなかった！」

先輩は、「ふうむ」と唸ると、両腕を組んだ。

「しかし、あなたの未練の本質は、その虐待するような『親』――すなわち、『鬼』に関するものでした。忘れたいと思う反面、『本当のお母さん』に対するこだわりがあるのではないですか？」

「――そんなこと！」

明日香ちゃんは、と怒気を吐き出した。

「だったら、あの鬼が本当の『親』なら、私はお母さん何かいらないよ！　そんなひどくて、無責任な奴のこと、知りたくもない！」

激昂する明日香ちゃんに、私は思わず言葉を失った。

私は、家族というのは、その絆というものは、言葉ではどういっても、糸のように繋がっているものだと、ただ単純に信じたかった。だからこそ、明日香ちゃんの赤裸々な怒りをぶつけられ、人間はどうあっても理解し合うことができるという、私の信念を深く抉《えぐ》った。

こんなの間違いだ。秋葉が教えてくれたではないか。

確かに人は血の繋がりだけで、親子になるのではない。でも、それとは反対の意味で、血の繋がりがあるということは、それだけで親子を繋ぐ、『何か』になりうるのだ、と。

――だからこそ、私はその『何か』を明日香ちゃんに否定してもらいたくなかった。

「明日香ちゃん、確かに、本当のお母さん——弥生さんとの記憶は、辛いことが多かったのかもしれないね……」

私は心を伝えるように、精一杯の気持ちを込めた声で語りかけた。

「でもね、例えば、あなたが大事にしているペンダント。誕生石のトルコ石のペンダントは、弥生さんがあなたにあげたものなんだよ？　最初から子供のことを忌避してた母親なんて、たぶんいないよ」

明日香ちゃんは一瞬息をのみ、戸惑いつつもペンダントを強く握った。

「知らないよ、そんなこと！　こんなもの、捨てちゃえばいい！　そうだよね、こんなのが愛情だって言うなら、そんなのきっとニセモノだもん！」

私は混乱した。自分の想定内では、明日香ちゃんだって、愛情とは言わないまでも、実の母の立場を考えることができると思っていた。

だが、明日香ちゃんの気持ちはむしろ当然なのかもしれない。だって、まだ十五歳の女の子なんだから。

私は、そんなふうにかたくなになる明日香ちゃんに、諭すように言った。

「……明日香ちゃん、でもね、居間、新藤が言ったとおり、『鬼』だった『お母さん』のことを知りたかったからこそ、それが『未練』になっていたんじゃないかな？　だから、明日香ちゃんは、心の底では、『本当のお母さん』のこと……」

しかし、それ以上言葉を重ねることはできなかった。明日香ちゃんが弾かれたように顔を上げたからだ。

「聞きたくない！　私には、ちゃんとお父さんとお母さんがいる！　産んだ子供をほったらかして、虐待して、邪魔になって捨てるような人は、『お母さん』じゃない！」

私はその反論の意味を、明日香ちゃん自身が『否定できない繋がり』を認めないために、拒絶するための紐を必死で手繰り寄せているのだと思った。辛抱強く、私は続けた。

「……わかってる。私だって、単なる血の繋がりだけで『親子』だなんて、言えないと思っている。でもね、どんなに否定しようと、あなたが今ここにいるように、弥生さんも、確かに生きているの。あなたは否定したいかもしれない。でも、『親子』という関係は、間違いなくあなたたちを繋いでいる。たとえ『鬼』であったとしても、それだけは否定できない……」

明日香ちゃんは、一瞬言葉に詰まったが、髪を振り乱して首を横に振った。

「……そんなこと、今頃言われたって。……どうしろって言うの？　遊馬さんは何もわかってないよ！　上から目線で、偉そうに！　私が、そんなこと認められるほど心が広い大人だとでも、本気で思ってるの？」

明日香ちゃんの悔しそうに唇を噛む姿を見て、私は動揺し、何も言えない。

「私だってね……私だって、こんな年齢で死にたくなかったんだよ？　もっとやりたいことがいっぱいあった。もっと生きたかった。それがこんなところに連れてこられて、辛いことを突きつけられて、それを受け入れないのが悪いことのように言われて。……ふざけないでよ！　私はそんな、大人じゃない！」

——明日香ちゃんの瞳には大粒の涙が溜まっていた。

ここに至り、私は自分が間違えていることに気付いた。

でも何を……間違ってるんだろう？

ヒートアップしていくカウンセリングの流れに逆らえず、私はついに感情に飲み込まれる。

「で、でも、聞いて！　明日香ちゃん、あなたのお母さん、弥生さんはね、今……」

思わず立ち上がりかけた時、私の暴走を静止するかのように、先輩の肉厚で大きな掌が肩にかかった。

だが、私に自分を止める術《すべ》はもはやなかった。先輩の手を振り払うと、身を乗り出して、明日香ちゃんに伝える。

「明日香ちゃん、あなたのお母さんはね、今、病院の一室で、意識不明の重体になって生死の境を彷徨っているの」

「え……？」

明日香ちゃんの瞳が大きく見開かれた。突然降りかかった混乱の渦に飲み込まれている。そんな様子がありありとわかった。

「……何で？　……何で今、そんなこと言うの？　同情しろって言うの？　許してやれって？　何で今……そんなこと言うのよ！」

明日香ちゃんは両手で顔を覆い、悲鳴を上げた。

「……知りたくなかった」

ポツリと、明日香ちゃんが漏らした。

「こんなこと、知りたくなかった!」

「明日香ちゃん……」

その言葉の続きは、混乱の極致にいる明日香ちゃんに届きようもないはずもので。私の口の中で、中途半端な音が霧散した。

「もぉ、やだぁ……!」

明日香ちゃんは机に突っ伏して、子供のように泣きじゃくった。

——やってしまった。私は後悔にギュッと目をきつく閉じ、項垂れた。

最低だ。私は、自分の感情を押し付けて、クライアントを混迷に追いやった。

何が間違っていたのだろう？　あるいは何もかも、間違っていたのだろうか？

先輩は、苛まれる私を眉一つ動かさず見つめている
ただ、その瞳は、「困った奴だな」とでも言いたげな、鈍い光を放っていた。

先輩は怒号を浴びせたり、叱りつけたりはしない。だが、その少し寂しそうな視線を受けて、私はようやく悟った。

『クライアントのため、前向きに』だなんて大義名分を振りかざして、ただ独りよがりに、自分の価値観を押し付けていた私自身を。

一体、どこで間違ったのだろう？　何がいけなかったのだろう。

私はただ一度の成功に自惚《うぬぼ》れて、少し慢心した考えを、自分の長所と勘違いして。

自分でも気付かないくらい少しずつ、だが確実に、足を踏み外していたのだ。

最近は忘れていた自己卑下が、驕《おご》り昂《たか》ぶった心をずたずたに切り刻む。

――結局私は、成長なんてしてなかった。

私は悔しさでいっぱいになって、ただ、暴走に身を任せた自分を呪い殺さんとしていた。


【八】


次の日。

心がへし折られそうになっていたが、私は所用があるという先輩の代わりに、事務所の留守番を任されていた。

「……はあ」

幾度目かになるかわからない重い溜息が空気に交じる。

やってしまった。私は最低だ。

自分を責める無限ループに陥っていた。

「実習も残り二ヶ月、いつまでたっても、成長しないなあ、私」

机に突っ伏し、そう問わず語りにぼやいた。

柱時計の音だけが閑散とした執務室に、やけに大きく響く。既に、飽きるほど繰り返した溜息に、新たな一回を刻もうとする。

……だが、そんな私の重苦しい気持ちを吹き飛ばす人物が、唐突に訪れた。ドアを勢いよく開け、屈託のない笑顔を浮かべるその人。

——笹峯さんの来訪だった。


「やあ！　こんにちは！」

と、手刀を繰り出すようにびっと腕をあげる。

「……笹峯さん、いらっしゃい。今、先輩は留守ですが」

「いやいや、構わないさ。元々が、君に会いに来るついでに、進捗《しんちょく》を確認しに来ただけだから。僕だって、中年に差し掛かったうだつの上がらない木偶《でく》の坊と顔を合わせるより、遊馬ちゃん、君みたいな若くて可愛い子とマンツーマンで過ごす時間の方がプライスレスなわけだし」

相変わらず、よく回る舌だ。私は苦笑して、飲み物を淹れてくることを告げ、来客用の椅子に笹峯さんを案内した。

笹峯さんは、注文どおりのアールグレイ、砂糖四つ入りの紅茶を受け取ると、一口すすって、口腔内で転がすようにして飲み込み、満足気な息をついた。

「美味しい。美味しい紅茶を淹れることができるのは、いい女の条件だ。僕と付き合ってみない？　まず手始めに、恋人からというのはどうかな？」

「お友達を飛び越しているじゃないですか。丁重にお断りします」

私たちにも恋愛感情らしきものはあるが、笹峯さんのそれは軽口に過ぎない。でも、そんなふざけた冗談に、少し心が軽くなるのを感じながら、私は微笑して拒絶した。

「それは残念至極」

笹峯さんはカラカラ笑い、立ったままの私を椅子から見上げながら、問いかける。

「そういえば、どうだい？　あの朴念仁――新藤の下について学んでいる感想は？」

私は人差し指を下唇に当て、上方に視線を上げる。

「すごく……勉強になります。ただ、何というか……先輩は見た目とは違って、辣腕すぎて、真似するのは難しい気もします」

そう言うと、笹峯さんは、「そうだろうな」と得心した。

「少し、新藤についての解説をしてあげよう。それが君の役に立つかはわからないけどね」

なかなか興味を引くテーマだ。私は、先ほどからの落ち込みを一旦脇に置いて、説明を聞くことにした。笹峯さんは、特に意味はないのだろうが、掌を私に向けて指をひらひらと動かした。

「……新藤の何が凄いってかというとね。仮説の構築と取捨選択するスピードが異常に速いということなんだ。それはもう、並たいていなことではない。仮説を立てるということは、推理小説の中で容疑者を絞るようなものさ。容疑者の中に犯人がいるからこそ、犯人を当てられるんだ」

笹峯さんの説明は、先輩の今までの行動を脳裏に描くと、胸にストンと落ちる。

「そしてね、そこから論証できる根拠を探していくんだ。観察しながら関与を行い、論理の裏付けができない仮説は切り捨て、また修正した仮説を立てる。危険なやり方ではあるが、それをこなしてしまうところが彼の凄いところだね」

私は嘆息した。そう論理建てて的確に解説を加えていく手腕は、笹峯さんもまた、ただものではないことを暗に告げている。

「神業のように聞こえますが、危険なんですか？」

私には到底できないであろう芸当で、ただただ感心するばかりなのだが。

「危険も危険。要は、『見込み捜査』みたいなものだからね」

笹峯さんは、大げさにおどけてみせた。

「でもね、卓越したA級エージェントはみんな同じようなことをしている。直感と思考するスピードが並外れているということだ。まったく、この技術には恐れ入るよ。僕も真似できたらな、とは思うんだけど」

「はあ……」

やっぱり、先輩は凄いエージェントなんだ。そして、こうして先輩の才能の本質を見抜いている笹峯さんも、さらに言えば、一番初めの実習でお世話になった田辺教官だって、みんな並外れた技量を持っている。

だが、私は……キャリアの差などではフォローしきれないそんな技術論ではなく、私はもっと根本的なところで躓《つまず》いているのだ。

「ん？　どうしたの？　急にしょげかえって？」

溜息はつかないようにしたのだが、落胆は見て取れたのだろう。笹峯さんが不思議そうに首を傾げる。

「いえ、たいしたことではないんですが……」

そう言いかけて、首を振った。

「――いえ、たいしたことです。私、大失敗してしまいました」

堪えていた息が、喉を伝って吐き出される。

「自分が、ほとほと嫌になります……」

「何か深刻だね。どうしたんだい？　少し話すだけでも楽になると思うけど」

「はい……」

私は、胸のつかえを吐き出すように、昨日の出来事を話した。

笹峯さんは、温和な表情で相槌を打ち、時に言葉と疑問を挟んで話を促し、深く私の話に耳を傾けてくれた。

そうして「なるほどね」と大げさに納得した様子を見せた。

「……遊馬ちゃん、エージェントというものが絶対避けなければいけないことって、わかるかい？」

私は首を振った。

「それはね、自分がクライアントを援助している有能な人物であると感じたい欲求なんだ。何が言いたいのか、理解できるよね？」

「……はい」

私には、その言葉が痛いくらいに染み入った。

私は自分が有能でありたいが故に、クライアントを——明日香ちゃんを『だし』に使った。自分の感情を、押し付けていただけだったのだろう。

昨日のことを思い出すと、自己嫌悪に体を押し潰されそうになる。

「大丈夫だよ、遊馬ちゃん。誰もが通る道だ。慣れれば楽になるさ。コントロールできるようになるから」

何の問題もないように、笹峯さんは言う。

——慣れれば楽になる、か。

でもそれは一体、私の場合には、いつのことになるだろう？

溜息を一つ漏らす。ふと頭に何かがよぎったが、すぐにもやもやした思考に吸収された。何だっけ？　……まあ、とりあえずはいいか。

気を切り替えるように、話題を変えてみる。

「——そういえば笹峯さん。先輩はどこいったんでしょうね？　事務所を留守にするなんて、珍しいです」

笹峯さんはその問いを、「ああ」と、いつになく疎ましそうにする。

「新藤なら、人間のように死者の魂でも弔《とむら》いに行ったんじゃないかな？　まあ、僕には理解しがたい行為なのだけれど。『死者の魂』なんてものがあるとすれば、今現在ここにいるクライアントくらいのものだ。そうは思わないかい？」

「……ええと？」

首を捻る私の意味をどう捉えたのか、笹峯さんはまた謎な説明で答えた。

「いやいや、人間臭いことにも、興味深くはあるということさ。まあ、無意味なことには変わりないけど。そんなことより、紅茶をもう一杯もらえるかな？　砂糖は三つで！」

イマイチ納得できない言葉だったが、まあ、笹峯さんというのはこういう人なのだろう。

「それにしても、本当にたくさん砂糖を入れるんですね」

「甘くして美味しいのは、紅茶だけじゃない。コーヒーだって人間だって同じようなものだよ。世の中にはコンデンスミルクを入れるコーヒーだってあるんだから。……新藤が好きな、ね」

「……はいはい。お砂糖、三つですね」

泰然とした笹峯さんに、何か鬱屈したものもいい意味で誤魔化された気がする。

少し軽くなった心で返事をして、私は再度給湯室へ向かった。

事務所の電話が鳴ったのは、笹峯さんが去ったあとの、夜の帳《とばり》が降りようとしていた頃合だった。電話を取ると、例のアパートの大家さんからの連絡だった。

「あんた、橘さんの知り合いかね？」

「あ、はい。ご不在のようですから、書き置きを残させていただきました」

電話口に、迷惑そうな雰囲気が感じ取れる。

「書き置きって、随分と怪しい感じのだったね。あれじゃ、怪しい商売か、何かの宗教じゃないかと思ったよ」

私は赤面した。先輩の指示に従ったとはいえ、さすがにあの文面はなかったか。

「……申し訳、ございません」

「まあいいよ。それよりね、橘さんが残した荷物が部屋にまだ残っているんだよ。病院から帰ってくる様子もないし。あの人には身寄りもなくて、保証人を代行業者に頼んでいるくらいだからね。奴らは家賃を滞納したらすぐ契約を切って引き払うように迫ってくるから、家財を処分されるのも心苦しくて」

「はあ……」

「それでだ、あの人の荷物、一時的にでもいいから引き取ってくれないかね？　捨てるわけにもいかない、部屋の掃除もしたいし。まあ、あれ以上、汚れようもないほどの安普請だけど」

そう言って、大家さんはワハハと笑った。

【九】

次の日、先輩と私がアパートを再訪すると、禿《は》げ上がった頭をして、くたびれた作務衣を着た大家さんが、弥生さんの部屋の、立て付けの悪そうな薄いドアを開けてくれた。

西日が直に差し込んで、畳が焼けている。すえたような匂いのする六畳一間のアパートの一室には、調度品の類いもなく、生活のために必要最低限のものが、閑散とした部屋に点在していた。

壁は漆喰《しっくい》が剝がれ、タバコの煙で黄ばんでいる。空調設備もなく、空気は澱んでいた。流し台には汚れた洗い物こそなかったが、食器の数は少なく、質素なデザインのものばかりだ。部屋の片隅にはチープな洋服掛けが置かれ、その中央には、ローテーブル。右側には引き戸の押し入れがある。

とてもじゃないが、女性が住むような部屋ではない。

「弥生さんは……橘さんは、ここに住んでいたんですか？」

「まあなあ。あの人も、ホステスをやっていたとか言ってたけど、男相手の商売をするには、ちょっと年がいっていたからな。たぶん、収入もそれほどなかったんだろう」

率直な感想を口走ってしまったが、大家さんはたいして気に留めていない様子で返した。

「家賃三万五千円、風呂なし和式便所の１Ｋ。まあ、値段相応の物件ってことよ。そうそう、荷物なんだが、大きなものは引き取れないんだったな？」

「申し訳ありません。私たちも親族ではないので、荷物を全てというわけにはいかないのです。さしあたり重要なものだけはと」

先輩がすまなそうに言う。

「まあ、わしも家財ごと追い出すのは気の毒だと思う。気持ちだけでも、な。……しかし、あるのは服だけで、本当に何もない部屋だろ？　引き取ってもらいたいのも、実は全然といってもいいほどないのさ」

大家さんはそう言うと、押入れの戸を引いた。

「あったあった、このダンボールだよ。何か、大切そうにしまってあったから、持っていってもらうなら、これだと思ったんだ」

「……引き取るべき荷物は、その小さなダンボール一つだけなのですか？」

大家さんは、決まり悪そうにツルツルの頭をペしりと叩いた。

「いや、な？　あの人が病院送りになった理由が理由だろ？　そんで……」

大家さんの言わんとしていることがわかった。弥生さんは、店に通っていたストーカーに刺されて病院送りにされた。要は、縁起でもないと思っているのだろう。だからこそ、思い出の品らしきものは引き取ってもらいたいに違いない。

「申し訳ないとは思っているよ。でも、誰も引き取ってくれないのではなあ……」

先輩は押入れまで歩いていくと、大家さんを一瞥《いちべつ》した。

「拝見してもよろしいですか？」

「どうぞ、どうぞ」

先輩はダンボールを両開きにして、中を覗き込んだ。

そして僅かに首を捻ると、私を手招きする。

「実習生、ちょっと見てみろ」

「何です？」

私は応じて、ダンボールの中身を覗き込んだ。

「あ」

「……うん」

驚く私に、先輩は頷いてみせた。

「どうやらこれは、思わぬ掘り出し物だったらしい」

「……でも、これは、どんな意味があるんでしょうね？」

疑問を口にすると、除《の》け者にされた感じの大家さんが、訝しげに眉を顰めていた。

「何だあ？　何か、お宝でも入っていたかね？　これは、預かってもらわないで、わたしが保管しておくべきだったかな？」

◇

幾度目かのカウンセリングを明日香ちゃんと行う。先輩の読みでは、今日が最終カウンセリングになるかもしれないそうだ。

何も言う気が起きないといった体の明日香ちゃんは、それでも弱々しく唇を歪める。

「またカウンセリング？　今度は、どんなふうに説得しようって言うんです？」

先輩は困ったように後頭部に掌を当てた。

「説得、ですか。確かにそのとおりですね。私どもは、あなたに言葉を投げかけ続けるのが仕事でして。でも、一つ違っているのは、私どもが求めているのは、あなたへの『説得』ではなくて、あなたの『納得』なのです」

「……それなら、無理です。あんな奴のことなんて」

「そうかもしれませんね。あなたの封じていた記憶は、あまりに重すぎる。だから今回私たちは、『本当のお母さん』に、別の角度から光を当てようと思っています」

「……どういうことです？」

先輩は例のアパートから持ってきたダンボールを持ってくると、テーブルの上に置いた。

「これはね、明日香さん。あなたの本当のお母さん、弥生さんのアパートから預かってきたものです。幾十年生きてきて、弥生さんが持っていると言えるものは、このちっぽけなダンボール箱一つだけだったのです」

そうして先輩は、ダンボールの蓋を開けた。ガラクタと見紛《みまが》うような雑貨の詰まった薄汚れたダンボールの隅にある、筒状に巻かれた紙を取り出し、両手で開いていく。

「これをご覧になってください」

それは、一枚の絵だった。真っ赤な顔をして、黄色い角を生やした『鬼』が、黒く塗り潰された大きい丸に棒を向けて、ぎょろりとした目を光らせている。黒い丸の端には歪《いびつ》な円の中に、棒線で描かれた、泣いている女の子の姿が描かれていた。

「これ、は……？」

明日香ちゃんが、思わず言葉を詰まらせる。

「おそらくは明日香さん、あなたが子供の頃に描いた『鬼の絵』ですよ」

そうして、先輩は絵を明日香ちゃんに差し出した。

震える両手で、明日香ちゃんはそれを受け取る。

「こんな絵を、『鬼』のお母さんの絵を、私は描いていたんだ……。この人のことを、本当に憎んでいた……。こんなの、私には、残酷すぎる」

明日香ちゃんの大きな瞳から、涙がこぼれ落ちる。

しかし、先輩はそれに動じた様子もなく、落ち着いた声で肯定した。

「あるいは、そうなのかもしれません。ですが、わかりかねることが二つあるのです」

「何です？」

明日香ちゃんは指で涙を拭うと、首を傾げた。

「明日香さん、少し考えてみてください。弥生さんは身寄りもなく、水商売をしながら、女手一つであなたを育て、そして……手放した。最後の最後には、ストーカーに滅多刺しにされて、今は病院に入院している」

「本当は不幸だったから、過去のことは水に流せというんですか？」

「違います」

先輩は首を横に振り、低い声を出す。

「弥生さんは生活も困窮していたようです。アパートを見てきましたが、正直、とてもではないが女性の住むようなところではない」

「……だから、許せと？」

「いいえ。私が指摘したいのは、別の事実なのです」

明日香ちゃんは訝しげに先輩を見やる。先輩は噛んで含めるように伝える。

「……それはね、この絵が、今ここにあるということなのです」

「それが、何？」

「考えても見てください。このダンボールには、碌《ろく》なものが入っていない。でも、これが弥生さんの持っている全てなのです」

先輩は明日香ちゃんの瞳を覗き込むと、ゆっくりとした口調で続ける。

「……私が言いたいのは、弥生さんが持っていた僅かばかりの荷物の中に、この『鬼の絵』が、大切に保管されていたという事実なのです。自分を『鬼』として描かれた絵を、誰が持ち続けたいと思いますか？　でも、弥生さんは、あなたの絵を、あなたが描いてくれた自分の絵を、たとえそれが『鬼』であっても、ずっと持ち続けていたのです」

「……………」

「なぜだと思いますか？　私には、こう思えるのです。弥生さんは、確かにひどい親だった。でも、それでも、明日香さん。あなたの『親』であり続けたいと思っていたのではないか、と」

明日香ちゃんは何かを呟こうとして失敗した。声にはならない声が霧散する。

弥生さんの思いはあまりに一方的で、彼女がしたことを思えば、決して免罪符にはならない。しかし、そんな『鬼』にも、紛いようもない愛情があったのかもしれない……。

明日香ちゃんは今、葛藤に身を焼いているようだった。

「でも……だって……そんな……」

先輩は、畳み掛けるように、明日香ちゃんの胸のペンダントを指さす。

「あなたが、今、大事そうに首につけているトルコ石のペンダントは、弥生さんから贈られたものだとはお教えしましたよね？　弥生さんは、あなたが生まれてすぐに、なけなしのお金をはたいて、それをあなたに買ったようです。その時、同僚のホステスには、『あたしの大切な宝物に、お守りをあげたんだ』と、幸せそうに言ったそうです」

「そんな……そんなこと言われたって……」

明日香ちゃんはいやいやするように首を振り、ペンダントを握り締める。

「……明日香さん、私の、どうしても疑問に思っていることの二つ目ですが」

先輩はじっと明日香ちゃんを見つめた。

「――あなたはすでに『鬼』の正体が弥生さんだったことを知っています。大嫌いな親。それなのに――」

先輩は一瞬両手を広げると、首を傾げる。

「なぜ、あなたは今もそのペンダントを、今もそんなに大事そうにしているのですか？」

明日香ちゃんはハッとした表情を見せると、拳を開いて、ペンダントに視線を落とした。

「……そんなの……私……わからない……」

許せない。許すことはできない。でも、先輩が指摘したように、ペンダントを今も大事にしているのは事実で。その二律背反に苦悶《くもん》し、明日香ちゃんは顔を歪める。

「でも……でも……！」

そう言い放ったきり、カウンセリングルームに沈黙の帳が降りる。

「許せないよ……ね」

静寂を破ったのは、私自身だった。

「自分にひどいことをして、勝手に手放しておいて、それでも親でいたかったなんて、そんな我儘、きっと、明日香ちゃんからしてみれば、許せるわけがないんだよね」

明日香ちゃんが、目を瞬いて私を見る。

「遊馬……さん？」

私は、明日香ちゃんの揺れる瞳をしっかりと受け止めた。

「私ね、人間って、絶対に繋がり合えるものだと思っていた。まして家族なら……。ううん、そうじゃないね。私は、人はわかり合わなくてはいけない、そう決めつけていたの。そんな自分勝手な考えを、明日香ちゃんの気持ちも考えずに、強引に押し付けてた」

「そんなこと――」

「――ない」、とは繋げられない。沈痛そうな明日香ちゃんの表情を見ればわかる。

だから私は、心から謝罪の言葉を述べた。

「ごめん。私、本当に自分勝手だった。それがいいことだと勘違いして、私の思うとおりに、明日香ちゃんの心を捻じ曲げようとしていた。……だから、ごめんなさい」

私は、一瞬下を向くと、すぐ顔を上げて、明日香ちゃんの顔を正視した。

「私は、もし明日香ちゃんが弥生さんのことを許せなくても、全力でその気持ちを支持する。それが明日香ちゃんの出す答えなら、その答えに、とことん付き合うよ」

明日香ちゃんは、しばらく驚愕の表情で私を凝視していたが、つと、視線を逸らした。

「遊馬さん……。私……ね……」

言い淀《よど》む明日香ちゃんに、しばらく様子を窺っていた先輩が、優しく声をかけた。

「明日香さん、二階堂が言うとおり、あなたはどんな答えを出してもいいのです。その権利があなたにはあります。私は思います。今、ここにいる二階堂も、弥生さんも、未熟であったが故に過ちを犯しまし確かし、そんな彼女たちの気持ちを、どう受け止めるか、決めるのはあなたの自由であると」

明日香ちゃんは、私を困ったように一瞥すると、手にした鬼の絵をただ黙って見つめた。

それから、どれだけの時間が過ぎたかわからない。

深い思索《しさく》に耽っていた明日香ちゃんが、やがて、ポツリと言葉を漏らした。

「私……愛されていた……のかな？　そういうこと……なのかな？」

自分の言葉を確かめるように、一言一言、大切そうに紡いでいく。

「わからない。わかりません。でも……私、は」

明日香ちゃんは、しっかりと前を見て言った。流れていた涙は乾いていた。

「……正直言うと、私、生きてる時は幸せな記憶しかなかった。不幸な過去なんて、記憶の奥底に埋めてた。何でなのかな……？　うん、たぶんそれは、私が……幸せだったからだと思う。恨みを言う気なんて、言う必要なんて、本当はなかったのかもしれない」

そう言って、明日香ちゃんは力なく笑った。

「私は幸せだったんだ。本当のお母さんのことなんて、思い出さないくらいに。でも、本当のお母さんは、どうだったのかな？　私を捨てたあと……どんなふうに私を想っていてくれていたのかな……？」

明日香ちゃんはおもむろに胸を張ると、毅然《きぜん》とした態度で言い切った。

「私はきっと、『鬼』と……過去と、もう一度、向き合いたいと思っていたんです」

先輩はそんな明日香ちゃんをじっと見据えると、落ち着いた声で、柔らかく語りかける。

「素晴らしい」

明日香ちゃんは、首を振った。

「気付かせてくれたのは、新藤さんと遊馬さんです」

先輩はその言葉を肯定も否定もせず、一つ息をついて間を入れた。

「弥生さんに……『本当のお母さん』に、伝えたいことはありますか？」

明日香ちゃんは、下を向いて考え込む。

「……恨んでないからと」

そんな言葉が、反射的に口をついて出て、そのことに驚いている。明日香ちゃんはそんな表情をした。しかし、次の瞬間には、深く、決意を込めた瞳で首を縦に振る。

「……いいえ、違いますね。私、本当に幸せな人生を生きてきた。だから、伝えたい言葉は一つです」

明日香ちゃんは、綺麗な笑顔で続けた。

「──『生んでくれてありがとう』、と。私は生んでもらえたから、こんなに幸せになれた」

「……なるほど」

先輩は、納得したように膝を叩いた。

「私の『未練』というのは、このことだったんですね。過去と決着をつけることが。……だから他には、『未練』なんてないです。もちろん本音を言うと、もう少し生きていたかった。だけど、自分の人生に後悔なんてきっとしてない……うん、きっとそう」

何度も確かめるように口の中に言葉を転がして、神妙な面持ちでこちらを見据えた。

「お母さんは──私の本当のお母さんは今、病院にいるんですよね？　目覚める可能性は、ないんですか？」

先輩は、残念そうに首を振った。

「……それは、わかりません。医師の見立てでは、正直に言って難しいでしょうね」

「……そうですか」

明日香ちゃんは、胸元に視線を落とし、トルコ石のペンダントをしばらく弄んでいたが、何か、決心したかのように顔を上げた。

「新藤さん、遊馬さん。私が『天上』に行く前に、一つお願いがあります」

【十】

病院の廊下を歩きながら、面会カードを首からぶら下げた私は、自信なく言った。

「先輩、本当に、効果はあるのでしょうか……？　明日香ちゃんは死に、意識不明の弥生さんには言葉が届きません。こんなことに、何の意味があるのでしょうか」

「お前は、意味がない、と思うか？」

「……あるとは……思います」

だが、先輩は大げさに両手を挙げた。

「不正解だよ。意味なんかない」

「……え」

「でも、そんなことは関係ない。死んでしまった明日香さんが、意識不明の弥生さんに伝えたいと思う。それが『未練』の解消に繋がるんだ」

「――はい」

私は賛同した。

病室につき、私たちは横たわっている弥生さんの脇に立つ。

トートバッグから、件《くだん》の『鬼の絵』を取り出し、眠っている弥生さんに絵を見せる。少し屈《かが》んで、弥生さんの開かない瞳の高さに視線を合わせると、先輩は優しく語りかける。

「弥生さん。あなたが、大切にしていた、あなたの娘さんが描いた絵です」

そう言って、手に絵の端を握らせる。

「明日香さんは、幸せだったと、産んでくれてありがとうと、言っていました。とてもいい子に育っていましたよ。あなたは彼女にとって、間違いなく『母親』になれたのです」

先輩はぎゅっと弥生さんの手を包み込んだ。

「……いいえ、そうではないですね。はじめから、そうだったのです。はじめから、あなたたちは『親子』だった」

弥生さんの反応はなく、人工呼吸器から無機質な音が聞こえるだけだ。

添えた手を離すと、力なく絵から手がこぼれ落ちる。

先輩は、弥生さんの首に明日香ちゃんから預かったトルコ石のペンダントをかけた。

「これは、明日香さんからの贈り物です。あなたが明日香さんの誕生日に送ったペンダントですね。娘さんは、あなたと別れたあと、様々な優しい人たちと出会い、幸せな人生を送ってきました。私は幸せだ、と、彼女は言いました。胸を張ってね」

返答はない。だが、先輩は続ける。

「彼女ね、私たちに初めてこの誕生石の話をした時、すごくいい笑顔で笑ったのです。『お母さんからもらった、とても大切なものだ』って。あなたにも、同じ笑顔ができるはずだ。だって、あなたは、どんなことがあろうと、明日香さんの、『母親』なのですから……」

心電図とサチュレーションを測る機械が、ピン、ピンと、単調なリズムを刻んでいる。

私は反応のない弥生さんの、骨ばった両手を重ねると、自分の掌で包み込んだ。

「生きてください、弥生さん。……どうか、最後まで、生きて」

私は心から、そう言った。

やがて、先輩に肩を軽く叩かれ、私は弥生さんの手を包み込んだ掌を離す。

先輩に顎先で促されると、私たちは一緒に病室をあとにした。

私たちが部屋を出る時に、入口ですれ違った看護師が、すぐさま血相を変えてバタバタと外に出ていく。

ほどなくして私たちの横を、医師と数人の看護師が、慌ただしく通り過ぎていった――。

◇

晩秋を迎え、病院の中庭の銀杏《いちょう》もそろそろ色付き始めようという頃合だ。

少し肌寒くなってきた外気を紛らわすように、カーディガンの裾を直しながら、固定された、古びた木製のベンチに座っている弥生さんがいた。

「ここ、座ってもいいですか？」

了承を待たずに、私は一人分の間を開けて、弥生さんの隣に腰掛ける。

弥生さんはこちらを一瞥すると、ポツリと一人ごちた。

「もう、晩秋なのね」

「そうですね」

私は答えると、曖昧な笑顔を作る。

「お嬢さん、若いわね。いくつ？」

「……まだまだ、子供です」

弥生さんは、「そう」と呟くと、

「あたしにも、娘がいるの。……正確には、いたんだけど……手放してしまったの。一度は施設に入ったけれど、風の噂で、よい里親に引き取られて幸せに暮らしていると聞いてるわ……」

そこまで話して、口をつぐむ。

「まあ、そんなことはどうでもいいわね」

「……そうですか」

私は、そのまま何も言わず、沈黙に身をゆだねた。

やがて、その静寂を破って、弥生さんがぼそぼそと話し出す。

「しばらく前まであたし、病室で生死の境を彷徨っていたのよ。一〇A病棟で……」

「……はい」

「意識不明の重体だったの。その時、夢を見たのよ」

弥生さんはそう言うと、右の手を逆の手でさすった。


——夢の中には、擦り切れた服を着確かし可愛らしい一人の少女がいた。

殺風景で冬なのにろくな暖房器具もない、狭いアパートの一室で、小さくなったクレヨンを画用紙にグリグリと押し付けている。

少女の綺麗な目は、貧しさからくる辛さと繰り返される折檻への怯えからか光を失い、虚ろに画用紙に描いた絵を写し出している。

もう、夜も遅い。ジジジ……という電気ストーブの音だけが、静寂な部屋に響いていた。

少女は待っている。少女に、いつもひどいことをする、『鬼』を。

こんな遅くまで起きていたら、また怒られて、ひどいことをされる。

それがわかっていながら、少女は『鬼』を待ち続けた。

ぐりぐり。ぐりぐり。ぐりぐり。

なおも、少女は画用紙にクレヨンを押し付ける。

そうして、しばらく赤いクレヨンでゴシゴシ画用紙をなぞったあと、少女はクレヨンをようやく離し、自分の達成した仕事を、満足気に見下ろした。

玄関のドアにがちゃがちゃと鍵を差し込む音がして、きぃっという嫌な音を立てて開かれる。少女の小さな体が、びくり、と跳ね上がる。

けばけばしい化粧をした、二十代前半の女性が、イライラした表情で、髪をかきあげながら入ってきた。

女性は、夜遅くまで起きている少女に眉を顰めると、少女の傍に腰を屈める。

そうして、何事か不機嫌そうに言いかけて、ふと、少女の手にした絵に気付く。

女性の顔が、険しく歪み、鬼の形相になった。

衝動のままに、手を振り上げる。

しかし、それも束の間。

虚ろな瞳をした少女の瞳を覗き込むと、女性は、振り下ろそうとする手をぴたりと止めた。絵から少女の顔に視線を移すと、情けないような、何ともやりきれないような表情に変化した。


女性は、かぶりを振ると、少女をただ、抱きしめた。

こんなにも自分が傷つけてしまった少女の小さな体を。

優しく、力強く、後悔と懺悔《ざんげ》と愛おしさを込めて。

女性は、いつしか泣いていた。

大人なのに、子供の前で、恥も外聞もなく、大声を上げて泣いていた。

ぎゅっと、包み込む。女性の謝罪の言葉が口をなぞる。

少女の瞳に、ふと光が戻り、さくらんぼのような唇が、何事かをつぶやく。

女性は驚愕したように少女を解放し、肩を抱いたまま、真っ直ぐに見つめる。

そして、少女の笑顔に気付くと、自らも、透明な――綺麗な笑顔で応えた。

少女の胸には、いつものように、蒼く輝く、トルコ石の幸運のペンダントが揺れていた。

そんな、とても悲しくて……とても優しい、夢――。


「……目覚めた時ね、何か、誰かの、温かい手が、私を包んでくれていたような、そんな気がしたの。あたしには身寄りなんていなくて、誰もそんなことしてくれる人はいないはずなのに。不思議よね。それに……」

弥生さんは私の方を見ると、首にかけたトルコ石のペンダントを弄んだ。

「これね、娘の誕生日にあげたものに似ているの。とても。……でも、いつあたしの元に届けられたのかはわからない。お医者さんに聞いても、看護師さんに聞いても、『そんなものは初めて見た』って言われるばかりで」

弥生さんはしばらく俯いていたが、トルコ石から手を離す。

「もしかしたら、娘が届けてくれたのかもしれない……なんてね、そんなふうにも思ってしまうの」

「そう……ですか」

私は、曖昧に頷いた。

「私が意識を失っている間、声が聞こえたの。『生きて』って。あれは、娘の……明日香の声だったのかしら？　不思議よね」

私は、銀杏の葉に目をやりながら、温かい息を吐いた。

「本当に……不思議、ですね」

「……ええ」

弥生さんは、少し寂しそうな笑顔で微笑んだ。

「――秋ね。季節がこんなに綺麗なものだって知っていたのは、いつまでだったかしら？」

◇

今回のケースの最後に先輩から指導を受けた。

「今回は、突っ走ったな。傍から見ていて、気が気でなかったけどな」

「……すみません」

私は、意気消沈して、肩を落とした。

「まあ、最後の最後で、クライアントとどう向き合うか、反省することができたようだがな。過ちを認めて改める姿勢は、悪くはないと思うぞ」

「……はい、すみませんでした」

先輩はデスクの椅子に深く背中を預け、お腹の前で手を組んだ。

「実習生、エージェントには、欠けてはいけない要素というものがいくつかある。何だかわかるか？」

突然の質問に、私は狼狽した。

「え、ええと……並外れた洞察力とか、倫理観……でしょうか」

先輩はじろりとそんな私を睨みつけた。

「すみません、わかりません」

「……相手の気持ちになって考えること、あらゆる価値観から公平であること、そしてクライアントに対して正直であることだ。前者の二つの概念を教えるのは難しくないが、最後のは、理屈ではどうこうできるものじゃない。その点で見れば——未熟だが、お前には見るものがあるかもしれないな」

「……もしかして、先輩、褒めてくださっているんですか？」

驚いて、私は目を丸くする。

「『まだ未熟だ』と言っているんだ、俺は」

「……ありがとう、ございます」

もしかして、こんな私に期待してくれているのだろうか？　嬉しくて、私は頭を下げた。

「お前、俺の話を聞いてないだろう」

「それでも、ありがとうございます」

繰り返すと、先輩は憮然としてそっぽを向き、「ふん」と鼻を鳴らして、コーヒーカップを傾けた。


天上へ旅立つ時、明日香ちゃんは微笑んだ。

「遊馬さん、本当にありがとうございました。遊馬さんに、本当のお母さんの状態を聞かされた時、びっくりしたけど、今では、本当のことを知れてよかったと思ってる」

私は首を振った。

「……ううん。あの時は、感情的になってしまって、自分のエゴを押し付けて、本当にごめんなさい」

「そんなことないよ。その少し前の言葉――『どんなに否定しても、私とお母さんは繋がっているんだ』って、遊馬さんがお節介を焼いてくれたから、最後になって、私はお母さんを認めることができたんだと思う」

　そう言って、胸の中央に軽く握った拳を当てる。左胸の上をさする仕草は、いつの間にか見せなくなった。

「――だから、ありがとう」

「ところで明日香ちゃん、トルコ石の誕生石の意味って知ってる？」

「そういえば、知らないかも」

　私は目を瞑り、人差し指を立てた。

「『人生の旅を守り、幸運をもたらす』。ペンダントは、お守りの気持ちを込めて贈られたものなのだと思う。だからこれからのあなたの旅立ちは、決して不幸なものにならないと思うよ」

「――うん、本当に、そうだね。……じゃあ、今度は本当のお母さんも、幸せになれればなって思う」

　明日香ちゃんは、少し大人びた表情を見せた。

「正直に言うとね、まだ本当のお母さんを許せたわけじゃないんだ。でも、それでいいと思う。だって、それは育ててくれたお父さんとお母さんが大好きな証で、今まで生きてきた人生全部を引っくるめて、幸せだったと言うために必要なことだから。でもね、もう未練はないの」

「――そっか」

「だって、たとえ許せなくたって、最後に『ありがとう』の一言を伝えられたんだから」

明日香ちゃんは、受理面接の時に見せた、透明感のあるとても美しい笑顔を見せた。

それから、両手を上に組んでぐーっと伸びをする。

「遊馬さんは、まだ実習、続くんでしょ。いいエージェントさんになってね。私、応援してるから」

私は、胸がいっぱいになり、くすぐったい気持ちで笑顔を見せた。

君の笑顔に花束を

【一】

「やあやあやあやあ、わざわざ呼び出してすまないね。本来ならばレディにご足労願うより、僕の方から訪ねていくべきなんだけどね。執務室にはいつもあの朴念仁のうろんな目が鈍い光を放っているし、今日は遊馬ちゃんとは二人きりで話をしたいと思って、こうしてわざわざ来てもらったわけだ。さあさ、汚いところだけど、座って座って」

私が約束の時間にそこへ行くと、笹峯さんはそう囃《はや》し立てた。待ち合わせ場所は、事務所からそう遠くないいつもの喫茶店だ。

しかし大声で『汚いところ』とは、店に失礼ではないだろうか。案の定、店員が、コホン、とわざとらしく咳をして、笹峯さんより私の方が萎縮《いしゅく》してしまった。

「お仕事の方は大丈夫なんですか？」

「大丈夫！　本当に全然ね、大丈夫なんだよ。僕は仕事の効率性をモットーとしているから、自分でできることはちゃっちゃと片付けちゃって、できないことは部下や新藤あたりに押し付けるのさ。よいサービスを誰にでも良心的な代償とともに提供する、エージェント界のディスカウントストアーを目指しているのさ。薄利ではないが、ともかく多売であることは確かだよ。エージェント本来の姿として重要な点を突き詰めているわけだ」

そう言ってカラカラと笑う。

「それで、今日のご用件は？　先輩には聞かれたくないことなんですよね」

　私はここに呼び出された目的を訪ねてみることにした。この人の口は立て板に水だということがわかっていたから、ポイントを掴んで、要領よく話を進めなければいけない。

　笹峯さんは目の前のジャンボフルーツパフェにスプーンを入れながら（ちなみに私はミルクティーを頼んだ）、「うん、それなんだけどねー」と満足気にクリームを口に運ぶ。

「新藤の話や、先日委託した未練との関わり方を見て考えてたんだけどね、遊馬ちゃん、君はエージェントとしていいものを持っている。そこで、アカデミーを卒業したら、僕と組まないかと思ったんだ。いわば、スカウトだよ」

　私はびっくりして、目を見開いた。

「私なんかを誘ってくれるんですか？」

「うん、でも、今のままじゃダメだけどね。特に、新藤の下で学んでいるのはマイナスだ。卒業後、僕の下で働いてもらって、また一からエージェントの何たるかを手とり足とり――いや、変な意味じゃなくてね、極めて紳士的に、君に教え込むつもりだ。僕もね、前回は委託なんかしたけど、これでもA級エージェントなんだ。見えない、ってよく言われるけどね。でも、僕の下について、パートナーとして頑張れば、君の素質を開花させてあげると思う。よいエージェントになるのが夢なんだろう？　今まで君を見下してきた奴らに、一泡吹かしてやれるってものだよ。どうだい、悪い話じゃないだろう？」

　軽快な言葉に含まれた、衝撃的な内容を理解するまで数秒を要した。

ようやく言われた意味を咀嚼すると、ドクン、と私の中の何かが震えた。憧れのA級エージェントの元に就職？　この私が？

だが、目の前にニンジンをぶら下げられた馬のように急き立てられる心を諫めて、私はあくまで謙虚に受け止めるように努めた。

実習で、今まで学んだこと——それを大切に思う気持ちがなければ、何のてらいもなく飛びついていただろう。

だから、先輩のやり方を若干否定する笹峯さんの話に、即答はできない。私は先輩に憧《しょう》憬《けい》……というか思慕の念を抱いている。やはり、私の中では、先輩の存在は大きい。

十分魅惑的すぎる提案に心が揺れるのを感じつつ、いたずらに質問をして、自分の感情を誤魔化そうとする。

「でも、私なんかがパートナーになって……というか、そもそもエージェントって、一人でやる仕事ではないんですか？」

「ああ、アカデミーの方では、そこらへんの詳しい実務の説明はまだされてないのか。僕たちエージェントがチームを組んで『未練』を解決していくことなんて、珍しいことじゃない。興味があるなら、名刺を渡しておくから、うちに来るといい。あの朴念仁《ぼくねんじん》が住処にしている辛気臭い事務所なんかより、ずっと現代的かつ綺麗なところだよ」

そう言って、笹峯さんは私に一枚の名刺を手渡し、ウィンクしてみせた。

「いわゆるエリートコースというやつだ。君にはその資格がある」

唐突に褒めそやされて、有頂天になりそうな気持ちを必死で押し隠しながら、私はいくつかの不安を口にした。

「でも、なぜ私なんですか？　私、『落ちこぼれの遊馬』って呼ばれてるくらいですよ」

「それだよ。君にあって、他のエージェント志願生に足りてないところは、何だと思う？」

……え？　どこだろう？

自分を省みて考える。でも私に秀でた才能なんて、探すだけ無駄のように思えた。

「すみません、わかりません……」

「そうだろうな、それを図々しく言える奴は、僕くらいのもんだ」

笹峯さんはいたずらっぽく笑って、スプーンを振る。

「遊馬ちゃん、それはね、君が『失敗してきた』こと、なんだ。前回のケースでも、君は確かに失敗した。でも、そこから学ぶところはあったろう？　失敗するということは、得がたい財産なんだよ」

私はびっくりして問いかけた。

「そ、そんなことで、ですか？」

「うん、驚くのも無理はない。でも僕は、『失敗を知らない天才』と『自分の限界を知っている凡人』なら、迷わず後者を選ぶよ。言葉は悪いけどね。現場が欲しいのは『天才』じゃない。自分を振り返ることのできる、『経験者』なんだ」

私はそんな賛辞に恥じ入り、赤面せざるを得なかった。

「そんな……私はそんなんじゃないです。単なる、『落ちこぼれ』なんです。実習前のレポートも、再提出の上に『可』で、教授の槍玉に挙げられたくらいです」

「関係ない。僕は、君のそういうところを含めて、買っているんだ」

だが、笹峯さんは、そう言い切る。

「まだ何にもできないひよっ子ですし……」

「最初からできる奴なんかいない。これから、懇切丁寧に指導するよ」

「先輩がなんていうか――」

「新藤は関係ないだろう。君の将来のことじゃないか」

「でも――」

笹峯さんは、「やれやれ」と溜息をつく。

「どうも決心がつかないみたいだね。なんなら、気の置けない友人か誰かに相談してみたらどうだい？　答えは、一も二もなく、決まりきっているだろうけどね。なに、急かしはしない。じっくり考えて決めてくれればいい」

私は興奮でカラカラになった喉をミルクティーで潤した。

「それじゃ先輩に相談――」

「ダメだ、そいつはダメだ」

しかし笹峯さんは両手を大きく広げると、大仰にかぶりを振った。

「え……？　どうしてですか？」

訝しんで訊ねると、笹峯さんは、「うん」と、もう一口クリームを口へ運んだ。

「君も気付いていると思うけど、新藤はね、特殊な——実に独特なエージェントなんだ。そう、一言で言って、『危険なエージェント』と言ってもいい。彼の手法はいつも同じだ。クライアントの未練を晴らすべく、『生者まで巻き込んで』事を円満に収めようとする。いや、『円満に』というのは少し違うな。でも、君なら、ニュアンスはわかるだろう？　とにかく、根本的なところで、ほかのエージェントとは明らかに違う。確かに、彼の成績は相当なものだ。だが、それを真似できると思ったら、絶対に失敗する。サーカス団の一員だからといって、ピエロが空中ブランコ乗りの真似事をしたら、地面に真っ逆さまってオチになるのと同じさ。そして、何よりもいけないことに、新藤は——」

笹峯さんはスプーンにたっぷりとのせたパフェを大口で味わう。

「新藤は、僕を恨んでいるんだよ。それも、憎悪と言ってもいいほどに。まあ、僕に言わせれば濡れ衣なんだけどね」

悪びれる様子もなく笹峯さんは言った。

先輩と笹峯さんの間には、どんなことがあったのだろう？　この軽薄を絵に描いたような、笹峯さんを先輩が憎んでる？　どうして——？

「……まあ、でも、新藤本人はそんなことをおくびにも出さない。今じゃ、どう思っているのか、イマイチわからないところではあるんだけどね。とにかく、相談相手として新藤を選ぶのは間違っているとだけ忠告させてもらうよ。繰り返すけど、返事は急がなくていいい。ゆっくり決めてくれればいいから」

私は、まだまだ追及したい気持ちでいっぱいだったが、笹峯さんの超然とした態度に、質問を受け付けないヴェールが被さったように思えて、それ以上聞くことを諦めた。

【二】

笹峯さんと秘密の相談があってから数日が過ぎた。

師走を間近《まぢか》にした町並みを歩く人の足は早く、吹き始めた木枯らしが身を冷やす。コートの前を合わせて風を防ぐと、急ぎ足で事務所に入った。

出勤した私は、いつものように執務室を片付け、先輩にインスタントで濃い目のコーヒーを淹れる。

そして一息つくと、見慣れた部屋に視線を巡らせた。桜材でできた先輩のデスク、奥に置かれたソファ、時をカツカツと刻む古びた時計。

「実習生」

――と、先輩が、ぼんやりしている私に声をかけてきた。

「遊馬です」

「実習生、お前の実習もラストスパートだよな。記憶違いだったかな？」

「いいえ、記憶違いじゃないですよ。あと約一ヶ月です」

そう、その時が来たら、愛着が湧いてきているこの光景に、お別れを言わなくてはならない。感慨深さと同時に、一抹の寂しさが湧き上がってくる。

先輩は、「そうか」と呟いた。

「実習生、お前は、まだエージェントになる気はあるか？」

「え……？　もちろんです。何を言っているんですか？」

質問の意図をはかりかねて、私はキョトン、としてしまう。

「そうか、それならいいんだ。この実習でエージェントの実情を少しでも知って、心変わりしたんじゃないかと思ってな」

先輩は、僅かに目を細めて、コーヒーを一口含んだ。

「これまで、いくつかの事案を通してお前を指導してきたが、今までに来た実習生の中では、まあ、中の上くらいの成長を見せている。いずれにしても成績は『優』のわけだが、自己採点としてはどうだ？」

そんなことを突然言われても困る。自分なりには、それなりに頑張ってきたつもりだが、点数をつけるとなると……。でも、クライアントの未練解消には、多少なりとも関われた自信もあるし……。

「そ、それは、あのー、まだ自分で言うのはおこがましいと言うか……」

「ほほう？　言うのがおこがましいような点数なのか？」

先輩はくっくっく、と喉を鳴らしてからかう。

私は耳の先まで赤くなった。

「何にせよ、だ。どういうエージェントを目指すか、方向性はあるに越したことはない」

「……うーん、考えてはいるんですが」

思考の網を紡いでいくと、笹峯さんにスカウトされたことに行き当たる。まだ決心がつかないが、ああいう合理的なエージェント像もありなのかもしれない。

――『新藤は、僕を恨んでいるんだよ』

笹峯さんと先輩の関係って結局、どういうものなのだろう？　あまり触れない方がいいのだろうか？　好奇心はあるが、聞いていいこととそうでないことがある。

「……正直、まだ、よくわかりません」

「――そうか」

どんなエージェントに、か。

ふと、最初にここを訪れた時から課題にしていることを想起する。

そういえば、先輩に最初にされた『この仕事に慣れるな』という指導。

あれは一体、どういう意味なのだろうか？

逆に前回、私が失敗して落ち込んでいた時、笹峯さんは『慣れる』と励ましてくれたことも記憶に新しい。

確かに、夏川家と明日香ちゃんのケースを重ねてしまうという、『慣れ』故の失敗を犯してしまったが、同時に、未熟な私にとっては、笹峯さんの言う『慣れ』も、仕事に熟練していくという意味で、大切なことなのではないだろうかとも思うのだ。

答えは未だに見つからないし、とにもかくにも、色々な問題が山積みだ。

「まあ、あと約一ヶ月か。それまでは、お前がやりたいように、俺が持っているものから奪い取っていけばいい。お前は見所がある、俺はそう思っているんだからな」

「わ、私の、どこに、見所が……？」

未だに信じられないが、笹峯さんも私を買ってくれていた。もしかして先輩も、私自身が気付かない、私の可能性を見い出してくれたのだろうか？

「それはな」

先輩は、鋭い目つきになって、声のトーンを落とした。

「はい」

「コーヒーを淹れるのがうまいことだ。もう一杯頼む。インスタントの美味いやつをな」

「……はいはい」

――やっぱり、先輩にとっての私の価値って、家政婦並みなのだろうか？

自虐じみた考えが私の脳裏をよぎった時、デスクの上の電話が鳴った。

「やれやれ、仕事はコーヒーを飲む時間をも奪っていくものなのかな？　商売繁盛で何よりだ。まあ、一杯くらい飲む時間は与えられてるだろう。実習生、淹れてくるように」

先輩はそう毒づきながら、私を促した。

◇

「小早川秀雄《こばやかわひでお》さん、享年五十七歳。つい先ほど、急性アルコール中毒によって昏睡に陥り、そのまま回復せずに死亡。どうもこちらの情報部が送ってくる情報は断片的なもので、失礼ですが、間違いはないですね?」

「ああ、間違いない。しかし、何か変な感じだな。イマイチ実感が湧かないというか、『死後の世界』なんてものがあるとは思わなかったから……」

先輩は、「わかります」と同調し、柔らかい口調で言った。

「まだ慣れない感じがあるのはわかります。突然自分が死んだと言われても、受け入れるには時間がかかるでしょう。私どもは、そういったことをひっくるめて、あなたに死後のサポートをしていく——つまり、『納得づくで死んでいただく』ための存在です。困惑するのが当然ですから、そのまま、あなたの『未練』となっている出来事をお話いただけませんか?」

小早川さんは濃く太い眉を顰めた。強面の四角顔にボサボサの髪。甚平からは骨ばった手足が覗いている。

「未練——俺の未練か。そんなの、わかりきっている。酒だよ。酒が飲みたい。そう、とにかく酒を持ってきてくれ」

「お酒は、結構召される方なのですか? 死因も、それに関連したもののようですが」

「……それほどは飲まないよ。嗜《たしな》み程度だ。別に誰に迷惑をかけるわけでもないし、いいだろう？」

先輩は、じっと小早川さんの顔を覗き込むと、静かに了承した。

「あとで用意させましょう。しかし、お酒を飲めばそれで『未練』が解決するとは到底思えません。ですから、あなたの『未練』に関して、少し突き詰めて考える必要があります」

「面倒くさいな」

「そう仰らずに。お酒以外のことでは何か、気にかかることはありませんか？」

「あるよ。娘を、娘の紗奈《さな》を連れてきて欲しい。紗奈に酒を持たせて、連れてきてくれ」

そんなことをさらりと述べると、小早川さんは両腕を広げて、どっかりとソファに背をあずけた。先輩の双眸が鋭くなる。

「小早川さん、わかっていますか。あなたは先ほど申し上げたとおり、亡くなっているのですよ？　反対に紗奈さんは、まだ生きています。連れて来いというのは、少し無理が過ぎます」

「知らねえよ、そんなこと。俺は、紗奈を連れて来いと言っているんだ」

「……だから、無茶を言っては困ります」

先輩の口調が、どことなく吐き捨てるような感じに聞こえ、私は、思わず先輩の横顔を凝視した。いつもなら何を言われても飄々として受け流す、そんな態度を見慣れていただけに、やけに胸に引っかかった。

「……整理させてください。まず、紗奈さんというのは、あなたの娘さんですね？　二十代前半で、あなたとは二人暮らし。奥さんと死別したあなたは数年前に職もなくし、紗奈さんは高校を卒業後、パートに出て、家計を支えていらっしゃったようですね」

　無職だったことを暗に指摘されて、気を悪くしたのか、小早川さんは鼻から息を吐いた。

「ああ。まあ、そんな偉いものでもないがな。子供が家に金を入れるのは、当然のことだろう？　今まで俺が身を粉にして働いて、食わせてやってきたんだ。その上、高校も行かせてやったんだぜ？　恩を返すのが、子の務めじゃないか」

　先輩は少しの間目を閉じると、口元で合掌するように、両手の指の先を合わせた。

「不愉快と思われるかもしれませんが、少し確認したいことがあります」

「何だよ？」

「もしかしてあなたは、お酒を飲んで、紗奈さんに暴力をふるったり、自分の意のままに支配下に置いたり……そういうことを繰り返していたということはありませんか？」

　ぎょっとしたように、小早川さんは目を剝いた。

「……そりゃ、ちょっと叩くくらいはあったけど、あれは躾《しつけ》だ」

「殴ったりしていた、と」

「だから、それは娘が、紗奈が悪いんだって。あいつの家事が行き届かなかったり、すぐそこに買い物に行くだけなのに、帰りが遅くなったりしたから、ちょっと叩いたんだ。俺が叩こうと思ったんじゃない。娘が、俺に叩かせるんだ」

詭弁だ。苦しい言い逃れをする小早川さんに、先輩はきつい視線を浴びせている。いつになく先輩が感情を顕にした。が、ふと先輩の様子がなんか変だ、と私は気付き始めた。

「……娘さんが、暴力を引き起こしていたと？」

「何だよ、疑うのか？　お前らスーツを着た奴らは、だから信じられないんだ。会社のクソみてえな奴らも、みんなそうだった！　人を馬鹿にして、見下して。俺だって、昔はスーツを着ていたんだ。それをよってたかって取り上げたのは、胸糞悪い上司や、性格の悪い若手どもだ。俺は、そういう、社会の犠牲者なんだよ！　俺のことを誰が責められるって言うんだ？」

小早川さんの語調は荒々しかったが、同時に、哀れみを誘うような響きがあった。顔を真っ赤にし、目を潤ませて、小早川さんは拳を振った。

「家に帰れば、気のきかない娘に苛々させられっぱなしで。そんな毎日を過ごしながら、必死で家庭を支えてたんだ！　娘なんて、女なんて、家で家族に尽くすのが当然なのに、色気付きやがって、俺を置き去りにして、みんなで俺を馬鹿にした。だから、ちょっとくらい、好きな酒を飲んだっていいじゃねえか？　あんた、そんな俺を否定できるのか？あ？」

口角に泡を飛ばし、矢継ぎ早にまくしたてる。

そんな具合の小早川さんに、先輩は辟易《へきえき》したのか、しばらく口をつぐんだ。

さっきから、先輩の様子がおかしい。「先輩？」と声をかけると、軽く頭《あたま》を振って言った。

「――ああ、失礼。小早川さん、あなたの『未練』は、そういった、周囲の環境を含めての不幸に関してのものではないかと、私は推測するのですが……」

「ああ、俺は不幸だ」

なぜか誇らしげに言い切る小早川さんに、先輩は少し戸惑ったように続けた。

「はい、そうですね、だから……」

「……ああ！　そうなんだ！」

何かを曲解しているような様子の小早川さんが、嬉しそうに手を叩く。

「俺の『未練』は簡単だ。単純なことだよ」

心なしか、先輩の顔から血の気が引いたように感じる。

「……小早川さん、まさか……」

「ああ、わかるのか？　さっきも言ったろう？　紗奈を連れてきてくれ。俺が死んでいるというなら、紗奈を殺して連れてきてくれてもいい」

先輩は、驚くほど蒼白になって、低い声を出した。

「何で……」

「俺の娘なんだから、そんなのは当然のことだろう？　そういう頼みを聞くのが、お前さんたちの仕事なわけだろう？」

「それは、違う……そんなことは、私たちでも……」

こんな先輩を見るのは初めてだ。いつもは会話の主導権を握り、畳み掛けるように会話を進めるのに。

「うるせえな、知ったことかよ。とにかく、それが、俺の『未練』だよ」

反対に、この場のペースを握った小早川さんは、不遜《ふそん》に言い放った。

先輩は歯噛みして下を向くと、そのまま、地を這うような声で答えた。

「……申し訳ありません、あなたの『未練』解消については、少し考えさせていただきます」

私は、そんな先輩を、驚きの表情で見ていた。

どんな依頼でも引き受ける辣腕家が、未練を受けることを即答しなかったのだ。

◇

「どうぞ」

「……ああ、ありがとう」

カウンセリング後、先輩にインスタントコーヒーを淹れて持っていくと、私は躊躇しつつ、先輩に語りかけた。

「ひどい依頼ですね、『自分の娘を殺して連れて来い』なんて。まあ、先輩も、さすがに依頼を受けられないこともありますよね」

「…………」

先輩は、コーヒーを一口飲んで、溜息を漏らした。

「よりによって、あの時と同じことが――どうして」

「え？」

私は、ボソリとつぶやいた先輩の言葉がうまく聞き取れず、思わず聞き返した。

「何でもない。今日は、少し疲れた。これからのことは、明日から取りかかるとしよう」

「……先輩」

私は、胸騒ぎを覚えて、先輩の姿をじっと見た。少し丸まった背中は、いつものふてぶてしいまでの余裕がなりを潜め、やけに小さく見えた。

「先ぱ……」

私が気遣って言葉をかけようとすると、先輩は、それを手で制し、何かを思い出すかのように、辛そうに言った。

「少し――、一人にしてくれないか？」

「……はい」

苦渋を吐き出す先輩に、それ以上の言葉をかけられず、私は執務室をあとにした。

【三】

翌日、出勤した私を出迎えたのは、鼻を突く、むせ返るようなアルコール臭だった。

見れば、執務室のあちこちにビールの缶が散乱し、どこにしまってあったのか、空のウィスキーの瓶までもが床に転がっている。先輩はというと、デスクに両足を行儀悪く伸ばし、両手をお腹の上に組んで、いびきをかいていた。

前回、先輩がお酒を飲んでいた時と同じ光景だ。私はショックを隠しきれなかった。

先輩はめったにアルコールなど飲まない。だとしたら、今回の飲酒の原因は一つだ。昨日のカウンセリングで、心に衝撃を受けることがあったのだろう。

もちろんそれはあの、『娘を殺して、連れて来い』という無茶な要求に関する怒りであり、失望であったかもしれない。しかし、私の見てきた先輩は、大岩のように動じず、何事にも淡々と対処していた。だから、今の先輩の有様には不安を感じる。

「先輩……」

その、心細く揺れる呼びかけは、執務室に充満する酒気に溶けて消えてしまう。

今はただ、酔い潰れている先輩を、悲しく見守ることしかできなかった。


「先輩、大丈夫ですか？」

「……心配ないよ、実習生。このくらいの酒で、どうこうなるほど弱くない。それより、もう少し小さな声でしゃべってくれ。頭に響く」

「十分どうにかなっているじゃないですか。慣れないお酒なんて、何で飲んだんですか？」

「……そういう気持ちの時だってあるだろう。お子様にはわからないかもしれないが、大人の世界は少しだけ複雑にできているんだよ」

「……はいはい、とにかく少しシャンとしてくださいね」

先輩は、濃いブラックコーヒーを飲み、冷たい水で洗顔して二日酔いを覚ますと、私と一緒に小早川さんの娘さんの、紗奈さんの元へ訪れた。小早川さんの依頼の受理は保留状態のままだったが、私たちはとりあえず動いてみることに決めたのだ。

紗奈さんが現在一人で暮らしているのは、寂れた平屋建ての家だった。壁面をあまり手入れされていない蔦が覆い、日の当たりは悪そうだ。所々が黒ずんでいて、ジメジメしており、見ているだけで陰鬱になってくる。

私たちが玄関の方に歩いていくと、二十代前半の、容姿端麗で長い髪をした女性が、格子ガラスの嵌《は》められた引き戸を引いて男性と向かい合っていた。彼女が紗奈さんだろう。

男性の方は、紗奈さんと同じか少し年上くらいの、営業マンのように一分の隙もないスーツ姿で、紗奈さんと何事か話し込んでいた。

身振り手振りを交え、男性は熱心に何かを言っているようだったが、紗奈さんは、弱々しく首を振っている。

話に割り込むのも躊躇われる。しばらく見守っていると、不意に紗奈さんが腕を伸ばし、男性の胸の辺りを押しやった。

男性は肩を落とし、首を振って何か言うと、こちらへ向かって歩いてきた。

そして私たちに気付くと、軽く会釈をし、そのまま立ち去っていった。

華奢で可憐な感じのする紗奈さんの目は、去っていく男性に向けられていたが、視界の端に私たちを捉えると、少し怯えたような、探るような色彩を帯びた。

私たちは紗奈さんの傍へ行くと、深々と一礼をする。

「はじめてお目にかかります。小早川秀雄さんの娘さんの、紗奈さんですね」

「はい。失礼ですが、あなた方は――？」

「申し遅れました。私は、小早川さんに生前、お世話になっていた、新藤と申します。この度は、ご愁傷様でした」

紗奈さんは、突然の来客に、きょとんとしたような表情を作った。

「父の……お知り合いですか？　失礼ですが、はじめて会う方ですよね。父とは、具体的に、どういう――？」

「……ああ、これは失礼」

そう言って、先輩は懐から名刺入れを取り出し、紗奈さんに差し出した。

「『産業医』の新藤さん、ですか？　父が辞めた会社の……？」

「はい、小早川さんが退職されてからも、色々と相談を受けていました。もっとも、もう前の話になってしまいますが。こちらは、研修医の二階堂です。あわせて、よろしくお願いします」

今回の私は研修医らしい。大層な肩書きで気が引けるが、調子を合わせて頭を下げた。

「会社としましては、退職を境に、診察等やお付き合いをすることはないのが普通なのですが、小早川さんの弊社への貢献を考慮させていただいた次第です。ご迷惑かとも思いましたが、生前の小早川さんのお力になれなかった分、こうして、我々でも何か役に立てることはないか、と参りました」

ペラペラと、先輩の二枚舌はよく回る。気にしていた不調は杞憂だったようだ。

だが、『父が辞めた会社の人間』ということに、紗奈さんは鋭く反応した。

「……失礼ですが、父が現在の境遇になったのは、御社の……上司や同僚の方との人間関係が原因だったと聞いています。それが……今更……父だって、職場に居場所さえあれば、お酒に頼る必要など、なかったんです」

「仰ることはごもっともで、私どもも、深く反省しております。失礼ですが、小早川さんは、かなりお酒を飲むようになっていたのですね」

自分の失言に気付いたように、紗奈さんははっと息を呑んだ。

「いえ……それほど、たくさんは……人並みだと思います」

「……小早川さんの死んだ理由を小耳に挟んだのですが、どうもお酒が関係しているとか」

心配そうな表情を作ってみせる先輩をちらりと見ると、紗奈さんは、少しおどおどしたように、地面に目線を向ける。

「確かに、父は、お酒が好きだったかもしれません。でもそれは、色々と辛いことがあったから、飲まずにはいられなかったんです。あなた方の会社を責めるわけではありませんが……父は、可哀想な人だったんです」

「……そう、ですか」

先輩は、大きく息を吐くと、首を左右に振った。

「我が社を辞められてからのことも、いくらか存じあげています。あなた共々、辛い毎日を過ごされていたようですね」

「私は特に、問題ありません。どんな話を聞いたのかはわかりませんが……」

「……言いにくいのですが、小早川さんはお酒を飲むと、少し暴力的になったとか」

紗奈さんは弾かれたように顔を上げたが、それも一瞬のことで、すぐに俯いた。

「そんな……親が子どもに躾をするのは、当然のことです。それに、いつも気が荒かったわけじゃありません。お酒を飲まない時は、本当にいい父親だったんです。優しくて、温かくて……何度もお酒はもう飲まないと誓ってくれましたし。誠実な人だったんです」

「躾、と仰いましたね」

「……そうですよ、躾です。私がもっと、父を支えてあげるべきだった。私が目を離したからお酒を飲みすぎて、止まらなくってそのままリビングで……私がいけないんです。私が目を離さなければ、父が死ぬことはなかったんです」

私は眉をひそめた。……先輩から先にレクチャーを受けたところでは、暴力が常態化され、支配された被害者は、暴力の当事者こそがむしろ正しいと信じ、逆に自分を強く責めることで、精神的に自分を守る行動をとる。紗奈さんはその典型のようだった。

先輩は俯いたままの紗奈さんの頭部を複雑な表情で見下ろす。

「先ほどの、男性は……」

「……以前、少し親しくさせていただいた方です」

「恋人ですか？」

紗奈さんの顔が真っ赤になる。

「そんな……私を好きになってくれる人なんていませんから」

「そうご自分を卑下するものでもないでしょう。遠目からでしたが、あの方の様子を見ていると……」

「ありえません！　そんなこと、あっちゃいけないんです！　だって、だって、私は——」

唐突に火が着いたように、紗奈さんが長い髪を振り乱した。

「私は、父を見捨ててしまったのですから……！　許されることじゃない。死んでも許されない……」

紗奈さんの長い睫毛を、涙の水滴が伝った。

「……死ぬべきだったのは、私なんです。父が亡くなってしまった今、私なんて生きていても、何の価値もない……」

「紗奈、さん」

先輩が、珍しく当惑した声を出した。

「私、死ぬべきなんです。柴田《しばた》さん……先ほどの男の人にも否定されましたが、私にはわかっているんです。死ぬしかない……もう、きっと答えは、それしかないんです……！」

先輩の瞳が、一瞬で沸点を超えたようにカッと見開かれた。

「何を言っているのですか。親が死んだから自分が死ななければいけないなんていう、破《は》綻《たん》した論理がまかり通るわけないでしょう？　冷静に考えてください。小早川さんが死んだのは、急性アルコール中毒のためです。どうしてあなたのせいになるのですか？」

紗奈さんは、先輩の突然の豹変ぶりに、目を丸くして立ち尽くした。

「死ねば全てが終わる。あなた、本当にそんなこと思っているのですか？　生きていることが大切とか、そんなことを言っているわけじゃない。でもね、紗奈さん、あなた今、すごく自分勝手なこと言っているのですよ？　自己憐《れん》憫《びん》に浸って、歪んだ結論を下して。月並みな言葉ですが、死を選んだら、残された者はどうすればいいんですか？　あなたの死を、あなたの苦しみを、どう受け止めればいいというのですか？」

「え……？　あ、あの……私……」

「ちょ、ちょっと、先輩……」

狼狽の極地にある紗奈さんに代わって、私は思わず制止をかけた。感情的になるのは私で、止めるのが先輩のはずだ。なのに、今はいつもとはまるっきり逆の立場になっている。

私は先輩の腕を揺すって正気に戻らせようとしたが、先輩の怒声は止まらない。

「そんなに死を重く受け止めているなら、生きることにもっと真剣になれるはずでしょう？　生きることと面と向かう勇気を持たない者が、死と向き合えると思っているのですか？　まったく、噴飯ものですよ！　あなたが――」

「先輩！　やめてくださいっ！」

私は先輩の腕にすがりついて、大声で懇願した。先輩は凄い力で、私の小柄な体躯が振り回されたが、それでも必死でしがみつく。

「落ち着いてください！　紗奈さんを責めて、どうするというんですか！」

私の必死の訴えが届いたのか、先輩はやっと動きを止めた。

「申し訳、ございません！」

私は深々と頭を下げる。紗奈さんの握りしめた拳が、かすかに震えていた。

「お帰りください」

紗奈さんはそのまま胸に拳を当て、怯えたように首を横に振ると、消え入りそうな声で、しかしきっぱりと、そう言った。

◇

「先輩、大丈夫ですか？」

事務所への帰り道。私は先輩と並んで歩きながら、心配して声をかけた。

「…………」

「先輩、少し変です。今日の先輩は……生意気かもしれませんが、その……いつもとは違う感じがします。浴びるようにお酒を飲んだり……。もちろん、今回の『未練』が、むちゃくちゃな依頼であることはわかります。でも、何か……、先輩らしくないです」

先輩は、その言葉に眉をひそめると、ようやく反応を見せた。

「……余計な、お世話だよ。俺はお前が思っているような完璧超人ではない」

「そんなことを言っているわけでは……ないです」

一つだけ思い当たることがあった。以前、先輩がお酒を飲んでいた時、デスクに置いてあった写真とファイル――。

直感に導かれ、私は言葉を続けた。

「先輩が荒れているわけって……もしかして、『春日恭子さん』と関係があるんですか？」

先輩の動作がぴたりと止まり、険のある表情へと変わる。

「……なぜ、彼女を知っている？」

「前に、先輩のデスクで偶然、書類を見てしまったんです。その時も、先輩が酔いつぶれて寝ていたんで、珍しいな、と思って……覚えていたんです。でも、本当に偶然で……」

取り繕うように言ったが、すぐ、私は素直に謝ることにした。

「……ごめんなさい」

先輩はしばらく、険しい目つきで私を睨んでいたが、やがて忌々しげに息を吐き出す。

「まあ、いいさ。……帰るぞ。今日はもうやるべきことはないだろう」

「……あ、はい。事務所に帰ったら、おいしいコーヒー淹れますね！」

努めて明るく言う私に、先輩はかすかに首を振ったように見えたが、口に出しては何も言わなかった。

……それから先輩は、波に侵食される砂の城のように、少しずつ調子を崩していった。

【四】

紗奈さんに会ってから数日後。出勤した私が執務室の扉を開くと、アルコールの匂いの向こうに、酒精を纏った先輩がウィスキーの小さなボトルを傾けている光景が目に入った。最近では、珍しくなくなった光景だ。

「先輩……また、お酒、飲んでいるんですか……？」

たしなめるというよりもショックに駆られる。

いつもは不遜なほど泰然とした先輩が小さなボトルに頼っている姿は、私の胸をギュッと締め上げた。

「見ればわかるだろう？　悪いか？」

先輩は、ギロリと私に一瞥くれると、熱い息を吐いた。

「コーヒーはいらんぞ。今はこれがあれば十分だからな」

幾分ろれつの回らない声で、ウィスキーボトルを前後に揺らす。

「先輩、しっかりしてください。こんなの……先輩じゃない。過去に何があったのかは知りませんが……」

先輩が鋭く睨みつけてきたので、僅かな恐怖心を覚えたが、私は思い切って言った。

「先輩がこんなんじゃ、私は落ち着いて実習を終えることができません」

「たまには酒くらい飲んでもいいだろう？」

「……でも、放っておけません。先輩にはいつもの先輩でいて欲しいんです。そうじゃなきゃ、私は私であることにも自信が持てなくなっちゃう……そんな気がするんです」

先輩は揶揄する風な口調で「やれやれ」と肩を竦めると、吐き出すように言った。

「実習生、お前、何様のつもりだ？　俺の世話女房にでもなったつもりか？」

私の戸惑いに追い討ちをかけるように、先輩は畳み掛けるように言った。

「お前は、俺の何なんだ？」

「――ッ」

私たちを規定する言葉はあまりにも平凡で、そこにプライベートにまで踏み込んでいい親しさはない。

「私は――」

「……すまん」

先輩が苦虫を噛み潰した表情で唐突に謝罪し、私の言いかけた言葉は、中途半端にピリオドを打たれた。

「少し、飲み過ぎたみたいだ。酔い醒ましに濃いコーヒーを頼む。もちろん、インスタントでな」

「……はい」

結局、重要なことは何一つ言うことができなかった私は、落胆して給湯室へ向かった。

◇

「ここか！」

この前にもらった名刺によると、まだ建てられてから幾ばくも経たないであろう小綺麗なテナントビルの二階が、笹峯さんの事務所らしかった。ネームプレートには、何の名称も書かれていないが、地図によれば、場所は間違いない。

エレベーターで二階に上がり、扉のインターフォンを押すと、やや間があって、スーツ姿の女性が内側からドアを開いた。私の顔を見て、少し戸惑った顔をしたが、自己紹介すると相好を崩して「笹峯ですね。ただ今、呼んでまいりますので、奥でお待ちください」と、半透明のキャビネットで隔てられた空間のソファに腰掛けるよう促された。

笹峯さんは、季節はずれのアロハシャツとサンダルという、場にそぐわない格好で姿を現した。「やあ！　来てくれて嬉しいよ！」と、屈託《くったく》のない笑顔を浮かべる。

「例の件、考えてくれたのかな？　思ったより早かったね」

「あ、いいえ、そうじゃないんです」

私は先日のクライアントと先輩の様子について手短に話した。

「今日来たのは、先輩の過去に何があったかを知りたくて……笹峯さんなら何か知ってるかと思ったんです。昔のことを探るなんて、先輩には失礼かもしれないけど……もしかして、先輩の過去は、『春日恭子さん』と関係しているんですか？」

そう話すと、笹峯さんはやや失望したような嘆息をつく。

「やれやれ、遊馬ちゃん、君は一体どこまで知っていて、何をやりたいと思っているんだい？」

「……私は何も知りません。ただ、先輩の過去を……たぶんですけど、辛い過去を少しでも和らげたいと思うんです」

笹峯さんは「ふーむ」と腕組みをした。

「うん、全部話しちゃいたいなー。でも、そうしたら、新藤に怒られるから、ここはあえて口をつぐんでおくよ。ただ、そこまで知っているのなら、調べる手立てを教えてあげる。くれぐれも新藤には僕が教えたなんて言わないで欲しい。まあ、バレバレだろうけど……。あくまで大人の節度を持って、情報を提供しよう」

「情報……？」

私が訝しんで聞くと、笹峯さんは両手を広げて、ウィンクしてみせた。

「この前、新藤が君を留守番に仕立てて、行っていたところに案内するよ」

◇

「ここは……」

「そう。死者が眠ると人間たちが本気で考えている場所。……えーと、こっちのはず」

笹峯さんの後をついて、墓石の並べられた間の狭い砂利道を歩く。

半ば予想はしていたが、笹峯さんが案内してくれたのは、人間界の寺の墓地だった。

笹峯さんは先輩の過去を全部を知っているらしい。

しばらく進んでいくと、道の突き当たりに、色とりどりの花と、線香の燃えかすの残った墓があった。

――墓石には、『春日家之墓』と銘打ってあった。

「これが、春日恭子さんの……？」

あの時見た写真と資料には『済』の押印がされていたはずだ。春日恭子さんはすでに死んでいて、その未練は解消されている。

私は笹峯さんに訊ねた。

「この人の――恭子さんの未練が、先輩の問題に関連しているんですね」

「いやいや、春日恭子の未練自体には、新藤はノータッチだよ」

確信を持って訊いた私に、笹峯さんは予想外の答えで返した。

「――え？」

では、この墓は？　未練の資料は？　先輩の、あの反応は？

「わけがわからない、というふうだね。もちろん、遊馬ちゃんの手持ちの情報が少なすぎるから、しょうがないんだけどね。僕は深くは語れない。まあ、追及されたら、ついポロリということもあるかもしれないけど。僕の口の固さときたら世界で一番固い絹ごし豆腐並だからね。まあ今回は、ここに連れてきたというだけでもよしとしてよ」

釈然としないものを感じながら、私は墓石の正面に屈んで手を合わせる。

笹峯さんは、そんな私に、下手な口笛を吹いた。

「弟子は師に似るものだね。ここには誰もいないよ。もう未練は解決済みだ。わかっているだろう？　何だって、そんな人間みたいな『ポーズ』をとるんだい？」

確かに、笹峯さんの言うとおりかもしれない。

だが、私は死者の魂がここにはないことを知りつつも、亡くなった人の尊厳を守るため、こうして手を合わせていた。無用な感傷といえばそれまでになるが。

「人間って、何考えているんだろうね？　魂のことを信じない奴や、神も悪魔も信じない奴でも、墓を建てる。全ては消え去り、こんなところには誰もいないというのに。本当にわけがわからないな、君たちは」

君たちという言葉に引っかかって、私は笹峯さんに確認を取った。

「先輩も、ここへ来て、お花やお線香を供えているんですよね」

「そう。新藤の奴も、毎年彼女の命日になるとここへ来る。そこにあるような、でっかい花束を持ってね。死者への礼儀だかわからないけど、人間がそうするならともかく、僕たちがやるのは、また意味が違う。いかに昔、関与したクライアントのことだからって、非合理的だよ。失敗は誰にでもある」

「失敗……？」

「そうだ。しょうがないじゃないか。エージェントは過去を引きずってやる仕事でもないと思うんだけどね。——何よりも」

「——何よりも？」

「辛気臭いじゃない？」

そう言って、カラカラと笑う。忘れていたが、笹峯さんはこういう人だった。

しかし、私や先輩、それに真逆な笹峯さんの態度はどちらが正しいのだろう？

「笹峯さんは、こうしてお参りすることを無駄だと思っているんですか？」

「おやおや、では、逆に聞かせてもらおう。無駄じゃないと思う根拠は？　少なくとも、僕には理解できない。ちなみに多くのエージェントも同意見だと思うけど」

私は何も言い返せず、唇を噛んだ。

「僕のところに来るなら、そういうところから、少しずつ直していかなきゃいけないいな」

私はあえて同意せず、笹峯さんから示されたヒントの糸をたぐり寄せるのに集中することにした。

「……何か気付いた？」

考え込む顔つきになった私に目ざとく気付いて、笹峯さんが問いかけてくる。

春日恭子さんが先輩の過去に、何らかの形で関わっていたことは確かだ。

しかし、笹峯さんは、『春日恭子さん自身の未練』には先輩はノータッチだという。確かに、解決したのは先輩ではない。……それではあの時、解決した担当者の名前は？

――あ！

「笹峯さん！　春日恭子さんを、天上へ送ったのって……」

自分の注意力のなさを責めながら、私が問いかける。

笹峯さんは誇らしげに両手を広げて、にっこりと微笑んだ。

「春日恭子の魂を天上へ送ったのは僕だ」

【五】

結局、相談相手と言えば、秋葉しかいない。

実習終了時刻に喫茶店で会う約束をして、待つこと五分。秋葉は、「ごめーん、ちょい遅刻」と笑いつつ、私の対面に腰掛けた。いつものように紅茶を頼む。

「で、今日は新藤教官がどうしたの？」

柔らかい笑顔で、秋葉が問いかけてくる。

「ちょっと、なんで先輩のことだって決めつけるのよ」

少し赤面して口を尖らすと、秋葉はおどけてみせた。

「表情を見ればわかるわよ。いつもはクライアント関係で追い詰められていることが多いけど、ほんとわかりやすいよね、遊馬は。ああ、いいわねー。青春してるわよねー。お姉さん、ひがんじゃうぞー」

「……馬鹿。まあ、先輩のことっていうのは合っているんだけどね」


その後、秋葉はひととおり私の言葉に「ふうん」と耳を傾けると、口を開いた。

「それで、遊馬、あなたはどうしたいわけ？　結局重要なところはそこでしょう？」

「どうって……私は、先輩にいつもみたいな元気を出してもらいたいだけだよ」

私はやや狼狽して答えた。

「それは嘘ね。遊馬は、新藤教官に、『理想のエージェント』の姿を求めている。だからこそ、苦しんでいる新藤教官を見ることが耐え切れないのよ」

秋葉は優しいが、気のおけない友達であるが故に、ズバズバと核心をついてくる。

「……よくわからないけど、秋葉の言うとおりかもしれない」

私は素直に自分の気持ちを認めた。秋葉に自分の気持ちを繕うのは難しい。

「それで、最初の質問に戻るんだけど——結局どうすべきかは、遊馬自身が解決しなきゃいけない問題だよ。ずっと近くで新藤教官を見てきて、その存在が大きくなってたのに、今、一気に崩れた。そんな新藤教官に遊馬は失望してるんでしょ？」

「……そんなこと」

「うん、あるわけない。むしろ、だからこそ、力になってあげたいと思う。遊馬はそんな女の子だよ」

秋葉の言葉が、心に入り込んでくる。

「でも、私は無力で……何ができるっていうの？」

「ねえ、遊馬」

喘《あえ》ぐような私に、秋葉がいつになく鋭い眼光を浴びせた。

「……私がさ、『エージェント』という進路じゃなくて、『事務職』を選んだのは、どうしてだと思う？」

「え？　そ、そうだよ！　いつも疑問に思ってた！　秋葉、すごく才能があるのに、私なんかよりも、ずっとエージェントとして適性があるのに、何で……、エージェントを目指さないの？」

秋葉はすっと目を細めた。

その視線にある種の敵意に似たものを感じ、私は目を瞬く。こんな秋葉は初めてだ。

「それはね、遊馬。あなたのせい」

「――え？」

絶句する私に、秋葉は長い溜息をついた。

「ねえ、気付いてる？　あなたは、本当は『落ちこぼれ』なんかじゃない。『落ちこぼれ』

のレッテルを貼られることと、本当に落ちこぼれなのかは、天と地ほどの違いがあるんだよ？　私がエージェントの職を諦めたのはね、近くにあなたがいたから」

「え……？」

「私はね、嫉妬してるの。遊馬にね。私は、あなたの言うとおり、確かに優等生なのかもしれない。でも、どんなに頑張っても、私はいわゆる『優秀なエージェント』にしかなりえないことが、自分でも痛いくらいにわかっていた……」

　私は、無言で秋葉を見つめる。

「いつも、一番傍で見てきたから。あなたは人間に関わる時、もう危なっかしくて見てられないくらいに、人間に寄り添って、悩んで、考えて考え抜いて、一緒に笑い、一緒に泣き、讃え、怒ることができる。それってさ、凄いことなんだよ？　少なくともそんなことができる学友を、私はあなたの他に知らない。そして、剝き出しの自分で人間と関わるあなたを知るごとに、自分の力の限界を思い知らされた」

　秋葉は、怒気を吐き続ける。

「たまったもんじゃないわよ。そんな純粋で、泥臭い力を見せ付けられちゃ……」

「…………」

　そこまで、一気呵成といってもいいくらい勢いよく言い切ると、秋葉は大きく息を吐いた。それから、いつもの明るい笑顔に戻って、カラカラと笑う。

「まあ、そんなわけがあったのです。私も結構、腹黒いよね」

「……秋葉」

「ん？」

「ごめんなさい……」

「こっちが惨めになるから謝らないで。遊馬は、悩む時は、傲慢なくらいの自信のなさで、堂々と悩んでいればいいのよ！」

「何よそれ」

「うん、そんな控えめな笑顔も、遊馬には似合ってる」

私が思わず苦笑すると、秋葉はやっと紅茶に口を付ける。

「でさ、今、本当に新藤教官の一番近くにいるのは、間違いなく遊馬のはずよ？　あなたは彼から、何を学んできたの？」

「それは……」

先輩の元で学んできたこと。

そんな単純な、しかし重要な問い掛けに、私はふと、あることに思い当たった。

「……私ね、先輩の背中を見て、大切なことは、真実から――クライアントから逃げないことだって学んできたつもり。でも、今回の先輩はクライアントからも、自分からも逃げてる。そこが、私には許せないのかもしれない」

私は、だいぶ前に来ていたけれど手をつけていなかったミルクティーを一口飲む。

「私の中で、先輩の存在は――すごく大きいものになってる。先輩はいつも私の隣にいてくれて、導いてくれた。だから私は、そんな先輩に報いたいの。実習が終わる時、胸を張ってお礼が言えるよう、いつもの先輩に戻って欲しい。自分勝手だけど……少しでも、力になりたいの」

「それが、新藤教官の望まないことであっても？」

「……そう。私が私として、先輩と関わりたい」

「そっか。強くなったね、遊馬」

秋葉は笑顔で賞賛してくれた。

「そんなんじゃないよ。……でも」

「ん？」

「本当に、ありがとう。私のことをちゃんと見ていてくれて。いつも、支えてもらってばっかりでごめんね。言葉では言い尽くせないけど……」

「馬鹿。親友のつもりだからね、私も」

秋葉は珍しく照れ笑いを浮かべた。


それから数日間、事務所にいる先輩は毎日お酒を飲んで、寝てばかりいる。当然ながら、小早川さんの依頼を受理することさえ、保留にしていた。

その間、私は娘の紗奈さんとは接触を続けたが、いつもの先輩に戻ってもらわないと、私の微力では、今回のケースはうまくいきそうもない。

それならば、私にできることは何だろう？

【六】


拍子抜けしたような顔をさせてしまうのは、もう幾度目か。

近代的な装いのテナントビルの二階に足を向けた私は、笹峯さんに再度頭を下げた。

「いや、まあ、いいんだけどね」

笹峯さんは、ずずずっと紅茶をすすってみせる。

「すみません」

「いやいや、また来るだろうとは思っていたよ。僕も悪いんだ、新藤の情報を小出しにして興味を引きつけていたんだから」

「お願いします。教えてください！」

私はさらに頭を深くたれた。

「いいって。まあ、僕も暇だしね、なんだかんだ言って」

そういえば、この人はいつ仕事をしているんだろう？　合理的に仕事をしていると言っていたが、今日の急なアポも受けてくれたし、確かに暇のように見える。

頭を上げなよ、という笹峯さんの言葉に、ようやく上体を起こすと、私は真剣に笹峯さんに縋った。

「――教えていただけますか？　昔の先輩に、何があったのか？　何で今、あんなにも心が揺れてしまっているのか？」

笹峯さんは私の顔を覗き込み、かぶりを振ると、右手で座るように促してくる。

それに応えて、私はソファに浅く腰掛けた。

「別段、秘密の話というわけでもない。ただね、遊馬ちゃん」

「はい」

「ここから先を聞いてしまったら、新藤のことを今までと同じようには見られなくなると思うよ。それでもいいのかい？」

私の覚悟を試すかのような前置きに、少したじろいでしまうが、一度覚悟を決めたら突き抜けてしまわないと、立ち往生してしまうことだけはわかっていた。

だから、私はしっかりと笹峯さんと向き合って、返事をする。

「構いません。教えてください。先輩と――春日恭子さんとの間に、何があったのかを」

「……どうやら、本気らしいね」

笹峯さんは、息をつくと、秘書らしき女性を呼んで紅茶のおかわりを頼んだ。

「君も紅茶でいいかい？　少し長い話になる」

そう言って、私が頷くと笹峯さんは穏やかな表情で語りだした。

「きっかけはね、新藤の元に、恋人に対して暴力を働いていた男性――確か荒木《あらき》光一《こういち》といったかな？　彼の名前は珍しく覚えている。……まあ、その荒木がクライアントとしてやってきたこと何だ。彼は恋人に暴力を振るうのと同時に、深く依存していてね。その未練は、『恋人だった春日恭子を、殺して連れてくること』だった……」

思わず私は息を呑んだ。

◇

それは、新藤がまだエージェントになって間もない頃の案件だった。途方もない『未練』を持ち込まれた新藤は、当時から泰然とした様子だったが、その時ばかりはわずかに動揺を滲ませ、対処方法に追われた。

現世に生きる人間を殺すことはできないものの、未練を無下にすることもできない。

新藤はどうしていいかわからないままに、春日恭子との接触をはかることにする。

暴力を振るわれていたとはいえ、共依存状態に陥っていた恭子が光一を失ったショックは大きく、彼女もまた失意のどん底にいた。

春日恭子は、長い黒髪を肩に流した美女で、恋人の死に悲しげに睫毛を濡らしていた。

恋人に先立たれた彼女の望みはただ一つ。自分を殺して欲しいということ。

もちろん現世に生きる人間の命を奪うことは、エージェントの権限を超える。

打開策を見い出せないまま、新藤は光一とのカウンセリングと並行して、恭子にも何度も会いにいった。

新藤の駆けだしながら卓越した手腕により、カウンセリングの回数を経るごとに、光一の『未練』は、『恭子を殺して自分のもとに連れてくる』という現実離れしたものから、自分自身を見つめ直すものに変わっていった。

また、恭子の光一に対する依存状態も、光一の死を認めるようになるにつれ、正常になっていった。

同時に恭子の日常に入り込んだ新藤と彼女の関係は、双方にとって心地よい、かけがえのない時間になっていく。

恭子は新藤が初めて出会った時の、『殺して欲しい』という心情から、着実に『生きていたい』と思うように、変化していったのだ。

すべてが順調に進んでいるように思えた。

——一つだけ。新藤と恭子の心が、限度を超えて触れ合っていったことを除いては。

まだエージェントとしても未熟だったのだろう。

新藤は、光一を失ったショックから生に希望を見い出せなくなった恭子を支え、彼女から頼られている間に、次第に道ならぬ恋に心を傾けていった。

恭子もまた、新藤のぶっきらぼうだが温かい心根に触れ、雪割りの花のように、愛情に花を咲かせていった。

そして新藤は、光一とのカウンセリングに、次第に罪悪感を覚えていくようになる。

現実を受け入れかけていた光一は、未練の解消に向かいつつも、新藤に距離を置かれることに違和感を感じることもあった。

それを糊塗するかのように、新藤はエージェントとしての仮面をかぶり、過剰なほどにカウンセリングの体裁を整えるようになっていく。

だが光一は、そんな新藤を心強く思ったのか、むしろ信頼を寄せていった。

一方で、惹かれあう新藤と恭子の関係は、もはや戻ることのできないところまで深まっていた。光一に後ろめたさを覚えつつも、新藤はどんどん恭子が大事になっていく。

甘いものが嫌いで、可愛い小物が好きで、引っ込み思案な恭子が内に秘めていた包み込むような温かさは、生者と積極的に関わるイレギュラーなエージェントとして孤立し始めていた新藤を癒したのだ。

そんな恭子には幸せな思い出があったという。

例えば、新藤に淹れていたコーヒーはいつもインスタントであったこと。そのインスタントコーヒーを、新藤がとても気に入っていたこと。

交友関係が広くなり、アジアを回ってきた友人からお土産にもらったコーヒーを出した時。その甘さに仰天しながらも、美味しそうにカップを傾ける新藤の姿を見て幸せな気持ちになったこと。

いつもはぶっきらぼうな新藤が、雨の日に駅に迎えに来てくれた時。相合傘を中学生のように恥ずかしがる新藤が、とても可愛かったこと。

小物屋で新藤と一緒に見つけた、小さな女の子の硝子細工。その精巧さと美しさに、二人で驚嘆の吐息を洩らしたこと……。

恭子の思い出の一つ一つは、新藤と深く繋がって、織り込まれていった。

新藤の戸惑いをよそに、好転していくふたりの関係は、新藤の立場にとって諸刃の剣だった。

光一には自らが行っていた暴力の存在を認めさせ、恭子にも心を砕いて向き合う。

やがて、新藤は、クライアントの責任を追及しつつも、その恋人を奪い取る罪悪感に苛まれていく。

エージェントとしてクライアントに誠実であるべきか、身を焦がす恋路をとるか。

その狭間で新藤は思い悩み、次第に恭子とのすれ違いが多くなっていった。

心にわだかまりを抱えつつも、新藤と光一とのカウンセリングは、ついに最終局面を迎える。

光一の最終的な『未練』は、『歪んだ形ではあったが、本当に愛していたということを恭子に伝えたい』というもの。

自らの過ちを認めた光一は、今や心の底から恭子の幸せを願うようになっていた。

新藤は、逡巡しながらも、光一の最後の『未練』を承諾《しょうだく》する。

「……光一が言っていたことを、君に教えなくてはいけない」

「彼が……？　何を？」

「信じられないかもしれないが、奴は君のことを、本当に、心から大切に思っていたんだ」

恭子はかすかに微笑んだ。

「もしかして、最近、新藤さんが悩んでいたのって、それを私に伝えるため？」

「いや……」

「……知ってたよ、言われなくても、そんなこと」

それは、光一に向けられたのか、新藤に向けられたものか、どちらの意味だったのか。

恭子は、寂しそうに、だが、きっぱりとそう言った。


――そうして、新藤は光一の『未練を解決』した。

しかし同時に、新藤は恭子と会う理由を失った。

苦悩の末、新藤はエージェントとして、恭子と別れる道を選ぶことを決心する。

最後の逢瀬、それは、ちょうど冷たい雨が降る、冬のはじめのことだった。

決別を告げる意思を固めた新藤は、恭子を最初に出会った公園に呼び出す。

しかし、夜になっても、恭子は姿を現さなかった。

几帳面で、常に時間を守る恭子にはありえないことであり、新藤は尋常ではない胸騒ぎに囚われた。降り続く雨の中、公園から恭子の家への道のりを駆ける。

……と、新藤の心臓が跳ね上がる。

公園から恭子の家へ続く交差点の上に、赤い回転灯の光が、銀色の雨の糸に反射しながら、無音で踊っていた。

——嫌な予感は的中した。

救急車から降りた二名の救急隊員が、頭から血を流す恭子を、慌ただしくストレッチャーに載せていた。


「——交通事故だってよ」

群がった野次馬から、ヒソヒソと声が聞こえる。

傘を放り出し、恭子の傍まで歩を進めた新藤は、救急隊員の制止を振り切って、彼女の冷たい掌を両手で包み込む。

「新藤さん……」

新藤は弾かれたように、反応を示した恭子の顔を覗き込む。

「……新藤さん、私、死ぬの?」

「…………」

「ねえ、新藤さん、これって、天罰……?　私なんかが、勝手に幸せになっちゃった……その罰なのかなあ?」

恭子は、辛そうに言うと、大粒の涙を流した。

「……でもさ、私、好きな人が私の淹れたコーヒーを飲んでくれて、その人、インスタントなのに美味しいって言ってくれて、それだけで幸せだった」

「恭子……」

「うっ……」

恭子が喉を詰まらせ、苦しそうに息を吐く。

「大丈夫か!?」

「……ね、ねえ、新藤さん、よく見えないよ。そこにいる？　ねえ、どこにいるの？」

「恭子……恭子！」

新藤の声と反比例して、恭子の声はか細くなっていく。

「何か、チョコレートみたいな香りがする……甘い……匂い……」

「……何だよそれ……お前は甘いもの、嫌いだろう？　おいっ……恭子？　恭子っ！」

「すみません、今、救急車で運びますので！　一緒に来てください」

救急隊員に、力ずくで車に押し込まれる。

そして、命の灯火は、病院にたどり着く前に消えた。

◇

「……新藤から、直接、春日恭子の最期の時の顚末も聞き出したけど、彼女が『肉体の死』の間際に嗅いでいたのは、彼女の嫌いな、甘いチョコレートのような香りだったって言うんだよ。……本当、実にくだらないよね。これがエージェントが人間と深く関わったゆえの悲劇だよ。いや、喜劇といってもいいかな？　それなのに、新藤の奴はまだ人間と関わるのを辞めようとしない。エージェントとしては、異端であること極まりないのにね。エージェントとしての在り方を探っていると言えば聞こえはいいけど、彼の過去を知るエージェントからは、今だに『〝人間〟殺しの新藤』と呼ばれているんだよ」

笹峯さんが語り終えた時、私は硬直していた。

「長くなったね。まあ、こんな感じだよ」

冷め切った紅茶を笹峯さんがすする音で我に返る。

「ありがとうございます。教えていただいて、本当に……」

私は頭を下げげつつ、気になっていたことを尋ねた。

「それにしても、随分詳しくご存知なんですね」

笹峯さんは、なんということもない、というふうに首を竦めた。

「未練を晴らすためには、事情を深く知っておく必要があるからね。それにね、もともと新藤と僕とは、そう仲が悪いほうじゃなかった。お互いのやり方に賛同こそできなかったけど、尊重する立場を取っていたんだよ。僕たちの間に確執が生まれたのは、この春日恭子のケース以降だよ」

「そう……ですか」

考えるべきことがいきなりたくさん入り込んできて、許容量を超えている。

「新藤はね、今も春日恭子の最後の言葉の意味を捜し求めている。僕にはそれに何の意味があるのか理解不能だけどね。だって、全ては過ぎ去ったことだ。無意味だと思うよ」

「………」

恭子さんが最後に思っていたこと。それは何なのだろうか？　笹峯さんの言うとおり、恭子さんは最後の瞬間、嫌いなチョコレートの匂いに包まれて死んでいったのだろうか？　甘いものが嫌いで、可愛い小物が好きで、控えめな性格だった恭子さん。彼女と先輩が過ごした時間は、無意味なものだったのだろうか？　二人の時間と、恭子さんの最後の言葉に、何か関係が？

……わかりようがない。今となっては。

不意に、一つの疑問が浮かび上がってきた。カラカラになった喉をミルクティーで潤すことも考えつかずに、私は笹峯さんに訊ねる。

「……その後、恭子さんの魂はどうなったんですか？　彼女の資料には、彼女自身もまた『未練』を持っていた、と書いてありました」

笹峯さんは、「うん」と、珍しく言葉を濁す。

「彼女はね、確かに新藤によって、自分を取り戻した。だが、天上へ行くには、今度は、生への未練が強くなりすぎていたんだ。皮肉なことだよね」

「だったら、先輩はどうやって……？」

「前にも言ったけど、彼女の魂について、新藤はノータッチだよ。彼女を担当するには、彼は彼女に拘りすぎてしまった……。彼はこのことがあって以来しばらく、生ける屍《しかばね》のようだった。だから、僕が彼女を担当しても、何も文句は言ってこなかったんだ。言う資格もないと思っていたんじゃないかな」

笹峯さんはニッコリと微笑んだ。

「まあ、簡単に言うと、新藤がエージェントの道を外れてしまったことで、人間が一人死んでしまったということだ。どう？　これでもまだ新藤の元でやっていくつもりかな？」

「…………」

笹峯さんは、言葉を失う私に、答えを急かすようなことはしなかった。

残酷なまでに優しく、その答えの全責任を、私に投げかけてくるだけだ。

「まあ、とりあえず、今日のところはこれにておしまい！　どうかな、ミルクティーをもう一杯？」

【七】

笹峯さんの元を出ると、私は事務所への道を歩く。

道中、色んなことを考えてしまう。

今回の小早川さんのケースは、暴力を振るっていた彼が娘の死を求めた。先ほど聞いた春日恭子さんと関わった時と極めて酷似している。先輩が心乱されるのも必然だ。知ってしまった先輩の過去を思うと胸が痛んだ。

先輩の姿はなかった。執務室には、ここ最近ずっとそうであるように、ウィスキーのボトルやビールの缶がそこかしこに転がっていて、先輩の荒んだ心を物語っているように思え、悲しい気持ちがこみ上げてくる。

いつも飄々として、摑みどころのない先輩。でも、その背中はとても大きくて、私の目指す目標であり、時には私を守ってくれる大岩として厳然と存在していた。

それが、今の先輩はどうだろう？　私の尊敬する先輩は、もういないのだろうか？　かぶりを振って、自分を諌める。そんなことはない。あってたまるものか。

執務室のお酒の瓶や缶を片付けて、ゴミ箱に入れる。

ふとインスタントのコーヒーの瓶が目に留まる。

これも春日恭子さんの思い出のものだったんだ。

そして、このコーヒーを淹れる相手は今、この執務室を留守にしている。

そう、――今は心を、少し留守にしているだけなのだと、自分に言い聞かせた。

迷った挙句、私の足は、春日恭子さんのお墓に向いた。

笹峯さんの言うとおり、そこにあるのは『墓石』という名のただの石の塊に過ぎない。

それでも、先輩がそこに、恭子さんの存在――その残滓《ざんし》でも残っていると考えるのなら、私は迷信と言われようと、行ってみようと思いついたのだ。

墓地に敷き詰められた砂利の道を、音を立てながら一歩一歩踏んでいく。

確か、恭子さんのお墓は、この道の突き当たりだ。

「……っ！」

恭子さんのお墓が目に入った時、私はそこに見知った影を見つけた。

お墓に供えられた線香から煙が立ち、独特の香りを醸《かも》し出している。その前には、彼が用意したのであろう、色とりどりの綺麗な花束が添えられていた。

彼自身はというと、だらしなく墓石の敷地内の通路にお墓と正対して座り込み、口の開いたウィスキーボトルを傾けている。

――先輩。

私は声をかけようとして失敗し、呼び掛けは胸の内で響いた。そのまま歩を進め、恭子さんのお墓までたどり着くと先輩が、ちらりとこちらを見る。

「実習生、どうしてここを知っている？」

投げやりに言葉を吐き出し、ウィスキーボトルを呷《あお》った。

「笹峯だな――あいつ、今度ひき肉にしてやる」

「……先輩」

「奴のところに行ってきたんだろ？　それなら、俺が飲んでいるわけもわかるだろう？

俺の輝かしい青春時代は、真っ黒なペンキで塗りたくられているんだよ」

先輩は苦々しい表情で唾棄した。

「くだらないよな。お前も、笹峯に言われただろう？　こんなところには誰もいない。彼女の——恭子の魂は、天上に送られた。それなのにいつまでも感傷を引きずって、結局、俺はここから動けずにいる。どうだ実習生、俺に失望したか？」

「……いいえ」

なんて声を掛ければ正解なのだろう？　どうしても、二の句を告げることができなかった。

先輩は私に構うことなく話し続ける。

「俺は、最低だよな。俺たちは、人間を救うために存在するのに。俺たちには神も仏もない。だったら、何に祈る？　祈れば許してもらえるのか？　……恭子は最期、彼女の嫌いな甘い香りに包まれて死んでいった。いや、違う。俺が——」

自虐的な笑い声を上げる。

「そう、俺が殺したんだ。俺は、生者をも巻き込んで……そして、恭子を、殺し——」

私は、先輩を背中からそっと抱きしめた。

「……実習生？」

「——遊馬です、先輩」

強く鼻腔を刺すアルコールの香りとともに、先輩の当惑が伝わってくる。

私の方を振り向こうとして失敗し、渋面を作ると、先輩は少し狼狽したような声で言った。

「実習生……離せ」

だが私はその言葉に抗って、そっと顔をその横顔に近づける。膝立ちになって、先輩に回した手に力を込める。

「離せ！　命令だ！」

「――嫌です」

私は心からの声を出した。

先輩は体を震わせ、一瞬私の腕を強く握り締める。しかし、振りほどこうとはせず、されるがままになっていた。

「嫌です、先輩――」

先輩にかけてあげられる言葉は、結局見つからない。

でも、先輩はきっと、間違ってなんかいない。

ただ一度、失敗してしまったかもしれないけれど、それでも先輩はA級エージェントとして、人間と向き合いながら未練を解消し、その正しさを、自ら証明してきている。

先輩は異端かもしれない。でも、クライアントと接する姿勢は凄く真摯で、誰よりも真剣に問題に取り組んでいた。それは他のエージェントなんかよりずっと、信頼に値するものだった。

そのことは、誰よりも近くで先輩を見てきた、私自身が知っている！

だから私は、私の行動で先輩を困惑させてしまうことを知っていながら、困らせた。

それがどんなに私の身勝手であっても。私の独りよがりであっても。

留守になっている先輩の心を呼び戻すために、ただきつく抱きしめた。

「実習生――」

ややあって、先輩はかすかに震えた声を出した。

「はい、先輩」

その声の調子は、私の行動を咎めているものではなった。

「――失望、したか？　こんなにも情けない、こんなにも小さな俺に」

私は、ありったけの言葉を発する。

「いいえ。先輩は……私の先輩は、こんなにも温かくて、優しくて、ぶっきらぼうで、力強くて、頼りになる、いつもの先輩です」

「過大評価は好きじゃないな」

先輩が息を吐く。

「それでも、私の先輩は、そういう方です」

「…………」

先輩は力なく頭を振ると、ややあって、大きな息を吐いた。

そうして、手に持ったウィスキーボトルに初めて気付いたような仕草を見せ、その口のキャップをきつく締めた。

「実習生」

「遊馬です、先輩」

先輩が、ふん、と鼻を鳴らす音が聞こえた。

「実習生、お前が俺を励まそうなんて、十年早い」

顔こそ見えないが、苦笑しているのがわかる。

「すみません、先輩」

そんなことが嬉しくて、小さく、私は笑った。

◇

——それから一日開けて。

私が執務室のドアを開けると、いつもより幾分綺麗にされている部屋の、デスクの向こうから、先輩がコーヒーカップを片手に視線だけ動かして私を見た。

「よう、実習生、おはよう」

そう言って、不味そうにコーヒーをすする。

「やっぱりちゃんとお湯が沸騰するまで待つんだったな、待ちきれず淹れてしまったのが敗因か……」

ブツブツ呟いている、いつもの先輩の姿がそこにはあった。私は少し弾んだ声で言った。

「おはようございます、先輩。それじゃあ、コーヒー、淹れ直しましょうか？」

「うん、頼む。今起きたばかりなんで、濃い目のやつをな」

「はい、濃い目ですね」

私はぬるいコーヒーの入ったカップを両手で受け取ると、顔を綻ばせた。

そのまま、給湯室へ向かおうとすると、背中に先輩の声がかかった。

「……あー、実習生、昨日のことなんだが……」

「あ……。はい」

私は、少し顔を赤らめた。あの行動を思い出し、気恥ずかしさを覚える。

それは先輩も同じのようだ。照れ隠しか、苦々しい顔でそっぽを向いた。

「まあ、何だ、色々と……とりあえず世話になったな」

「は、はい！」

少し浮ついた気持ちでお礼を受け入れる私に一瞥をくれると、先輩は途端に不機嫌になり、きわめて事務的な口調になった。

「……すぐに小早川さんとのカウンセリングを入れるぞ。中途半端になって、ずいぶん待たせてしまっているからな」

その日の午後、いつものカウンセリングルームで、先輩と私はソファに並んで座り、少し苛立った顔つきの小早川さんを出迎えた。

「お久しぶりです。どうも、お待たせしてしまい、申し訳ありませんでした」

先輩は、いつものののんびりした声で小早川さんに話し掛ける。

「この前伺った『未練』ですが、当方で全力で対処させていただこうと思います。お待たせしてすみません。私は……」

先輩は少し躊躇したように言葉に空白を置いたが、すぐに毅然とした表情をつくると、私に軽く頷いてみせた。

「——私どもは」

そうして頭をガシガシ掻くと、何を言われるのかと、少し身構えている小早川さんの緊張を溶かすべく、柔和な笑顔を作った。

「あなたの未練を、お聴きします」


【八】


「今回のケースは、厳格《タイト》なルールに則《のっと》ったカウンセリングが絶対に必要になってくる。一歩間違えば、すべてが瓦解するからな」

そう先輩が語ったように、現在の小早川さんとのカウンセリング、そして紗奈さんとの交流は、まさに薄氷を踏むかの如き繊細さをもって進められている。

小早川さんの依頼を正式に受ける前から、娘の紗奈さんの元には足繁く通っていたが、その甲斐あってか、紗奈さんは寛大にも、最初の頃の先輩の暴走に目を瞑ってくれ、徐々に家に上げてくれるようになった。

そして、訪問する度、例の男性と会う機会も多くなる。

紗奈さんによると、彼は柴田亮二《りょうじ》といい、アルバイト先の社員らしい。紗奈さんと柴田さんは、元々仲が良かったが、小早川さんの理不尽な命令で、接触が禁止されていたという。父親の死後、紗奈さんのことを心配してやってきてくれているということだった。

先輩と私、紗奈さんに、柴田さんを挟んだ四名で話すことも時々あったが、紗奈さんが自分のことを卑下するような言動をとると、柴田さんは熱っぽく、「そんなことない、紗奈は悪くない」と弁護した。

柴田さんが紗奈さんに好意を抱いていることは明白だった。

私と先輩は「死にたい」と言ってまでいた紗奈さんを温かく照らすような柴田さんの存在を嬉しく思っていた。

そして私たちは、他愛のない雑談を交えながら、徐々に紗奈さんの心に入り込んでいく。

紗奈さんのペースを最優先する私たちと、紗奈さんを全面擁護《ようご》する柴田さんの熱意が科学変化を起こしたのだろうか？　一週間ほど経過した頃、柴田さんが去ったあとに、紗奈さんは私たちに向けて、ポツリと呟いた。

「新藤さん、遊馬さん。もしかして私が父から受けていた躾は……ただの暴力だったのでしょうか？」

先輩はその言葉を待っていたように目を見開いたが、極めて落ち着いた声で確認した。

「あなたは、そう思うのですか？」

「それは……柴田さんは私が悪くないと言ってくれているし、新藤さんと遊馬さんも、そういうふうに……思ってらっしゃるんですよね……？」

紗奈さんがわずかに口籠る。しかし、その目には、いつものおどおどとした気弱さはなく、何かを決意した輝きが見て取れた。私は思わず、結論を急いでしまいそうになったが、先輩の声色はあくまで大らかだ。

「お父さんと自分のことを、客観的に見るゆとりができてきたのかもしれないですね。……それはやはり、柴田さんのおかげでしょうか？」

紗奈さんは赤面して顔を伏せた。そんな紗奈さんに、先輩は柔らかく声をかける。

「亡くなった方と向き合うことは、決して悪いことではありません」

「……はい」

それから先輩は、厳しい表情を作る。

「紗奈さんにもしも、お父さんとご自身の関係を見直す気持ちが芽生えてきたのなら……」

紗奈さんは、先輩を、少し不安げに見上げた。

「もしかしたら、対決する時期が迫っているのかもしれません」

「対決……？　何と、ですか？」

「小早川さんとの……お父さんの負の幻影と、です」

紗奈は、びっくりしたように首を大きく振る。

「そんな！　父を否定するつもりはありません！」

「いいえ、紗奈さん。それは否定ではないんです。お父さんを肯定するために、お父さんの負の部分は悪いこととして、きちんと拒絶することは、心の健全さを取り戻すために必要なのです」

「そんなこと――！」

紗奈さんは、パクパクと口を開閉させると、肩を落として、下を向いた。

「それだけはできません……」

紗奈さんの心の回復は、確かに前進を見せているが、まだ父の亡霊にとらわれている。

自分自身を暴力の被害者だと認めつつも、奇妙な共依存状態にあった父……、『加害者』と決別するには、乗り越えなければいけない大きな心の障壁があるようだった。

先輩はそんな紗奈さんをじっと見つめ、意味深に頷いた。


【九】

笹峯さんのオフィスを訪れると、前回のように笹峯さんは大仰に喜んで私を迎えてくれた。いつぞやの小さな一角に案内され、心地よく香るミルクティーが振る舞われる。

笹峯さんはというと、砂糖過剰の紅茶を前にして、季節感のないアロハシャツにいつものサンダル姿で、私に向かって満面の笑みを浮かべていた。

「やあやあやあやあ、遊馬ちゃん、来てくれたんだね、嬉しいよ。今日は何の用だい？　いや、用がないと来てはいけないなんて決まりはないし、用がないのに来てくれる方が僕の下心的には嬉しいんだけど、この前のオファーを前向きに考えているゆえの行動と、つまりはそういうことだと期待していいのかな？」

「いえ、そうではなく……」

「——また違う？　そうか、残念だなあ……。それで今日は、僕のコンパクトに洗練された脳細胞のどの辺りを必要として来てくれたのかな？」

相変わらず立て板に水だ。私は少し気圧されながらも、手短に要件を話す。

「春日恭子さんのことです。笹峯さんは、結局どうやって、恭子さんの未練を晴らしたのかと思いまして……。今回、私たちが受けているケースは春日恭子さんのケースに似たところがあると思っていて、どういうふうに取り扱えばいいのか、後学のためにもお聞きしたいんです」

笹峯さんはついこの間見せたような残念そうな顔をしてみせると、「やれやれ、今度はそんなことか」と呟いた。

「それにしても、君は口調まで新藤に似てきているねえ……まあ、悪いことだとは言わないけれど。エージェントには個性があっても、まあ、別にかまわないからね。僕はその点に関しては中立だよ。要は、有能かどうか、危険かどうか、それ以外に興味はない。まあ、とにかく遊馬ちゃんは僕が春日恭子をどうやって天上へ送ったのか、その方法はどうだったかを知りたいわけだ？　今回のケースでも、それを活かすつもりなのかな？　でも、だとしたら的を外しているな。僕が春日恭子を天上へ送れたのは、彼女自身がクライアントだったせいだ。今回のケースのクライアント、コ、コ、コ――えーと？」

「小早川さんです」

「そうそう、小早川さんの娘は紗奈さんだっけ？　女性の下の名前は覚えられるんだ、これが。『亡くなったのが紗奈さんで、クライアントの紗奈さんを僕がどうにかする』なら、やりようはあるんだけどね。『クライアントの小早川さんが、生きている紗奈さんをどうにかしようとしている』という依頼には僕は答えられない。大人しく委託でもするさ。さて、それを知った上で、僕が春日恭子を天上へ送った方法に興味があるのかい？　何の役にも立たないと思うけど？」

私は、そうきっぱりと言われた言葉にやや落胆したが、それでも今まで知ることのできなかった恭子さんの行く末や、どういう過程で未練を断ち切ったのかを知るのは無益なことではないと思い、深く頷いた。

「はい。それでも、恭子さん――違いますね、今回は紗奈さんとの接し方をどうすればいいのか、何か摑めることはないかと思って、笹峯さんの助言をいただきに来たんです」

笹峯さんはその言葉を聞くと大げさなジェスチャーで肩を竦めてみせた。

「それが、新藤と僕の関係性――新藤が僕を憎んでいる原因であっても、かい？」

「え？」

笹峯さんは驚く私にカラカラと笑うと、右手の人差し指を立てて、続けた。

「新藤は僕を憎んでいる。それは間違いないんだ。でも、僕は言ったよね？　それは濡衣だって。あえて言うなら、『未練の晴らし方』が、新藤にはどうしても納得のいかないものだったからだ。さて、質問だ。新藤に毒された君には受け入れがたい事実かもしれないが――それでも、僕が春日恭子を天上へ送った方法を知りたいかい？　おそらく聞いたら、君は以前に増して選択を迫られることになると思うよ？　『異端』の新藤側につくのか、それともまっとうなエージェント側、僕の元へと『戻って』くるのか？」

私は眉をひそめた。笹峯さんの、やけにもったいぶった口調が気に障る。しかし、私は聞かなければならない。

「……教えてください。笹峯さんが、どうやって春日恭子さんを天上へ送ったのか」

笹峯さんは、しばらく私の目を覗き込んだが、やがてランチのメニューを選ぶくらい簡単に、衝撃の言葉を発した。

「それなら答えは簡単だ。僕は春日恭子に、新藤の奴が僕と同じ『エージェントである』と真実を述べたんだ。そして新藤が彼女に近づいたのも、彼女と恋に落ちたのも、全部当初から計算されていた、偽りの、仕事としての関係だと言い聞かせた。……一度絶望したことのある人間を追い込むのは簡単だったよ。『生への未練も残らないくらい』の絶望に落とし込んだんだ。巧い手だろう？　これもいわゆる、『A級エージェントの手口』ってやつだよ」

「……！」

私は絶句した。だが笹峯さんは私を諭すように言葉を続ける。

「これがエージェントの最たる存在意義なんだよ？　クライアントの『未練を断ち切り、天上へと送る』。効率が良ければ尚更いい。――僕たちはそのために存在し、それ以上でもそれ以下でもない。アカデミーで学ばなかったかな？」

「――でも……そんな！」

私は、取り乱してほとんど叫び声になっていた。

「ひどすぎます！　そんな……そんなやり方って！」

「やれやれ、嫌われたな。そんな風に遊馬ちゃんから言われると、さすがの僕も傷つくよ」

笹峯さんは、カップの載ったテーブルに角砂糖を三つ、縦に並べて、順番に一つずつ摘むと、紅茶に落としていく。

ぽちゃん。ぽちゃん。ぽちゃん。

角砂糖が紅茶に落ちる音が、やけに大きく響いた。

「遊馬ちゃん、君は考えたことがあるかい？　天上へ行ったら、人間の魂はどうなるか？　アカデミーで習っただろう？　僕たちの通説では――」

笹峯さんは、また人差し指を立ててみせた。

「天上に行ったら、人間の魂は浄化され、『無』になる」

呆然としている私にあっけらかんと言い、笹峯さんは紅茶をスプーンで掻き回して、美味しそうに口に含む。

「無になってしまうからこそ、僕たちが生まれたんだ。そう、人間の最後の足掻きとしてね。——遊馬ちゃん、人間たちは進化とともに、『死んだらどうなるか』ということを思い悩んだ。そして生に執着する、途方もないくらい膨大で無秩序な『未練』を持つようになった」

「…………」

話し終えてもなお反応を見せない私を見て、笹峯さんはミルクのポットとスプーンを手に取り、「じゃあ見てて」と言う。

「『死』をミルク、『未練』をスプーンとしよう。紅茶という『人間』に『死』というミルクが注がれ、同時にスプーンという、多かれ少なかれ誰にでも存在する『未練』が入れられる。ミルク——『死』は、『未練』というスプーンにかき混ぜられ、そうして『人間』という紅茶がミルクティーとなって天上へ向かう準備をする」

だからね、と笹峯さんはかき混ぜる手を止め、スプーンをミルクティーとなった紅茶から取り出した。

「こうしてずっとかき混ぜていたってしょうがないし、スプーンが入ってたら、ミルクティーはいつまでたっても飲めない。『死』というのは絶対だから、足掻いてどうこうなるものじゃない。訪れたらそれでおしまいだ。でも、『未練』というスプーンを引き抜けなくなった人間からは、それを取り除いてあげる役目が必要になったわけだ。それが――」

「……私、たち」

「ご明答」

ようやく私の返答が聞けたことに、笹峯さんはにっこりと微笑んだ。

「『未練』を断ち切り、スプーンをカップから取り除く。それが僕らの仕事であり、僕らの存在意義だ。そうして、口元――天上にまで運び」

笹峯さんはティーカップを口に付け、ゴクッゴクッと喉の奥を数度鳴らす。

「――空っぽに、してあげる」

そうしてカップの中を、底を私に見せつけた。

先ほどまでたっぷりと入っていたミルクティーは一滴すらも残っておらず。

そこには、何もない――『無』があった。

「だから、僕に言わせれば、新藤と君がやっているのは、カップに入れたスプーンの装飾はどうなのか、どんな素材でできているのかに心を割き、その取り出し方は、どうすれば一番正解なのかと腐心しているだけだ。滑稽なことだと思わないかい？　ミルクが混ざって、邪魔になったのなら、それがどんなスプーンであれ、どんな方法であれ、何も考えずに引き抜いてしまえばいいだけだ。味は変わらないのだからね」

笹峯さんは奇妙に感情の感じられない、軽薄な笑みを浮かべた。

「まあそれはともかく、さっき言ったのが、僕たちの存在理由だ。まったく馬鹿げているよな、まるで赤子のお守りだ。遊馬ちゃんもそうは思わない？」

――私たちの生まれた理由。私たちの存在意義。

これまで実習で積み上げてきたはずだったエージェントとしての私の姿勢が全否定されるような例え話に、私は血の気が引くのを感じた。

「――笹峯さん、そんなことを言われても、私は容認できません」

そんな結論では、アカデミーで学んできたことと同じではないか。

今まで私は何を学んできた？　この実習で学んできた全てを、否定しなければいけないというのだろうか。

――違う。そんなことは、断じてない。

だが、笹峯さんは「そうだね」と呟くと、急に今後は人好きのする笑みを浮かべた。

「今の君にはそうかもしれない。けれどたぶん、他のエージェントたちもそう思っている。――新藤ですらも、否定はできないんじゃないかな？　だから、新藤も、僕のやり方に異議を唱えないんだと思うよ。結果的に、天上に送られてしまえばすべて同じ。同じなら、方法はどうやったっていい。要は『どの温度でミルクティーを飲むか』という問題さ。だったら僕はできたての熱い時に飲むよ。その方が美味しいからね」

言い終えると、笹峯さんは再びに紅茶をカップへと注いだ。

「でも……でも……」

私が食い下がろうとすると、笹峯さんはとどめの一撃を放つかのごとく、さらりと言う。

「――それなら君は、僕の考えを否定できるかい？　まあ、無理だと思うけどね。そもそも答えがないいんだから。無益だし、無意味なことに過ぎないからね」

笹峯さんは、いつものとおり、陽気にカラカラと笑い声をあげた。

「まあ、過程はどうだっていいんだ。死者の未練を晴らし、天上へ送ることができれば。だから、遊馬ちゃんには、ぜひそうなって欲しい」


――何よりも憧れ、望んでいた、「エージェント」の正体は。

笹峯さんの言を是とするならば、私が今まで頑なに持ち続けていた、人間の幸せを思いやる考えや感情なんて、邪魔なだけだ。

人間と深く関わることを、人間の気持ちを大切にすることを、無意味だと説く笹峯さんは、アカデミーの教授たちと、寸分違《たが》わなかった。

だが、笹峯さんは紛れもなく、『まっとうな側』のA級エージェントなのだ。

そんな事実に曝《さら》された私は、悔しさに肩を震わせた。

きつく噛んだ唇が破れ、口の中に、鉄と似た味が広がっていった。

【十】

笹峯さんに本質的な疑問を提示され、動揺を隠せない私の心とは裏腹に、小早川さんのカウンセリングは、着実な前進を見せていた。

先日まで小早川さんはカウンセリングに入ると、自らの飲酒を正当化し、娘の紗奈さんがどれだけ自分に必要かを切々と話していた。だが、先輩はその声を突っぱねるように言葉を被せた。

「ご依頼の内容である『紗奈さんをここへ連れてくる』ことですが、正直、難しい状況になっています。娘さんは、あなたから暴力的行為を受けていたと認識した様子なので」

暴力行為の加害者は、多くの場合、肉体的・精神的に被害者より優位に立つ。そして、たいてい「女性は男性に従うべきだ」などの歪んだ思い込みを持っている。

他にも、いくつかの共通点がある。奇妙なのは、自らのことを被害者と考えがちで、「悪いことをした娘のせいで、私は暴力を振るうしかなかった」などと、自分の正当化を行う。

先輩によると、小早川さんの場合も同様で、カウンセリングを通じてこの自分勝手な思考パターンを崩すことが重要になっていくらしい。

「——暴力行為を行う加害者の治療の難しさは、まず、本人が暴力を行っている自覚がないことだ。自分のやっている行為を、意味を認識してないんだよ」

先輩は、今日のカウンセリングに先立って、そう教えてくれた。

だから、加害者の治療の第一歩は、加害者本人に自分の行っている暴力行為と向き合わせることだという。

そのうえで、『暴力』とは身体的な殴る蹴るだけではなく、精神的に追い詰めることなどを含んだ広い概念であると『教え』、自らが『加害者』の立場であったとクライアントに認識させていくわけだ。

相手は最初、その事実を否認したり、あるいは泣き喚いて罪の許しを請うこともあるという。実際、今回の小早川さんも最初はそういう様子を見せていた。

しかし客観的な視点に立って、小早川さんの行為は『暴力』であると毅然と言い切る先輩に、幾度にも及ぶ反発と自己憐憫《れんびん》を繰り返し、小早川さんはぐったりとしていく。

「新藤さんよお……でもさ、俺のせい……じゃないと思う。娘が……紗奈が、俺を怒らせてるんだよ。あいつが何かと気が効かない奴だから、仕方がなく、俺は……」

先輩は、そんな小早川さんの自己正当化を、真っ向から受け止める。

「小早川さん、紗奈さんを『躾けて』いた時、どんな考え方を持っていたのか、少し整理してみませんか？　例えば、どんな時に『躾』――いえ、暴力を行っていたのですか？」

「そうだな、例えば、あいつの料理がまずいから、俺は怒ったんだ」

「料理が美味しくないから暴力を振るう。それは根本的な問題解決に役立ちましたか？」

「いや、それは……その……」

「料理の味付けだけで娘さんに手を上げる自分が、好きになれますか？」

「…………」

黙り込む小早川さんに、先輩は語調を緩めて、諭すように言う。

「娘さんに料理がまずいと怒りをぶつける行動、今の小早川さんから見て、ご自身で納得できることでしょうか」

「……でも……でもよ……紗奈は、それでも俺のことを、必要と……」

「はい。あなたは、確かに紗奈さんの大切な父親です。しかし今、娘さんは自分の意志で、あなたと距離を置こうとしています。それは、彼女が人間として成長しているということで、非常に喜ばしいことです。小早川さん、あなたは彼女の父親として、今までずっと頑張ってきた。ですが、今のご自身はいかがですか？　娘さんに、自分は立派な父親であると、一人の自立した人間であると、胸を張って言い切れますか？」

「一人の父親として……人間として……は……」

小早川さんの行動や人格を否定するのではない。先輩が取っているのは、自己肯定感の低い小早川さんを励ましつつ、本人に自らの行為を自覚させ、一人の人間としての自立を積極的に援助していく方法だ。

根気よくカウンセリングを続けるうちに小早川さんも、自分自身と紗奈さんのことについて、深く洞察するようになっていったようだ。

先輩は、優しいがしっかりと自立を促すような声音で続ける。

「小早川さん、『絆』という言葉を知っていますよね？　この字は、『ほだし』とも読めるのです。『ほだし』とは、馬の足にかけて、歩けないようにする縄のことです。つまりは、人の心や行動、自由を束縛するという意味もあるのです。あなたの思っていた『絆』は、むしろこちらの意味に近いのではないのですか？　あなたが、ご自分の行ってきた行為が『暴力』であったと自覚してくるのと同様に、『ほだし』に縛られてきたと気付きだした紗奈さんも今、自分自身の新たな人生を歩もうとしているのです」

そして最後に先輩は、娘はいつか親の手を離れ巣立っていくものだと、その心構えをしておくのは親の責任だと説き、今日のカウンセリングを締めくくった。


こうして小早川さんは、紗奈さんの自立と拒絶を受けて、少しずつだが、人生を見つめ直し、前へと進もうとしている。

それに対し、私はどうだろうか？　笹峯さんの言葉にショックを受けて、ただ打ちのめされているだけだ。

――もしかしたら、私もまた、脆弱《ぜいじゃく》かもしれないが、精一杯、羽を広げてみなければならないのではないだろうか？

私は小早川さんを見送ったあと、いつものように濃い目のコーヒーを先輩に持って行き、口を開いた。

「先輩、申し訳ありませんが、明日、一日だけお休みをいただけませんか？　どうしても、やりたいことがあるんです」

私が考えている、あること。

それは、決して笹峯さんだけを相手取ったものではない。アカデミーや、先の田辺教官のところでの実習、そして、私が今まで疑問に思い、考え続けてきた、エージェントたる全ての理由に対する、私なりの挑戦状だった。

いつになく真剣に言う私に、先輩はいつものののんびりした調子で答える。

「——構わんよ。どうやら、お前のこの実習の最後の試練になりそうだからな」

すべてを見通しているかのようにそう言い、先輩はコーヒーカップを傾けた。

【十一】

そうして翌日。

私は笹峯さんを訪ねるのではなく、こちらから呼び出した。それも、春日恭子さんの眠るお墓に。笹峯さんは約束の時間をピッタリに、飄々とした足取りで敷き詰められた砂利をサクサクとサンダルで踏みながらやってきた。上着はさすがにジャケットを着ていたが。

「やあやあやあやあ、遊馬ちゃん、待たせたね。時間とおりに来たと思ったんだが、レディを待たせるだなんて、僕も焼きが回ったかな？　それで、こんなところに呼び出して、今日はどんな用なのかな？」

「——お話があります。とても、とても、大切な」

「それは、こんなところでしかできない話なのかな。前に言ったよね、ここには何もない、辛気臭いだけだって」

笹峯さんの眼光が鋭く光を放った。

「ここには何もない——その認識こそが、私と笹峯さんの相違だと思ったからです。先に謝罪させていただきます。笹峯さんは、私のことを『買っている』と言ってくれましたが、今日はそれを裏切ることになります」

笹峯さんは、「ひゅう」と下手な口笛を吹くと、

「何かの覚悟をしてきたみたいだね。でも僕は、むしろ今日こそ、君が正真正銘の『エージェント』の道を歩き出す、記念すべき日になると思ってるよ」

そう言って、カラカラと笑った。

私は狼狽えることなく、キッと笹峯さんの瞳を見返した。

「——笹峯さん、私が新藤教官の実習先に来ることになって、出会ったクライアントたちに学んだことをお話しします。聞いていただけますか？」

「ご随意に」

笹峯さんは、手を広げ、そうおどけてみせる。

――さあ、始まりだ。

私は呼気とともに、私の『想い』を綴っていく。

「最初は、人の期待に過剰に答えてしまい、『自分』というものを持つことができない男性でした。それから、家族の仲を誰よりも気にしていたお爺さんと、一度は壊れてしまったけど、力を合わせて立ち直った家族。それに、虐待され、捨てられても、母子の絆を追い求めた娘……いろいろなクライアントに、私は自分なりに精一杯向き合ってきました」

「うん、それで？」

「そんな中で、私は学んだんです。人間の『未練』というのは、亡くなった方が、現在進行形で、生きている人間を巻き込んで紡ぐ『物語』のようなものであると」

私はそこで、ひと呼吸つく。

「人は、『物語』なしには、生きていくことはできません。どんな時だって……そう、それは命を失ってからも、人生という物語を、自分なりに納得できる結末に至るまで、書き続けていこうとします。『物語』というのは、『人間の生きる意味』です。つまり、未練というのは、逆説的に人間が生きる意味にほかならないのだと、そう思います」

私は、笹峯さんを真正面から見据えた。

「私たちは、ある時はクライアントを導き、ある時は導かれて、『物語』を完遂させるための共演者なんです。〝人は『無』になるから、『未練』に意味がない〟――そんな仮説に対して、私は抗います。だから――」

私は大きく息を吸う。

「笹峯さん、あなたからのオファーはお断りします」

――言った。

緊張で体が強張っている。

笹峯さんは自分の語るべき順番が回ってきたのを雰囲気で摑んだのか、首をすぼめてみせた。

「遊馬ちゃん、それは詭弁《きべん》だね。どのケースも、ほとんどが新藤の誘導によって大団円を迎えただけさ。他に『未練』を晴らす方法がなかったとでも言うのかい？　新藤のやり方だけが、ただ一つの方法で、それが真理だと思ってるなら、まずはそこから直さなければ、君は道を外れてしまうよ」

笹峯さんは続ける。

「そもそも、その結論に至るのに、本当に生きている人間を巻き込む必要はあったかな？どのクライアントにも、自分を深く洞察させて、自分だけで未練を晴らす方法もあったはずだよ？」

「――そうかもしれません。でも……」

すぐさま反論しようとする私に、笹峯さんは畳み掛ける。

「君は美しいエンディングに心を奪われているだけだ。たまたま綺麗にことが運んだ。だから、その『未練』も綺麗で、かけがえのないものであったのだと思いたいだけなんだ。

人間の未練が、そんなに綺麗に片付くのは、希《まれ》なことなんだよ」

「…………」

笹峯さんはバッサリ言った。

「そもそも新藤が、生者に働きかけたりするのが、僕には信じられない。エージェントの常識を超えているよ。遊馬ちゃんも、自分が関わってしまった生者が、これからどういう人生を送ることになるか、少しでも留意したかい？　もっとも、そんなことは僕に言わせれば、知ったことではないけどね」

決して強い口調ではなく、むしろ慈愛に満ちたような優しさをもって、笹峯さんの言葉は私を切り刻む。

「もしそうやって生者と関わることによって、そのうちの誰かが望まない結果を迎えることになっても、君はその正当性を唱えられるかい？　それとも生者が不幸になって、クライアントが幸せになればいいのかい？　君の理屈はそういうことだよ？」

「――ッ」

私は、言葉を失った。笹峯さんに反駁する言葉が見つからなかったからだ。

笹峯さんに一瞬で私の『想い』を覆された。

「君たちは、あまりにも過干渉すぎる。覚えているかい？　人間は天上へ行ったら――」

笹峯さんは、両手を広げてみせた。

「どうせ『無』になるんだよ？　……だから、結果が全てなのさ。過程を重視して『未練』

を晴らしても、残った生者に対しては、誰が責任を取るんだい？」

私はその言葉に狼狽して、俯いた。

「それは——それでも、私は……」

笹峯さんの言うこともわかる。でも、違う。そう言いたいのに、わかった上で反論するための言葉が出てこない。

もどかしさを持て余して唇を噛む私の肩に、不意に誰かの手が置かれた。


「実習生、頑張っているな」

耳を疑った。

振り返ると、いつの間にか私の背に、大きな花束を両手に抱えた先輩が立っていた。

「……先輩、どうしてここが？」

「勘だよ。今のお前が決意を持って何かするなら、ここかと思ってな」

先輩は、花を片手に持ち直すと、私の頭を、ポンポンと叩く。

「お前の人間と向き合う姿勢は、間違えていないよ。笹峯が、何を言おうとな」

先輩は、笹峯さんと向き合った。

「なあ笹峯。俺も、お前に反発しなきゃいけなかったんだよ。あの時……恭子が絶望の中で天上に送られた時、彼女の代弁者として、お前を徹底的に否定すべきだった」

そう言うと、先輩は静かに首を振った。それは、自らの罪を懺悔するかのようだった。

「人間の意味が『無』であると思ってしまったら、この仕事をやる資格はない」

笹峯さんは、唐突な先輩の参戦に、苛立ったような様子を見せた。

「わからないな。だからお前と僕は平行線なんだって。お前がそうやって春日恭子の墓に花を供えにくるのも僕には理解不能だ。人間は天上に行ったら『無』になるんだよ。結果が同じなら、お前も僕もやってることは同じだ。同じ穴の狢《むじな》だよ」

「……そうかもしれないな」

先輩は静かに認めると、当たり前のことを確認するように、淡々と論陣を張っていく。

「確かに、人間は『無』になるのかもしれない。だが、決して、『無意味』になることはない。それは、信じることしかできないのかもしれない。でも、だったら、俺はそれを信じる。——異端と呼ばれようがな」

笹峯さんは、うんざりしたような溜息をつくと、「やれやれ」と繰り返す。

「ほら、結局はそういう精神論に落ち着いちゃうんだ。神の存在を証明した気にでもなってるのかい？　遊馬ちゃん、これが、こいつの正体なんだ。君はどう思う？」

突然話を振られ、私は戸惑ったが、精一杯自分の言葉を探す。

今まで出会ったクライアントたち。その魂は、決して無意味なものではなかった。

なぜなら私は、何よりクライアントたちにそう教わったからだ。クライアントたちは、天上に行ったあとでも、何かの繋がりを、長く細い、だが決して切れない糸のようなものを残し、生者の生きる現世と繋げている。例えその魂が無になってしまったとしても。

――その繋がりこそが、『未練』なのだ。

「……笹峯さん。私は、出会ったクライアントたちはきっと、自分が生きてきた証として の、『未練』と向き合っていたのだと考えてます。だから、……私たちの使命は、クライアントの生きてきた証を、私たち自身の中に残していくこと――。最後の受け皿が、エージェントなのではないでしょうか？」

それが、私が実習を通して得た、エージェントの存在意義だった。


すべての言葉は言い尽くされた感じで、場に沈黙が降りた。

――どれだけ時間が経ったのか。

やがて、笹峯さんが、失望したように両手を挙げた。

「やれやれ、人選を誤っていたようだな。遊馬ちゃん、どうやら、君と僕とはわかり合えそうもないことがわかったよ。残念だけどね。この前の話はなしだ。君は君なりにエージェントとして頑張ってくれ。あ、これは皮肉じゃないよ？　わかり合えないなら、お互いに無干渉であればいい、というのが、僕の信念なんだ」

「――はい。すみません、笹峯さん」

「ノープロブレムだよ、遊馬ちゃん！　僕が困るわけではないからね！」

カラカラと笑いながら、笹峯さんは清々しいまでの明るさと透明感を込めた声を上げる。

「諸君、喝采したまえ、喜劇は終わった！」

ベートーヴェンの最期の台詞を堂々とパクると、笹峯さんは踵を返した。

残された私と先輩は、顔を見合わせて――次の瞬間には、苦笑いを交わしあう。

「――終わったな」

「――終わりましたね」

そう言い合うと、先輩は私からつっと視線を外した。

「お前も拙いながらも、ちゃんと意見を言えるようになったようだな。無意味な実習ではなかったようだ」

「今まで出会ったクライアントのことを考えたら、言葉が自然と出てきたんです。恥ずかしい話ですけど、自分が何を言ったか、よく覚えてません」

そう言うと、先輩は苦笑した。

「まったく、せっかく褒めてやったのにな。まだまだ成長の余地があるということか」

先輩は、私の頭をくしゃりと撫でた。

「髪、クシャクシャにしないでください。セットが崩れちゃいますよお」

「知ったことじゃないね。さて、帰るか」

私が口を尖らせると、先輩は悪びれることもなく言い放った。

「――はい！」

私は頭に残る先輩の大きく重みのある掌の感触を心地よく感じながら、清々しい気持ちで、深く頷いた。

【十二】

残るは、小早川さんの案件だ。

紗奈さんの、父親からの精神的自立は順調に進んでおり、またそれと同時に、小早川さんの『未練』もまた、現実味を帯びたものへ変容しつつある。

これらのことには、何より紗奈さんを支えてくれる立役者、柴田さんがいたことが大きい。柴田さんのおかげで、紗奈さんが急激に自分を客観的に認識できたことが、間接的に小早川さんの短期間のカウンセリングが著しい進展を見せることに繋がったのだ。

実はその水面下で二人の仲を取り持つように動いてたのが、私たちだ。

私たちは、柴田さんには紗奈さんに積極的にアプローチを掛けることを、紗奈さんにはそれを受け入れるように、積極的に誘導していた。


「柴田さん、あなたは紗奈さんのことを愛していますか？」

「何ですか、突然……」

冗談めかそうとした柴田さんを、先輩の真摯な瞳が捉える。

「――紗奈さんは今、父親の呪縛から自由になろうと、必死でもがいています。そんな彼女の支えとなってあげる人が必要です。……柴田さん、あなたは、紗奈さんのことが好きだと、本気で言えますか？」

私たちの思惑がどうであろうと、最優先されるべきは、本人たちの気持ちだ。だから、誘導を進めるにあたって私たちは細心の注意を払っていた。

柴田さんは、真剣な先輩の言葉を受け止めると、力強く言った。

「本気です。――もちろん！」


私は紗奈さんに語りかける。

「紗奈さん、柴田さんの気持ちに、もう気付いてますよね？　紗奈さんの気持ちはどうなんですか？」

紗奈さんは頬を染め、横を向いた。

「……私の方は……それは……。でも、彼にはもっと……」

「紗奈さん！」

私は全身で叫んで、紗奈さんを叱咤した。

「自分を卑下して、相手の好意から身を引こうというのは、決していいことだとは思いません。むしろ紗奈さんにその気があるのなら、彼の気持ちに応えることこそが、紗奈さんにできる最大の恩返しなんじゃないですか？」

紗奈さんの瞳に、戸惑いの色が浮かぶ。私は畳み掛けた。

「紗奈さん、あなたは今まで、自分のことを後回しにして、ずっと幸せを避けてきたんですよ。もう、幸せになっていいんだと思います」

　私が言い切ると、紗奈さんは真剣な目で私を見返し、小さく頷いた。

　もちろん、紗奈さんの自立を促し、ひいては二人を幸せに導こうとしている私たちのエージェントとしての真意は伏せておかなければならなかった。だが、時を待たずして二人して事務所にやってきて、それぞれの口から告げられた吉報に、先輩と私は心からの賞賛を表す笑顔を交わした。

　やがて二人が寄り添い合いながら去っていく後ろ姿を視界に収めつつ、先輩と私はそれぞれ右手を高く上げると、勢いよくハイタッチをした。

◇

　それから少しして、私は秋葉と喫茶店で一緒に食事を摂っていた。

「――結局は、『愛』に勝る薬はないのよね」

　紗奈さんと柴田さんの恋の顚末を、支障がない範囲で伝えると、秋葉はそう結論づけた。

　そうして、手元にあるミルクティーを傾けると、ふと、コーヒーの燻《いぶ》すような焦げた匂いが鼻腔に広がった。秋葉におかわりのコーヒーが届いたところだった。

　秋葉は、珍しくコーヒーに砂糖とミルクを入れようとしている。

「珍しいね、秋葉って、ブラック派じゃなかったっけ？」

秋葉は、コーヒーを一口すすって、いたずらっぽく微笑んだ。

「たまには、甘いのもいいなって思うよ。世の中には、砂糖よりもっと甘いものを入れるコーヒーもあるんだから」

「甘いものって？」

「練乳よ。コンデンスミルク」

「それ……以前にも聞いたことがある」

笹峯さんも言っていたことだ。

何だろう？　何かが引っかかる。


砂糖。

練乳――コンデンスミルク。

甘いもの。

コーヒー。

燻すような匂い。

甘くてほろ苦い……といえば？

「別に珍しいものじゃないのよ？　コンデンスミルクを入れた甘いコーヒーは、アジアでは有名かな」

「……アジア？」

アジア――そうだ、たしか、恭子さんに出来た友達が持ってきたお土産のコーヒー。あれは、アジアを回って買ってきたものということだった。

「――あ」

私の脳裏に天啓が閃いた。

「秋葉！　そのコンデンスミルクを入れたコーヒーのこと、もう少し詳しく教えて！」

唐突に身を乗り出した私に、秋葉は目を瞬いた。

「急に、なによ？　えーとそのコーヒーはね、バターローストした豆や　チョコ――」

秋葉の説明を聞き終えると、私は思わず叫んでしまった。

「――そうか！」

勢いよく立ち上がり、伝票を引っつかむ。それから、秋葉に慌ただしく礼を言った。

「ありがとう、秋葉！　ここ、奢るね！」

「ちょ……？　遊馬？　どうしたのよ、突然！」

私のいきなりの行動に、秋葉が目を丸くしている。

「ごめーん！　じゃーね！」

私は後ろを振り向かずに大きく手を振り、一目散に駆けていく。

先輩が待つ、事務所に向かって。

甘いコンデンスミルク。

深煎りコーヒーの、スモーキーな匂い。

——それは、チョコレートみたいな甘い香り。

◇

息せき切って事務所に駆け込む私に、先輩は訝しげな視線を向けた。

「どうした、実習生？　やけに元気じゃないか？」

「……はあっ！　はあっ！　……ゆ……ゆ……」

「ゆ？」

先輩は、眉根を寄せて首を傾げた。

「……ゆ、遊馬ですって、先輩！　もうっ！　そんなこと、どうでもいいんです！」

先輩の眉間の皺がますます深くなった。

「実習生、落ち着け。何が言いたい？　何がしたい？」

私は大きく息を吸って呼吸を整えた。

それから、背筋を伸ばして、まっすぐに先輩を見つめる。

「先輩、コーヒー飲みませんか？　とびっきり美味しいやつ！」

私はキッチンに立ち、コーヒーを淹れる。今まで、何杯のインスタントコーヒーを作ってきただろう？　焙煎した豆を煎るのでもなく、ドリップですらない。インスタントなのに、その出来具合はいつも違っていて、なかなか難しい。

私は用意した、とっておきのコーヒーを入れ、先輩の元へと持っていった。

「お待たせしました」

「……変わった匂いだな。異国情緒があるというか」

「専門店を回って買ってきたんです。もちろん、インスタントですよ」

先輩は不信気な表情で、コーヒーカップを一口分、傾けた。

「……濃いな。コクがあって、苦味があって、甘い……これは――」

そう呟くとカップを見つめ、少し驚いたかのように私を見やる。

私は、ゆっくり肯定した。

「ベトナム・コーヒーというそうです。コンデンスミルクの入った、きつい甘みのある味と香りのコーヒーです。先輩も、飲んだことがありますよね？」

「ベトナム・コーヒー……」

「先輩、この匂いに覚えはありませんか？」

「……恭子が、昔淹れてくれた――」

「そうなんです。……確か、春日恭子さんの最後の言葉は、『チョコレートみたいな甘い香りがする』みたいな感じでしたよね？」

「……ああ」

「先輩は、恭子さんに昔、ベトナム・コーヒーを出されて、とても美味しく飲んだって聞きました。恭子さんは、そんな先輩を幸せそうに見ていたんですよね？」

「…………」

「だから、恭子さんの最期のセリフ……もしかしたら先輩と過ごした一番幸せな時間の傍にあった、このコーヒーの香りだったのではないでしょうか？」

探し求めていた答えの解を教えられたように、先輩の顔に驚愕の色が広がっていく。

「――恭子さんの人生が結局、幸せであったのか、それはわかりません。でも、自分の淹れたコーヒーを好きな人が美味しそうに飲んでいる、いつもの風景を思い出していた時は、間違いなく幸福だったと思います」

確認するように目をやると、先輩は深く瞑目したあと、甘いコーヒーに口をつけた。

「なあ……実習生。恭子は……俺と出会っても、よかったのかな……？」

「……きっとその答えは、先輩と一緒だと思います。先輩は、恭子さんと出会えて、よかったですか？」

先輩は少し悲しげな、でも満更でもないような複雑な表情になり、首を縦に振った。

「……実習生」

「はい」

「人間の心を読もうとするな。十年早《は》えーよ」

いつもと変わらない調子に戻った先輩に、私は微笑した。

「すみません。それと、私のことは遊馬と呼んでくださいと、何度言ったら……」

「うるさい、黙れ、青二才が」

「うわ、ひっど……」

先輩は、静かにコーヒーカップを傾ける。

「しかし、お前の淹れるコーヒーは、まあ、及第点だな」

「……はい！」

偉そうな先輩の評価が胸の奥にくすぐったくて、私は全身で返事をした。

【十三】

私たちがセッティングした小早川さんとの最後の日のカウンセリングは、彼に文字どおり『引導』を渡すものとなった。もちろん、渡す引導にはいろいろな意味合いがあるが、今回の場合は、『人を説いて、浄土へ導く』という、そもそもの意味にあたる。

「――娘さんに会ってきました」

導入で、いつものように淡々とした口調で語りだした先輩は、小早川さんの死後、紗奈さんが柴田さんと正式に付き合うようになったことを告げた。

柴田さんの愛に気付き、受け入れた紗奈さんは、私たちでも驚くような結論を、きっぱりと宣言したのだ。

『いつまでも、お父さんだけの私ではいられない』。

紗奈さんの言葉をそのまま伝えると、小早川さんは愕然とした。しかし、感情の赴くま
ま我儘をわめき散らしていた以前とは異なり、それを重く受け止めたようだった。

「……まあ、そうだよな。紗奈も、大人……なんだもんな」

小早川さんは、しょぼくれた声で呟く。

柴田さんの名前には、最初はピンと来なかったようだが、先輩が「娘さんに、会うこと
を禁じていた青年のことです」と言うと、力なく項垂れる。

「そうか、あいつが、か……。思えば、俺が家に来る度に塩を撒いても、めげずに戸を叩
いてたよな……、まあ、肝の据わった奴だったな。……今思うと、俺のしでかしてきたこ
とは全部、紗奈のためというより、俺のためだったんだな」

先輩は、その言葉をゆっくり嚙み締める。

「自身の過ちを受け止めること。それは、ご自分をありのままに受け入れるのと同義です。

――これでカウンセリングは終了です。お疲れ様でした。ここまで長かったですよね」

先輩は、小早川さんのこれまでの努力と変化を評価した。

「まあ、俺なんか、褒められたもんじゃないけどよ」

少し寂しそうな、照れたような笑みを浮かべながら、小早川さんは自分の額をピシャリ

と叩く。娘の自立と自ら掴んだ幸せを目のあたりにし、忘れていた親としての自覚を思い出したのだろう。

小早川さんはほろ苦い表情を浮かべると、諦観したような様子で話しだした。

「結局よ、俺は碌でもない父親だったってことだよな。でも……、父親として、最後に何かしてやれることはないかな？」

「……紗奈さんの幸せを、願うことだと思います。あなた自身が今、心の奥底に感じている気持ちを言ってください。私たちは、それをお伝えしてきます」

拍子抜けしたように、小早川さんは目をぱちくりさせる。

「それで……、それだけでいいのか？」

先輩は、ひと呼吸置くと、胸のすくような笑顔で頷いた。

「……そうか。俺は、自分のことばかり考えて、紗奈の幸せを考えたことすらなかった。愚かで、自分勝手な親だったな。……だからせめて、最後くらい、親としておめでとうと言ってやりたい」

小早川さんもまた、気持ちのいい笑顔を返す。

「そうですね。あなたの『未練』、娘さんにしっかりとお伝えいたします」

——カウンセリングルームに季節外れの爽やかな風が吹く。

重苦しく、胸の中をささくれ立たせるような刺々しい雰囲気で始まった小早川さんのカウンセリングは、こうして、終わりを告げた。

エピローグ

実習最終日は、いつものように、何ら変わりない日としてやって来た。

ごみ溜めになっている執務室を手際良く片付けると、ソファで眠る先輩を叩き起こし、朝一番の少し濃い目のインスタントコーヒーを先輩に淹れて手渡す。

「おう、ありがとう」

先輩は眠そうな声でカップを受け取ると、美味しそうにコーヒーをすする。

「うまい、やはりコーヒーはインスタントに限る。実習生、お前は本当に、コーヒーを淹れるのだけはうまかったな」

「遊馬です。最後までそれですか。他に取り柄はなかったんですか？」

「あったとでも？」

「もうっ！　意地悪なのは相変わらずですね！」

「冗談だよ」

先輩は肩を竦めると、微かに笑った。

「さて、実習生、お前の実習も今日で終わりだ。笹峯からのパートナーとしてのオファーを蹴ったお前は、この先、どうするつもりだ？」

先輩のその問い掛けに、私は、「決まってます」と答えた。

「先輩のようなエージェントになります。――A級エージェントに！」

先輩は頭をボリボリ掻くと、「A級ねぇ……」と一人ごちる。

私はふと、思い出して言った。

「そういえば先輩。先輩が最初にしてくれた『指導』に、今、自分なりの答えが出ました」

「ん？　指導なんかしたっけかな？」

「しましたよ、もう！　『この仕事に、慣れるな』って！」

「ああ、そういえば、そんなこと言ったな」

先輩は、私の淹れたコーヒーを傾ける。

「聞こうか」

私は息を吐くと、胸にそっと手をやった。

「……私は、『落ちこぼれの遊馬』って呼ばれています。アカデミーでは、人間の気持ちや幸せに注意を払う生徒なんか異端で、到底受け入れられません。みんなが正しくて、私は何か違う。……一人だけ取り残されたようで、毎日が辛かった。花形のエージェントという職業を進路選択したのも、そのせいかもしれません。みんなを見返したいって――。落ちこぼれであることに劣等感を感じ続けていたんです」

「……そうか」

「だから、最初の実習に失敗して絶望してた時、A級エージェントの先輩の元で再実習が決まって、とても嬉しかったんです。これで何かが変わる。そんな期待がありました。私は先輩の下でしっかり勉強して、私のやり方でも間違いじゃないとわかってもらいたい、そんな気持ちで実習に来ました」

私は、拙《つたな》い言葉で精一杯の気持ちを紡ぐ。

「でも、そうやって、『落ちこぼれの遊馬』と向き合い続けたからこそ気付いたんです」

先輩は何も言わず、穏やかな表情で先を促した。

「……私たちの仕事は、依頼人の未練を晴らすことですが、同時に自分自身と向き合うことでもあるって。私たちがクライアントの本当の気持ちを炙《あぶ》り出し、成長を促すためには、自分がどんな鏡であるのかを知らなければいけないんです」

私は息を継ぎ、自分なりの答えを導き出す。

「だから、『この仕事に、慣れるな』という最初の指導は、もしかすると、依頼人を一辺倒に見るな、ということだけではなくて。……常に変わっていく自分を見つめ続けろ、ということなのではないでしょうか？」

「……！」

先輩は満足気に息を吐くと、私をまっすぐに見つめる。

「……驚いたな。よくもまあ、成長したもんだ」

「先輩、私は、『落ちこぼれの遊馬』は、この先も、変わっていけるでしょうか？」

「もちろんだ」

微笑する私の髪を、先輩はくしゃくしゃと撫でた。

「成績は、『優』だよ。贔屓目《ひいきめ》なしにな。よく頑張った……そして、ありがとう」

少しぶっきらぼうにそう言って、ソファの裏側から大きな花束を取り出す。

「今日も、お墓参りに行かれるんですね」

そういう私に、先輩は僅かに顔を紅潮させた。

「いや……これは、お前への……お祝いだ」

「――え？」

一瞬の空白のあと、私は素っ頓狂な声を上げてしまった。

まったく予想していなかったことだ。先輩と花束。似合わないことこの上ない。

……こんな不意打ち、ズルすぎる。

「ありがとう……ございます」

私は嬉しさと感慨深さでいっぱいになり、溢れ出そうになる涙を堪えつつ、礼を言った。

「色々と学ばせてもらったよ、実習生。お前を通して、俺も俺自身を見つめ直すことができた。でも、これで――」

その瞬間、私はとうとう『別れの時』が訪れたことを知った。

「お別れだ、二階堂……遊馬。いいな、お前はこのまま振り返らずにここを出て行くんだ」

私は天を仰いで目を瞑ると、そのままゆっくり顔を下ろして、静かに頷いた。

「――はい」

最後の最後は、泣かないことに決めていた。

私は踵を返し、歩き出す。

これが最後。

この執務室も、
このカツカツと時を刻む時計の音も、
コーヒーの匂いも、

――そして、先輩とも。

「――ッ」

しかし、最後の最後で、私の足は命令を裏切った。

「実習……？」

先輩に小走りに駆け寄ると、私は先輩の広い胸に飛び込み、顔を覆うようにうずめた。

「……何をする、実習生」

ややあって先輩が私の肩に手を置いて、優しく引き離した。

「……嫌がらせです。先輩が、こんなふうに私を泣かしたから」

私は涙を指で拭いながら笑う。

そうして、再び身を翻すと、執務室のドアへ駆けて行った。

「さようなら、先輩！　今まで、本当にありがとうございました！」

私はもう振り返らず、きっぱりと大声でそう言って、ドアを閉めた。

外に出て私は事務所を見上げる。

外観は瀟洒だけれど、古ぼけた事務所。

最初にここを訪れた時は緑色だったケヤキはすっかり葉を落としていた。

私は慣れ親しんだその建物に大きく一礼をすると、本当に、最後の別れを告げた。

◇

「実習を終えての最終レポートがこれかね、二階堂？」

教授は教鞭をパシパシと手のひらに叩きつけながら、皮肉たっぷりに言う。

広いゼミ室で、最後のレポートを提出した私は、以前と変わらず、教授の怒りの槍玉に挙げられていた。クスクスという、悪意を込めた笑い声がそこかしこから聞こえてくる。

「……まったく、お前という奴は。再実習では『優』をお情けでもらったみたいだが、実習の前もあとも、何も変わってないな。それで、立派なエージェントになれるとでも？　人間の幸せなど、そもそも『エージェント』の関わることではないと――」

「いえ、教授――」

教授の言葉を遮って、平然と、そして毅然と、私は宣言する。

「それでも私は、人間たちに関わり続け、クライアントの『未練』と、向き合い続けます」

こうして、日常は続いていく。

秋葉と私は、もはや行きつけとなった喫茶店で落ち合っていた。

私は紅茶を飲みながら、とめどなく話す。

実習の振り返りと未来の夢トークは、定番の話題だ。

秋葉は同じ話ばかり繰り返す私に、飽きもせずに穏やかな表情で頷いてくれる。

ふいに秋葉が口を開く。

「そういえば遊馬。最終レポートはどうだったの？」

「——ああ、ええとね」

以前、教授にそう問いかけられた時は、情けない気持ちでいっぱいだった。

——でも、今の私は。

私は紅茶を一口飲むと、今までで最高の笑顔で応える。

「『可』だった！　再提出で！」

あとがき

元々は「小説家になろう」に掲載されていたこのお話は、コアなファン以外は誰にも知られていなかった。オファーのきっかけは、本作品が担当編集の心に響いたことらしいが、そんな編集に励まされ、弱気な私も、〆切につぐ〆切に悪戦苦闘しながら、原作に大改稿を加え、ほぼ八割以上を新たに書きおろすという体裁で、何とか今回の刊行に至った。

目指したのはベストセラーでも名著でもなく、小粒な佳作。私は「佳作」と呼ばれる作品こそ心に深く残るものであると思っているし、本書もそんな一書になれたら良いと思う。


『お仕事現代ファンタジー小説』である本書は『カウンセリング』に焦点を当てている。死者の未練を主人公達がカウンセリングを通じて晴らし、天上へ送るというお話だ。

もっとも、臨床心理学を少しでも齧《かじ》ったことのある方や、本職の心理屋さんなどは、本書は現場の現実とはかけ離れていると結論づけると思う。むしろ、主人公達を批判する者達の論拠の方が現実的で的を射ている。だからこのお話はまったくの虚構である。

だが、幸せな物語ではあると自負している。冷淡な現実があるからこそ、主人公たちの力を借りて、私が人間に希求する理想と絵空事を書き綴らせてもらった。

それに共感を得られるかどうかは、ぜひ読者のご高眼に委ねさせていただきたい。

読者だった頃は、あとがきの謝辞ほど退屈なものはないと思っていたが、実際著者になってみると、どうにも欠かせないものだ。

オファーから支え続けてくれた水野さん、毒舌家・佐野さん両編集者には特に頭が上がらない。イラストを担当してくれた、神絵師・ふすいさんに感謝を。突き抜けるような透明感と技巧を凝らした光の妙によって描かれたカバーイラストに惹かれ、本書を手にとった方も多いだろう。仕事と作家業の両立を周囲の人が疑問視する中、力強く書籍化を勧めてくれた盟友・朱雀新吾氏。精神的な支えになってくれた金夫妻、N・T君、西村幸一君、古屋良宣君。職場では一番に本書を購入すると言ってくれた先輩・鵜川さん。そして、なろう掲載時代から本書に熱烈な支持をくれる読者への感謝は枚挙に暇がない。

父へ。『大器晩成』と貴方が表した息子は、一冊の本を出す程度には成長した。

何より、現在本書を手にとってくれている読者のあなたに最大限の感謝を。

もし本書の購入を控えられても、手に取っていただけたそのことだけで、私は作家になって良かったと、心から思えるのだから。


幾多の修羅場《デスマーチ》を乗り越え脱稿に至り、抜け殻の気持ちを味わいながら　小山洋典この物語はフィクションです。
実在の人物、団体等とは一切関係がありません。

■参考文献

『頭のいい子を育てるおはなし366』主婦の友社（編）／主婦の友社
『セラピスト入門　システムズアプローチへの招待』東 豊／日本評論社
『セラピストの技法』東 豊／日本評論社
『毒になる親　一生苦しむ子供』スーザン・フォワード／講談社
『メンタルヘルス・ライブラリー8　臨床心理の問題群』岡村達也（編）／批評社
『ソレア心理カウンセリングセンター』http://www.solea.main.jp/

小山洋典先生へのファンレターの宛先

〒101-0003　東京都千代田区一ツ橋2-6-3　一ツ橋ビル2F
マイナビ出版　ファン文庫編集部
「小山洋典先生」係

Fan
ファン文庫

あなたの未練、お聴きします。

2016年10月20日　初版第1刷発行

著　者　　小山洋典
発行者　　滝口直樹
編集　　水野亜里沙（株式会社マイナビ出版）　佐野恵（有限会社マイストリート）
発行所　　株式会社マイナビ出版
〒101-0003　東京都千代田区一ツ橋2丁目6番3号　一ツ橋ビル2F
TEL 0480-38-6872（注文専用ダイヤル）
TEL 03-3556-2731（販売部）
TEL 03-3556-2733（編集部）
URL　http://book.mynavi.jp/

イラスト　　ふすい
装　幀　　徳重 甫＋ベイブリッジ・スタジオ
フォーマット　　ベイブリッジ・スタジオ
ＤＴＰ　　株式会社エストール
印刷・製本　　図書印刷株式会社

 ISBN978-4-8399-5996-8
Printed in Japan

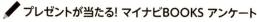

Fan
ファン文庫

サムウェア・ノットヒア
ここではない何処かへ

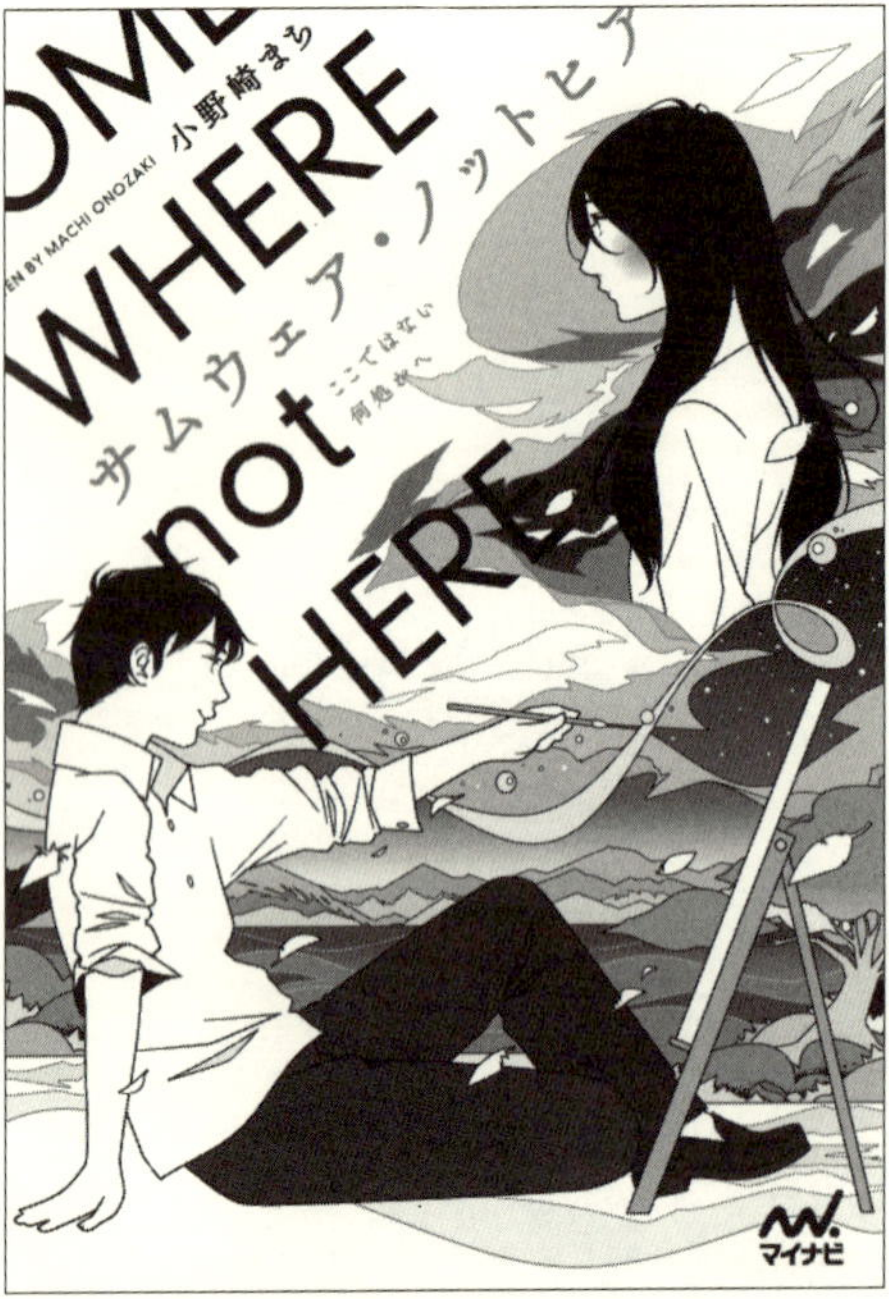

著者／小野崎まち
イラスト／カスヤナガト

失われないものなんて、
この世界には何ひとつない—。

美術教師・栄一郎が自身の個展に持ち込んだ絵—
『ここではない何処かへ《サムウェア・ノットヒア》』。その絵にある過去とは…。
心の奥から涙が零れる、かけがえのない喪失の物語。

Fan
ファン文庫

神崎食堂のしあわせ揚げ出し豆腐

著者／帆下布団
イラスト／あんべよしろう

定食屋×豆腐屋の美味しい料理に舌鼓！
ネットで話題のグルメ小説。

レトロな丘の山商店街にある神崎食堂の人気NO.1メニューは揚げ出し豆腐。看板娘の神崎花は今日も店に立つが、ある日見知らぬ男にプロポーズされ…？

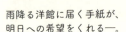